U0731852

当贝利遇到艾丽斯

ELEGY FOR IRIS

(英)约翰·贝利 著

李永平 译

新星出版社 NEW STAR PRESS

图书在版编目(CIP)数据

当贝利遇到艾丽斯／(英)贝利著；李永平译. —北京：新星出版社，2009.2
ISBN 978-7-80225-174-8
Ⅰ.当... Ⅱ.①贝...②李... Ⅲ.回忆录-英国-现代 Ⅳ.I561.55
中国版本图书馆CIP数据核字（2006）第125841号

ELEGY FOR IRIS
by JOHN BAYLEY
Copyright ©1999 by JOHN BAYLEY
This edition arranged with ST.MARTIN'S PRESS,LLC.
Through BIG APPLE TUTTLE-MORI AGENCY,LABUAN,MALAYSIA.
Simplified Chinese edition copyright©2006 New Star Press.
All rights reserved.

著作权合同登记图字：01-2006-3551

当贝利遇到艾丽斯

(英)约翰·贝利 著 李永平 译

选题策划：段晓楣
责任编辑：王 越
责任印制：韦 舰
装帧设计：一瓢设计·邱特聪

出版发行：新星出版社
出 版 人：谢 刚
社 址：北京市东城区金宝街67号隆基大厦 100005
网 址：www.newstarpress.com
电 话：010-65270477
传 真：010-65270449
法律顾问：北京建元律师事务所

读者服务：010-65267400 service@newstarpress.com
邮购地址：北京市东城区金宝街67号隆基大厦 100005

印 刷：北京中科印刷有限公司
开 本：880×1230 1/32
印 张：9
字 数：150千字
版 次：2006年12月第一版 2009年2月第二次印刷
书 号：ISBN 978-7-80225-174-8
定 价：25.00元

版权专有，侵权必究；如有质量问题，请与印刷公司联系调换。

目录

◆透过对往日喜乐与悲伤的抒情追忆,这部卓越的作品,扩展了我们对于"爱的可能"及"爱的范畴"的想象空间。

玛丽·戈登《纽约时报》

◆经由弥漫于字里行间的那份绝对、神秘的爱,艾丽斯·默多克的丈夫让读者认识了有血有肉的她。

克里斯托弗·莱曼-豪普特《纽约时报》

◆令人感动,但却不多愁善感……它见证了一场饱受疾病及衰老折磨、如今已然超越一切苦痛的爱。

弗朗辛·普罗丝《Elle》杂志

◆像艾丽斯·默多克女士这样的人物难得再见。《当贝利遇到艾丽斯》一书可说是对她的追忆录。

费·威尔顿《时代杂志》

◆不耽溺于感伤,(作者)藉由称颂人类恒久不变的真理,来面对令人绝望的悲哀……悲天悯人的情怀,令人难忘。

麦克·帕克南《巴尔的摩太阳报》

◆本书见证了日常生活的悲喜,以及终生不变的誓约;它是一首挽歌,更是一首关于真爱的歌……

苏珊·拉森《新奥尔良时代花絮报》

◆这是一个精致的、诚挚的、幽默的爱的故事,它叙述了一对谦逊而独特的夫妻的相处时光。除了记录疾病与衰老之外,它同时也是一本探讨婚姻本质的书。

凯利·欧康纳《哈特福德新闻报》

◆《当贝利遇到艾丽斯》是一个艺术品……全书文笔优美且充满智慧，它不但成为回忆录作品中的经典，更为现代爱情指引了新的方向。请细细品读这本书，如果有足够的勇气，也请将它送给你爱的人。

汤姆·德凡林《普洛维敦士同日报》

◆《当贝利遇到艾丽斯》是一个婚姻的故事，一段爱的旅程……它是一则关于关怀、誓约及信守诺言的故事。

琳达·W. 蔡平《奥兰多哨兵报》

◆一部温柔的回忆录……默多克之所以令人敬慕，不仅因为她对生命的热情与谦逊，更因为她与贝利43年的相知相守。

《人物》杂志

◆这首贝利献给结缡43年发妻、含蓄而优美的爱之歌，充满活力、宽厚与愉悦，既美好，又令人感动。

盖尔·考德威尔《波士顿环球报》

◆一个令人感伤的爱情故事，一段探索人性本质、记忆与创造力的旅程。睿智，且充满宽容。

雪尔碧·何隆《芝加哥论坛报》

◆这是一部爱的史诗；那样的爱，坦率、真诚，像呼吸一样自然……

阿布拉罕·维格海斯《洛杉矶时报书评》

◆《当贝利遇到艾丽斯》是一则爱的故事，是一段优雅的婚姻探险之旅；这段看似奇特的姻缘，的确如梦般美好。

辛西亚·克罗森《华尔街日报》

◆《当贝利遇到艾丽斯》一书中那段优雅、睿智且持续终生的爱情神话，就像这对令人敬慕的夫妇一样特别。

苏珊·麦隆《波士顿先驱报》

第一部　那时

第一次看见艾丽斯时，

她慢吞吞地骑着脚踏车,经过我的窗口。

我心里想:这个女的究竟是谁?

也许,那时我已经爱上她了。

爱情的纯真和无知,

一时使我沉溺在不切实际的幻想中:

她一辈子从没恋爱过;

她骑脚踏车在校园里溜达,等待我的出现。

那时在我心目中,

艾丽斯是一个没有过去、也没有现在的女人。

Elegy for Iris

1. 初识

　　大热天,闷热,潮湿。以一般英国标准来衡量,今天的天气可真热得令人难以忍受。这倒不是说,对这类事情,英国现在还保持一套标准。毫无疑问,这只是全球性的温室效应。然而,谈起"年老"这回事,人们都会说:这年头不再有一套大家可以遵循的标准了。三伏天,热得要人命哪。

　　出外郊游寻乐(以前那可真是一种享受),我心里却尽想着这些令人沮丧的事情。多年来,每逢三伏天,在家待着觉得受不了,我们就会出门兜兜风。我们开着车子,沿着那条通往牛津城外的旁道,行驶了一两英里后,倏地调转车头,冲到路边草地上——相信我,这样做需要一点技巧,因为后面有一大群飞速行驶的汽车跟随着你。他们纷纷踩煞车、按喇叭、扯起嗓门吆喝叫嚷,但我们不理睬,自顾自把车子开到路边草丛中,颠颠簸簸停下来,锁上车门,蹲下身子从篱笆上的一个缺口钻过去。

　　记得,我们第一次这样做是在 45 年前。那时我们骑脚踏车,优哉游哉,溜达在当时还没铺上柏油、往来车辆非常稀少的小路上。河流究竟在哪儿,我们并不清楚,但凭着年轻人的热情和血气之勇,我们不顾一切,匍匐着钻过那一丛丛茂密的蓑草,钻着钻着,噗通一声,整个人几乎掉进了河里。蹲伏在河畔芦苇丛中,我们脱掉身上的衣裳,溜进河里,就像两只水鼠。然后我们静静躺在阴暗的、缓缓流淌的河水中,一动不动。就在这当口,一只翠鸟蓦地蹿出来,从我们鼻子旁边飞掠而过。泡够了水,我们爬上岸来,并肩躺在艾丽斯的衬裙上晒太阳,晾干身上沾着的河水。这时,一艘巨大的游艇转动着引擎,轧轧轧,在距离岸边只有数英尺的河面上行驶而过。船上的舵手戴着白帽儿,只顾凝视前方。他嘴里咬着烟斗。袅袅烟雾混合着芦苇根部散发出的泥水气味,飘散在河流上空。

直到今天,我还保留着这条衬裙。前几天我打开衣柜,发现它被塞在抽屉一角,硬邦邦的,上面沾着一团团已经干燥、变成粉状的泥巴。收藏了这么多年,这件衣裳早已褪色了,看起来黄黄的;那条缝在衬裙褶边作为一种装饰、原本是蓝色的丝带,如今也皱成了一团。一时间,我不敢相信,出生在我们这个时代、后来成为我妻子的女人,竟然穿过这样的衣裳。乍看之下,这条衬裙就像是从玛丽·安托妮特①的衣柜里拿出来的。那天从河边回来后,我没把衬裙还给艾丽斯。我想,她已经把它给忘记了。

总之,那天我们非常忙碌。我们跟别人约好一块儿吃午餐——无论如何,我们都得赶回城里赴约。骑着脚踏车回到牛津镇,沿着伍斯托克路奔驰时,我们早已汗流浃背,浑身燥热,

----

① 玛丽·安托妮特 (Marie Antoinette, 1755～1793),法王路易十六的王后,法国大革命期间被处死。

就像那天早晨刚出门时那样；那时，我们还没钻过河畔那一片苍翠茂密的矮树丛，也还没发现那条沁凉的河流。一身汗湫湫，我们站在贝赛尔坊一间公寓门前，伸出手来拂了拂头发和身上的衣裳，然后按了按门铃。等待主人应门的当儿，我们绷着脸孔对望一眼，忍不住噗哧一笑。

我们的主人正准备午餐，在厨房里磨蹭了好一会儿才出来应门。他名叫莫里斯·查尔顿，是一位才气洋溢的年轻医生，拥有一双碧绿色眼眸①。刚出道时，他在牛津大学赫特福学院担任导师，讲授古典文学，被公认为全校最好的导师之一。他教书实在太棒，以至于三年后他就放弃了教职，改行学医；如今他在雷德克里夫医院担任研究员。听说，他对艾丽斯颇为爱慕。这就是他今天邀约艾丽斯共进午餐的原因。艾丽斯告诉他，今天早晨她跟我约好，结伴骑脚踏车到城外参观卡辛顿教堂；她问莫里斯，能不能让她把我带来，大伙儿聚一聚，共进午餐。

面对这种要求，莫里斯表现得挺像个男子汉：他答应了。他已经准备好一顿丰盛可口的午餐。这间公寓并不是他的。真正的主人是一位在牛津大学贝利奥尔学院任教、家道颇为殷实的导师。莫里斯和这位比他年长的男士，彼此之间究竟有没有某种暧昧关系，外人不得而知。看来，莫里斯随时都可借用这间公

---

① 英文中的 green-eyed，有"善妒"之意。A green eye（嫉妒的眼睛）源自莎士比亚用过的 green-eyed jealousy（出自《威尼斯商人》）和 the green-eyed monster（出自《奥赛罗》）。

寓,因为他那位朋友不常住在这儿——这位导师如果不出国到意大利或希腊度假,大部分时间都会待在学院里。

50年前,牛津大学的生活非常讲究形式和礼节,显得比较拘束,但同时却也比较舒适、自在。对我们来说,这一点都不诡异。在日常生活中,我们遵循既有的行为准则和传统礼节,几乎没意识到它的存在,但同时也拥有各自的私生活。我们都很用功——至少,艾丽斯非常用功;我天生比较懒散。

根据我的观察,莫里斯比我和艾丽斯更用功,甚至比我们两人加起来还用功呢。但他显得非常轻松自在。一看到我们,他那两只碧绿色眼睛登时一亮,闪烁出愉悦的光彩,仿佛事先跟我们串通好,共同参与某一项阴谋。这种亲密的感觉——我们随时都可以变成三个调皮捣蛋的孩子似的——在这间摆满善本图书、上等家具和玻璃器皿,气氛显得非常阴森肃穆的公寓中,变得格外的强烈。直到今天,我还记得那些绿色和白色的高脚玻璃酒杯;那天中午,我们手里端着这种杯子,喝了不少冰冻白葡萄酒。我猜,在那个时代,人们流行喝白酒。

如今回想起来,我打心坎里佩服莫里斯那天中午的表现:他已经察觉出艾丽斯和我背着他相好,但却装得若无其事,依旧谈笑风生,甚至有意无意地怂恿我们,把他纳入我们两个人的圈子。我们告诉莫里斯,早上我们并没去参观卡辛顿教堂。天气实在太热了,我们累得半死,骑脚踏车回城里来;这会儿,窝在阴凉的公寓里喝酒,感觉好极了。我们两个一唱一和,宛如表演双簧一般,但却刻意避开彼此的眼神。艾丽斯倏地站起身来,跑过去亲了莫里斯一下。这个动作看起来很恰当、自然,惹得我们三人都笑起来:两位男士瞅着艾丽斯,哈哈大笑;艾丽斯一面陪我们笑,一面转动脖子,开心地浏览着这间阴森森、看起来颇为神秘的豪华公寓。看她脸上的神情,仿佛她就是那个漫游仙境的小姑娘爱丽丝,正准备展开一连串新的冒险旅程。

我们一面谈笑,一面吃午餐——我顶记得主人特别为我们烹调的龙虾,以及极为可口的大蒜美乃滋——但我却一直提心吊胆,担心我那湿透的裤袋(里头塞着艾丽斯的内衣,卷成一团)会滴出水来,把餐厅里那张铺着某种锦缎的椅子给弄湿了。三个男女聚在一块儿,开心地吃午餐,愈来愈像一家人。几杯白葡萄酒下肚,一时目眩神迷,我竟然把艾丽斯看成慈爱的姐姐,对两个弟弟一样亲切、一样疼惜。莫里斯还真有点像我和艾丽斯的兄弟,但仔细观察,我发现他更像一位家长,端坐在餐桌前头,笑眯眯,神态显得十分慈祥、和蔼。

莫里斯英年早逝。20多年前,他生病——听说是癌症——死了。据我所知,他一生未娶,但这点还有待查证。那天中午,我亲眼看见他睁着他那双碧绿色眼瞳,含情脉脉地瞅着艾丽斯。我猜,那天他向朋友借用公寓,亲自下厨准备一顿丰盛的午餐,是为了向艾丽斯示爱,而我这个不速之客的出现,却让他的计划全都泡了汤。果真如此,现在回想起来,他那天中午的表现就更值得我们敬佩了。原本会变得非常尴尬的局面,在他妥善处理下,并没给我们带来很大的困扰。

这儿,我特地提起多年前的这顿午餐,以及那个迷人的星期天早晨，我跟艾丽斯第一次结伴郊游，在河里戏水，倒不是因为这件事本身很重要，而是因为事隔多年，至今它依旧存留在我的记忆中，历历如绘。虽然我跟莫里斯见过几次面，非常欣赏他的为人，但那天的午餐聚会，却是我们俩在"社交场合"中唯一的一次聚首。往后他继续在牛津镇工作，但我们失去了联络，因此，我并不清楚后来他出了什么事情，只晓得，他去世时已经是一个非常杰出、非常有名望的人物。那时，我跟艾丽斯的关系就是这么一回事：对她生命中的其他人物，我几乎一无所知，更不清楚他们在她心中的地位。这大概是由于初次坠入爱河的人都沉醉在自我中，无视他人的存在。对我来说，那确实是我的初恋，虽然那时我并不很年轻。那年，艾丽斯34岁，莫里斯的年纪跟她差不多。我28岁。我们之间年龄的差异，在学校时确实会造成很大的困扰，在往后那些年，却变得愈来愈不重要。不过在那天中午，年龄的差异只是午餐聚会气氛的一部分，因为那时我们三人仿佛变成了一家子，而在一个家庭中，这种差异往往被视为当然。

然而，就像我刚才说的，那时我对艾丽斯生命中其他人物几乎一无所知，更不清楚他们在她心中的地位。我想，艾丽斯并不是刻意隐瞒我；对她来说，这是一种本能，因为在那个时代中，隐私是一切人际关系的要素。一个"开放"的社会，是我们如今追求的目标——也许这只是我们挂在嘴皮上的一个理想——以提升我们的社会，让它变得更民主、更没有阶级差别。在20世纪50年代，我觉得我们并未刻意地反民主；我们只是珍惜我们的隐私,认为那是理所当然的生活方式。在牛津这个学术重镇,情况更是如此。生活在这儿,你跟一大群人保持良好的关系,几乎天天见面——在学校、餐厅、讲堂和实验室——但对他们的家庭、社交和性生活却一无所知。别人的私生活固然会引起我们的好奇(这正是“隐私”这种东西好玩的地方),但大体上,它是一个被尊重的、让人感到舒适自在的禁地。

由于某种情感上的自相矛盾,爱上艾丽斯后,我不但没有对她的私生活更加好奇——至少最初是如此——反而更加不感兴趣。那时在我心目中,艾丽斯是一个美妙的、孤单的女人。第一次看见她大约是在半年前。那时,我住在牛津大学圣安东尼学院。有一天,我看见她慢吞吞地、挺吃力地骑着脚踏车,经过我的窗口。我放下手边的功课,抬起头来,懒洋洋地望出窗口,观赏伍斯托克路上变化不停的风景——那时,伍斯托克路还是一条相当幽静的林阴大道,不像现在挤满车子——望着,望着,忽然看到骑脚踏车的这位女士(不知怎的,一看见艾丽斯我就把她当成女士,而不是女孩)。我心里想:这个女的究竟是谁呀?我能不能跟她见个面呢?也许,那时我已经爱上她了。爱情的纯真和无知,一时使我耽溺在不切实际的幻想中:她一辈子从没恋爱过;今天,她骑脚踏车在校园里溜达,等待我的出现。这个女人看起来,并不像拥有过去或未可知的现在。

那时在我心目中,艾丽斯是一个没有过去、也没有现在的女人。

她看起来很不开心,一副失魂落魄的模样。也许因为天气的缘故——那天下着毛毛雨，到处湿漉漉的，让人觉得心烦。也许因为她那辆脚踏车太过破旧，一路嘎吱嘎吱响，骑起来挺费劲。也许因为她还没遇到我吧？她垂着头，心事重重，自顾自朝向某一种情感的或知识的目标，一路奔驰过去。记得，有一位朋友初次跟艾丽斯见面后，半开玩笑地(也许带着些许恶意)告诉我："她真像一头小公牛。"

这个观察可能是正确的，尽管我从没看见艾丽斯表现出她的公牛脾气——毕竟，我从不曾以客观的眼光看待她。如果说，我们每个人的个性中都有一个层面，可以用某一种动物或鸟类来做表征，那么，我可以承认，艾丽斯确实很像一头小公牛。它并不凶恶，但个性非常坚毅果决，行为不可预测；它总是垂着头，挑起眼皮若有所思地瞅着你，一步一步朝向你走过来。

艾丽斯发表的第一部小说《网下》(Under the Net)中，有个人物提到女主角时说，她从不曾向任何一位朋友透露，她跟其他朋友的关系是多么的密切、多么的亲近。这些朋友，彼此之间甚至互不相识。艾丽斯对待朋友也是如此。这点，对小说中的女主角来说，自然很重要，但在艾丽斯看来，却一点都不会影响她的人际关系。生病前，她常亲自写信回复她的读者。这些信通常写得很长、很认真，不像是写给一般读者的客套函，反而像是写给知心朋友的信，尽管她从不曾见过——这一辈子也许不会见到——收到她这封信的人。如今艾丽斯生病了，我只好代替她写信回复她的读者；当然，我不能像她那样做，但从读者的来信，从他们对他们心爱的这位作家的仰慕之情，我能够理解，为什么有一位读者收到艾丽斯的来信后,会立刻回复说:现在他觉得,他们两人已经成为"终生的好朋友"。

就像跟感情有关的其他事情,爱情所造成的自我中心主义也有它荒谬的一面,虽然,有时它也相当感人。就拿我自己来说,刚爱上艾丽斯的那段日子,我竟然认定,她是一个"单纯的精灵",把自己的生命全都奉献给哲学和工作,心无旁骛,在学院的一个小房间里,过着与世无争、修女一般的生活,不像我那样成天跟别人勾心斗角,胡思乱想,惶惶不可终日。在我心目中,她是一个非常清高的人,而我知道这种人不会有像我那样的心态。

此外,值得一提的是,我第一次真正跟艾丽斯见面——就在我看见她骑脚踏车经过我窗前的隔天——整个过程具有一种神奇的、近乎灵异的色彩。那天,在考试院(牛津大学讲座举行的地方)门前的街道上,我跟格里菲思小姐不期而遇。身材娇小的格里菲思小姐,刚脱下她身上那件宽大的黑袍,正准备骑上脚踏车返回圣安妮学院。刚才她在考试院发表演讲,探讨英国史诗《贝奥武夫》。自从我参加学位口试后,格里菲思小姐对我就一直很有好感。我记得,在那场口试中,她夸赞我那篇探讨英国中世纪诗人乔叟的作品《骑士的故事》的论文写得很扎实,但也指出,我在盎格鲁撒克逊句法上犯下一个小小的毛病。我取得学位后,她一直很关心我的事业和工作。如今在街上遇见我,她立刻伸手来攫住我的胳臂,询问我近况如何。事实上,我的事业根本就还没起步。我还没找到正式的工作,在校方默许下，暂时栖身在新近成立的圣安东尼学院，充当法国和美国学生的导师。这些活泼好动、热情洋溢的外国学生，进入我们这所学院攻读科学和政治学。

那个时候，圣安东尼学院很受瞩目，但如今回想起来，我只记得它跟圣安妮学院十分邻近。刚成立时，圣安妮是一所专门招收女生的学院，但就像牛津大学的其他学院，如今它已经改成男女合校了。为了对英文科的资深教师表示敬意，那天早晨，我陪伴格里菲思小姐走一段路。她老人家似乎并不急着骑上脚踏车，返回她的学院。我猜，她想借这个机会，好好回味我的那场学位笔试和口试——就像大多数大学老师，她对她的出题技巧和修理考生的手段，还挺自豪的。为了表示宽容大度，她再一次夸奖我的那篇乔叟论文写得颇有见地，但为了彰显她的学识，她同时也不忘再次提醒我，在古英语文法上，我的功夫下得似乎不够深，仍有改进的余地。聊完这些陈年旧事，她忽然问我，傍晚到她在圣安妮学院的房间喝杯酒好不好。我只好欣然接受邀请。

尽管它就坐落在圣安东尼学院对面，中间只隔一条马路，那时，我却尚未踏进圣安妮学院一步。在我心目中，这所学院是一个女人的国度，男人的禁地。这个想法不算离谱。现在看起来也许不可思议，但在那个时代的牛津大学，确实有一套相当严格的校规，掌控男人在女子学院的行为。有勇气进入这座女性堡垒的男人，必须待在学院的会客场所；女生绝对不可以在她们的房间接待男性访客。不管怎样，这档子事跟我无关——我不感兴趣。像我这类学生,在二次世界大战末期被征召入伍,当过几年兵,年纪比新一代的大学生大得多。由于战后缺乏教师,牛津大学就暂时雇用我们这群老学生,指导刚入学的菜鸟。那时的牛津大学,在我看来只不过是一所普通学校,没啥了不起。在校方要求下,我不得不教导几个年轻的大学生;除此之外,我根本不理会这帮菜鸟。我唯一的休闲活动就是看电影,而在那个时代,看电影就是看电影,不干别的勾当。午后的电影院幽暗得就像教堂一般,四处弥漫着浓浓的烟雾。观众或成双成对,或形单影只,只管静静坐在黑暗中;时不时的,一支香烟倏地灿亮起来,照出观众的脸庞。

跟身材矮小枯瘦、个性却非常风趣的格里菲思小姐一起喝酒——我猜,她那年不过40出头,但看起来却像个老太婆——肯定是一件很有趣的事情。在那个时代,喝酒就是喝酒,一如看戏就是看戏,不干别的勾当。我听说格里菲思小姐——后来我才知道她的名字叫伊莱恩——没事喜欢喝一杯浓浓的、醇醇的杜松子酒。况且,有机会跟英文系资深教师打交道、攀交情,对我的前途未尝不是一个助益。加入英文系是我当时一心追求的目标。

那天傍晚6点钟,我前往圣安妮学院赴约时,心中的这些思绪全都消失了。当天下午是格里菲思小姐个别指导学生的时间,此时刚结束。我伸手敲了敲门。身上穿着学士袍的一个年轻女孩走出来,乍然看见一个男人站在门口,立刻垂下眼皮,样子显得很腼腆。我没工夫打量这个女孩,因为透过敞开的房门,我已经看到了昨天骑脚踏车经过我窗口的那个人——我应该怎样称呼她呢：女人，女孩，女士？——这时她手里端着满满一杯酒，站在房间里，正跟一个我看不见的人谈话。

　　当然，她看起来跟脚踏车上的那位女士不太一样。这是一个社交场合，她身上并没披着那件老旧的橡胶雨衣。她那一头略带金黄色的短发丝，乱蓬蓬地覆盖在额头上，看起来倒是挺健康的，虽然有点油腻。（至今，她的头发依旧保持这个模样。）后来她得病了，我经常得帮她剪头发、洗头发，但年轻时她根本不想为这种事情费心。事实上，我觉得那个时代的女人——尤其是学术界的女人——并不怎么注重外貌；她们绝不会像现代女性那样，刻意把自己弄得骨瘦如柴，看起来活像稻草人。那个时代，在大学圈子中，不修边幅几乎已经成为学者的标志。尽管如此，在大学工作的女人却很少穿长裤。那天傍晚，艾丽斯穿上一件老旧的、脏兮兮的苏格兰粗呢裙子，看起来太长，拖拖沓沓的颇不雅观。我发觉，她那两条腿又粗又短，紧紧包扎在一双褐色棉袜中。20世纪50年代初期，尼龙袜还不怎么流行。

　　这个女人看起来确实很严肃，一本正经。这时我才恍然大悟：原来，我朝思暮想的那个脚踏车女郎——就是眼前这位女士——竟然是学术界人士。这个发现让我的心情一下子坠入谷底。第一次看见她时，我就把她当成我的梦中情人：一个守身如玉、痴痴等待我出现的女郎。我做梦也没想到，她竟然是一位平凡的大学教师。大学的教职让她在人生中获得一个定位，但我不喜欢她被定位——即使是被我定位。不过,她的外貌却让我感到安心:她浑身上下找不出一点点性吸引力。她不会像一般女人那样庸俗。她不是一个"女孩",因此不需具备少女的吸引力。这就使得我对她的爱慕变得更加令人激奋,同时——为了一个相当可耻的理由——也更加让我感到满足。由于她缺少明显的女性魅力,我就不必担心她会吸引别的男人了。

为什么一开始我就确定,艾丽斯这个女人浑身上下找不到一丝性吸引力?对我来说,至今这仍是个谜团。其他人,不论性别,可不这么想。我那天真的、现在难以解释的假定——她只能吸引我这个男人——使我不愿面对一个事实:在别人眼中,艾丽斯是一个具有强烈的、魔鬼一般的吸引力的女人。我想,这大概是因为他们比我更了解这类事情吧。

"噢,约翰,你来了!我可以叫你约翰吧?"格里菲思小姐发出她那独特的咯咯笑声。"来!跟安迪小姐和默多克小姐见个面。艾丽斯,这位是咱们英文系最被看好的新秀,他的学位考试考得挺不错的哦!在古英语文法上,我倒是挑出了他的一些毛病。我想这是他比较弱的地方,有待加强。不过,他那篇探讨《骑士的故事》的论文的确写得很扎实,非常精彩。"

去她的《骑士的故事》!她干嘛老提这篇论文?艾丽斯·默多克瞅了我一眼,态度颇为友善。她向我打个招呼,然后回头继续跟安迪小姐说话。格里菲思小姐递给我一杯酒;我接过来,二话不说就凑上嘴巴猛喝一大口,结果却呛得脸都涨红了。这是用杜松子酒和法国白兰地调成的一种烈酒,相当于美国的马丁尼。当然，那个时候人们喝酒是不加冰块的。虽然在部队里我常喝烈酒，但自从退伍后回到学校念书，我就不再碰它了，一方面固然是因为缺乏喝酒的兴致，另一方面也是因为喝酒太花钱。艾丽斯和她那群朋友喝得很凶。结识她后，我又开始喝酒。

格里菲思小姐把我称为英文系的"新秀"。我讨厌这样的称呼。我并不年轻。这些女人比我大不了多少。我望望周遭，发现我是房间中唯一的男人。这个发现给予我某种满足感，尽管这会儿我已经被嘴里的烈酒呛得晕头转向，狼狈极了。参加今晚派对的总共有四五位女士。看见我满脸惶惑，端着酒杯一个劲咳嗽，她们纷纷回过头来望着我，脸上流露出慈蔼的神情。显然，这些女人把我当成一个懵懂无知的小伙子，因此她们觉得，身为这所大学中最有学识、最世故的一群女人，她们有责任好好对待我这个小老弟。

但大家都围绕着艾丽斯，争着跟她讲话。我被撇在一旁，跟格里菲思小姐闲聊；她那双眼睛一直瞄向艾丽斯。即使在这样尴尬的时刻，她眼神中流露出的那份渴望也让我感到惊讶。

那时我根本不知道，在那个年头，圣安妮学院可以称得上是一间感情的温室。这儿的女教师，一般来说，并不是所谓的女"同志"。很多已经或者曾经结婚，拥有家庭和学术双重生活。她们是一群和善、聪明、带点学究气的女人，非常用功、认真，但表层底下却隐藏着一股激流，不断汹涌激荡。后来我察觉到，这种激情在她们之间互相传染，就像病菌或某种时尚。记得，我曾听到艾丽斯的好朋友、小说家伊莉莎白·鲍恩把她认识的一位女士描述成"最高类型的、旧式的女同性恋者"。伊莉莎白讲话时有个别人难以模仿的习惯：碰到英文字母 L，她就会口吃，因此，从她口中说出的 lesbian（女同性恋者）这个字，听起来就显得格外的庄严伟大，但也显得非常滑稽。说实在的，圣安妮学院那群女教师并不这么庄严伟大，但我敢说，她们那种类型的同性恋非常高洁、非常健康。她们把相互之间的情感当作隐私，从不在学生们面前宣扬，也从不引诱女学生入伙。后来从艾丽斯口中，我证实了这一点。任何一位女老师，胆敢向受她监护的女学生示意，或鼓励她爱上女同学，肯定会遭受全院师生唾弃。

不论如何，那时我的性观念实在太过单纯、天真，以为每个人要么是异性恋，要么就是"同志"，中间并没有模糊地带。参加过那晚的派对后不久，当我察觉到，那几位女士似乎全都爱上了艾丽斯，我感到非常失望和沮丧。她们对艾丽斯能够产生那样的感情，艾丽斯难道不会对她们——至少其中一两位——产生同样的感情？后来我才晓得，艾丽斯心肠太软，不忍心拒绝人家对她的感情（事实上她自己也渴望被爱），可是，一旦这个女人表示得太过露骨，艾丽斯就会在她们两人之间画下一道界线。

派对进行的当儿，格里菲思小姐抓住英文系的一位同事——拥有响亮动听的波兰姓氏的一位女士——把她拖过来介绍给我，然后匆匆跑开，加入艾丽斯身旁那一小群人。我看见那位神采飞扬、谈笑风生、拥有一头黑发和一双迷人大眼睛的安迪小姐，站在艾丽斯身旁，一面跟她说话，一面伸出手来，调皮地在艾丽斯手腕上轻轻拍了一下。她们俩也许是讨论教学问题吧（后来我才知道，安迪小姐在圣安妮学院教政治和经济学，而艾丽斯教的是哲学）。站在我身旁的那位拥有响亮波兰姓氏的女士，身上穿着一件黑色镶深红衬里的大衣，模样看起来跟安迪小姐一样神采飞扬，帅气十足。在轻松愉快的派对气氛中，她突然板起脸孔，操着一口听起来带着外国腔的英语，正经八百地向我提出一个跟我的"学术研究"有关的问题。我的回答，连我自己听起来都觉得缺乏说服力，别说这位女士了。她凝视我，眼神中流露出宽容，却也带着些许不满意。

这次接受格里菲思小姐邀请，前来参加她的派对，我还以为这是天赐的良缘呢，没想到，却连我的意中人艾丽斯的小手都没握到，莫说与她倾谈了。因缘际会，我倒是在我们英文系的另一位资深老师心中，留下不怎么良好的印象。后来我才晓得，格里菲思小姐的这位同事，在我们学院中是有名的严肃，平日不苟言笑，但事实上她是一位心地善良、教书认真的好老师。第二次世界大战期间，她嫁给一位波兰军官。她本身来自英格兰约克郡，娘家的姓氏很普通——似乎是"赛德博特姆"之类的典型英国姓氏——但离婚后，她却保留丈夫留给她的那个响亮的、充满罗曼蒂克风味的波兰姓氏。

在格里菲思小姐的派对上，一整晚，我都没有机会跟艾丽斯攀谈，尽管后来在其他两三位男士抵达后，我终于挨近了艾丽斯身边，但这一切努力都徒劳无功，因为跟我谈话的总是别人。几杯杜松子酒加法国白兰地灌下肚子后，我觉得，我整个人都神采飞扬起来了，足以在艾丽斯心中留下良好印象，但却一直苦无机会跟她倾谈一番。派对进行得最热闹的时候，在满堂欢乐气氛中，艾丽斯却向大伙儿说声抱歉，提早离开。

命运之神似乎有意考验我，让我受点折磨。看见我平白错过他安排的机缘后，他又耐心地替我撮合一次。过了三个星期，有一对夫妇邀请我到他们家吃晚餐，他们认识我的一位久未谋面的朋友。抵达他们家时，我赫然发现，除了我之外只有另一位客人，她就是艾丽斯。但很快的我就觉得，这回我又要错过命运之神为我安排的机缘了。尽管态度很友善、大方，艾丽斯在我面前却一直保持沉默，很少开腔。我挖空心思，绞尽脑汁，想出种种有趣的话题，但艾丽斯却没什么反应，只是一味微笑着。正如在牛津大学任教的其他哲学家，她习惯默默思考别人说的每一句话，而那种沉默总是带着睿智的、近乎神秘的味道。她把我提出的小小论点，反复思索一番：这家伙到底在说什么？如果断定这是一句废话，她就会客气地笑一笑，不置一辞。我只好承认我们之间不来电。让我稍微感到安慰的是，我们的主人，个性活泼健谈的法律系研究生，试图跟艾丽斯讨论当代哲学和时尚的关系，但跟我一样，也碰了个软钉子。他对艾丽斯的那股亲昵劲儿——他们俩似乎很熟，拥有共同的笑话、想法和一起度过的美好时光——让坐在一旁的我恨得牙痒痒的。我觉得，我这位骑着脚踏车、独自在校园中游逛的意中人，不应该跟这帮人一块儿厮混。我感到又妒又恨。往后一连好几个月，我会时时沉陷在这种情绪中。我开始发觉，在我认识她之前的那段漫长的岁月中，艾丽斯肯定做过很多我无法认可、难以接受的事，因为那不符合我在一厢情愿的幻想中为她打造的形象。

才坐下没多久，艾丽斯就突然站起身来说，她要回家了。我们的主人显得很失望。这回，我不再犹豫，赶紧站起身来向主人道歉说，我有事也得走啦。对于我的告辞，主人倒是看得很开，因为他们千方百计想留下的客人可不是我，而是艾丽斯，这使我感到有点惊讶。今晚在餐桌上，艾丽斯的态度一直很冷漠。尽管她一直微笑着，以保持身为客人应有的礼数，但她对这位法律系研究生的阿谀奉承——可怜他挖空心思，想尽办法找出话题来跟她聊——却始终没什么反应。我坐在一旁冷眼旁观，心里感到颇为欣慰。

互道晚安后，我们辞别主人，骑着脚踏车一齐进入牛津郡那潮湿、暖和的黑夜中。我的车灯挺明亮，但艾丽斯的前灯却一个劲闪烁不停，朦朦胧胧，随时都会熄灭。我让她骑在内侧，请她跟我共享我的车灯。两人肩并肩静静骑了一段路程，艾丽斯率先打破沉默。她用一种听起来相当友善的口气询问我，有没有想过写小说。我没料到她会提出这样的问题，顿时愣了一下。所幸这一次我倒有个现成的答案，我告诉她，是的，我是想过要写小说。事实上，那个时候我正在撰写（或试图撰写）一部长篇小说。

严格说起来，这并不是事实，只能说是近乎事实，但这天晚上我们俩肩并肩骑着脚踏车溜达在街上的当儿，我灵机一动，决定把它变成事实。约摸一个月前，我的师母——一位个性羞怯内向、待人却十分亲切和蔼的妇人——曾经问我相同的问题。这位教授夫人的父亲,生前可是顶顶有名的文学批评家哦。当时,我的回答也同样的不诚实;为了鼓励我,师母慈蔼地笑了笑,向我提议:咱们俩各自写一部小说,互相切磋砥砺吧。哈哈一笑,当下我和师母约定,把这件事当成一种比赛,看谁先完成这部小说。回家后我就开始搜集资料,甚至想好了开头第一章应该怎样写,但却一直没动笔。

今晚,跟我并肩骑脚踏车的艾丽斯·默多克小姐,为什么会突然问我写不写小说呢?我猜,她只是想把它当成一个话题,跟我聊聊,让我谈谈我自己的事情——毕竟,身为哲学家,她对写小说这档子事是不会有兴趣的。说不定,她一辈子从没看过小说呢!成天思考和探讨高层次的哲学问题,已经够她忙碌的了。我忍不住调侃她几句,不料她却告诉我,她已经完成一部长篇小说,马上就要出版了。

我一想,马上呆住了,心里对她可是又敬又怕,仰慕得不得了。没想到,这个特立独行的小女人,平日忙着探讨和教授哲学,竟然有工夫写出一部长篇小说,三两下就把它完成,毫不费劲。我鼓起勇气问她,这部作品到底讲什么呢?"你可不能告诉别人哦!"她警告我。说着,她停下脚踏车,把一只脚支撑在地面上,瞅着我,用很温柔但却非常严肃的口气对我说:"我不想让任何人知道我在写小说。"

我赶紧向她保证,我绝不会向任何人泄露她的秘密。没想到,她竟然把这个秘密告诉我,怎不让我感到欣喜若狂呢。显然，为了某种外人难以理解的原因，她不但信任我（尽管我们刚认识），而且毫不犹豫，当下就断定我是唯一值得她吐露心事的男人。为什么呢？我不知道，只晓得自己那颗心扑扑跳，充满感激、喜悦和（当然）爱慕之情。跨在脚踏车上，跟艾丽斯并肩站在阴暗的马路上，我真的觉得，身旁这个聪明绝顶、独具慧眼的女人，一眼就看出我是值得她付托终生的男人。说不定，她已经爱上身旁这个男人了。也许，她早就知道我爱慕她，于是就借着今晚的机会，以哲学家惯有的理性和智慧作出一个重大的决定：跟我相爱。我猜得可没错吧？

跟艾丽斯交往一阵子后，我却开始怀疑，她究竟有没有把这个秘密告诉其他友人。前面提到的那位朋友莫里斯·查尔顿，似乎知道艾丽斯在写小说，而约翰逊夫妇——请我们吃晚餐的那个法律系研究生和他妻子——显然也知道这件事。她在伦敦的许多友人，肯定也知道。更让我感到气恼的是，这群朋友有些已经读过这部小说，而且读的是艾丽斯亲笔誊写的原稿。约翰逊夫妇肯定读过原稿，因为每回他们发现我跟艾丽斯过度亲近，而且在他们家以外的地方见面，他们就会有意无意地提醒我，他们早已拜读过艾丽斯的作品。当然啦，如果你的朋友和你的另一位朋友交往，却不让你晓得，你肯定会不高兴的，拉·罗什福科①不是这么说过吗？

---

① 拉·罗什福科 (La Rochefoucauld, 1613～1680)，法国作家及道德家。

在这方面,艾丽斯的做法是出自本能和直觉,基本上是善意的。她珍惜所有的朋友,尊重他们每一个人;她希望他们能够以相同的清纯方式认识她,跟她交往。不搞派系和小圈圈,勾心斗角;不在背后谈论另一位朋友的是非。她希望,她跟每一位朋友的交往和情谊都是个别的、特殊的,清纯得就像居住在伊甸园一般。这份愿望,对艾丽斯来说,非常重要。由于她对每一位朋友的情谊都发自内心,极为真诚,不掺一丝虚伪成分,因此她认为这样的友情应该是属于两个人的,跟任何第三者实在扯不上半点关系。她对待朋友一视同仁,没有等级差别,不必做任何比较。每一个友情都是完整的、自给自足的。

事实上,当初我误解了艾丽斯。无疑,这只因为我爱上了她。就像所有的恋人,我希望在意中人心目中拥有"特殊"的地位,成为她"唯一的男人"。我搞错了"特殊"的意义。当艾丽斯告诉我,除了我之外,她不愿让任何人知道她在写小说,我还以为她看上了我,把我当成特别的朋友看待。事实上对她来说,这只不过是她惯常采取的、几乎已经变成了一种公式的防范机制。她的朋友早晚都会知道——而且应该知道——她在写小说。她只是不愿意让朋友们彼此之间或对外人谈论这件事。

很自然的,这种防范机制只能在比较高的层次上产生效应;作为一种实际的措施,它并不能发挥多大的效用。我领悟到这点,是在我发现很多认识艾丽斯的人都在谈论她的小说的时候。发现这个事实,我并不感到沮丧和怨恨,更不会有幻灭的感觉。我太爱她了(至少我这样告诉自己),以至于我能够看清而且坦然接受这个事实：艾丽斯根本不爱我。她把她写小说的事告诉我，只是出于一种善意，因为她发现我对这类事情很感兴趣。她愿意告诉我这件事，正是因为她不爱我，而不是因为她已经或开始爱上我了。我们变成了朋友，仅此而已。

友情在艾丽斯生命中扮演非常重要的角色。她那么珍惜友情，以至于把朋友们分隔开来。在我看来，友情并没多大意义，根本不值得珍惜。对我来说，友情只不过是心理学家所谓的"因环境而形成的人际关系"。在学校念书和在军中服役时，我结识过一些人，跟他们一块儿厮混，我觉得满开心，但我从没想过要问自己，我究竟有多珍惜他们的友情。生活圈子改变时，我交往的对象也随着改变，因此我从不曾结交过一位称得上"老友"的朋友。如果艾丽斯希望（至少心理上已有准备）把我当成她的众多朋友之一，那她就打错算盘了，当不当得上她的朋友，我根本不在乎。

无论如何，当时我们也只能保持朋友的关系。我们大约每两周见一次面。我和艾丽斯都不喜欢电话（从一开始我就发现这点），因此我们就通过短笺联络。这类信函经由学院的信差传递——那时，牛津大学的师生都管它叫"飞鸽传书"。我不喜欢酒馆，但那年头除了酒馆之外，实在找不到其他可以约会的地方。艾丽斯倒是很喜欢到酒馆喝几杯，而且有她特别喜爱的几家。这点，我很快就发觉了。我也不喜欢在外面吃饭，主要是因为那时在牛津，上餐馆吃一顿饭所费不赀，绝不是我这个收入微薄的寒士负担得起的，况且菜色通常很差，简直难以下咽。有时我们在咖啡店或酒吧吃饭。每回一坐下来，我就开始绷起脸孔，指指点点嫌这嫌那，没有一样东西让我看得顺眼。

这段日子里，我和艾丽斯交往日深，说得很多，但如今回忆起来，却又想不起我们之间究竟谈过什么。唯一可以确定的是：刚认识她时的触电感觉——就像那晚我们在黑漆漆的马路上停下脚踏车，互相凝视，然后她央求我，别让别人知道她在写小说——再也不会发生了。记得，那晚重新骑上脚踏车后，我怯怯地向艾丽斯探询她这部作品的内容。它讲什么故事？当初怎么会决定写这部小说？艾丽斯没直接回答我的问题，但更让我感到兴奋的是，她用一种强调的语气告诉我，一部成功的小说，必须让每一位读者都能够获得某种启发。这是她在写作过程中发现的奥秘。这个观点其实非常简单，但让我感到惊讶的是，她竟然郑重其事地、一字一字地把它说出来，令人留下深刻的印象。

"有点像莎士比亚的作品哦！"我说。

"唔，也许是吧。"

我常回想艾丽斯那晚说的话。它究竟有多少意义呢？或许，对我来说，它只是爱情所带来的触电感觉的一部分？我说爱情，其实只是我在单恋她。至今艾丽斯依旧相信，那晚她说的话是非常严肃、认真的。她把它奉为写作小说的圭臬。她希望透过她的作品，接触到广大的读者群。为了达到这个目的，她使用各种方法和技巧：精彩的情节、叙事的节奏、充满喜剧风味的人物和对白、深刻的主题和哲学意涵、原创世界的神秘气氛——她在小说中创造的这个独特的世界，在她刚踏出第一步、投身小说创作这一行时,就已经浮现在她心灵中。

那年初夏,圣安东尼学院举行一场小型舞会。比起其他学院每年暑假结束时举行的那种规模盛大、彻夜狂欢的舞会——师生们管它叫"庆祝舞会"——我们的舞会可要寒碜得多。那年头参加豪华的庆祝舞会,一张双人门票售价高达 30 英镑,如今想必更贵。而你只须花两三个几尼①,就可以在圣安东尼学院的舞会中跳上一整晚。虽然我天生不爱跳舞,也很少参加舞会,但我还是决定参加,并且邀请艾丽斯担任我的舞伴。我掏腰包买了两张门票,心里盘算着,万一艾丽斯拒绝我的邀请,我还可以把门票转卖给别人,不会有什么损失。没想到,艾丽斯却一口答应了;看到她那副兴致勃勃的劲儿,我反而感到有点不安。我开始胡思乱想,心中犹疑不定:我在圣安东尼学院的同事可能会请她跳舞。万一其中一位爱上了她,或者她看上了他,那我该怎么办呢? (那时我并没想到, 艾丽斯在舞会中也很可能会受到某一个女孩吸引,对她产生爱慕之情。)

此外,还有一些更实际、更迫切的问题亟待解决。舞会从晚上 9 点一直进行到午夜。在这之前,我应该带艾丽斯到哪里吃晚饭呢? 这阵子我手头很紧,但我觉得,无论如何我都得带她去一家像样的餐馆,而不只是酒馆或咖啡店。考虑了半天,我终于

----

① 几尼 (guinea) 是英国昔日的金币,相当于 21 先令。在现行的英国货币制度中 (1971 年以后),几尼仅用作计算单位;1 几尼相当于现行的 1 英镑 5 便士。

择定"丽晶餐馆"。根据《牛津邮报》刊登的一则广告,这家餐馆供应的"极可能是全牛津郡最可口的菜肴"。这项神谕式的宣言,不应该受到质疑,但说真格的,那晚我的心思根本就不在食物上。6点半一到,我就站在圣安妮学院里艾丽斯的房间门口,准备接驾。我敲了敲房门。里头传出一个声音,要我等一分钟。等待的当儿,我心中寻思:艾丽斯今晚会穿什么样的衣裳呢?她会把自己打扮成什么模样呢?我假定——甚至盼望——她会穿上一件深色的(最好是黑色的)衣裳,以配合她的年龄和气质。我一直以为艾丽斯是一位成熟、朴实的女人,当初,第一次看到骑脚踏车的艾丽斯,吸引我的不就是这种我凭空想象出来的气质吗?

房门终于打开了。一个女人穿着火红的锦缎衣裳,幽灵般出现在我眼前。看见她这副装扮,眼一花,我整个人登时呆住了。我对脚踏车上的那个女人的所有梦想、幻觉和先入为主的成见,刹那间全都被砸碎了,消失在过去——如果有选择的余地,我情愿留在这个过去,可问题是,我完全没有选择的余地。眼前的这名女子,外貌跟脚踏车上的那位女士并没什么不同:一样的朴实,一样的和蔼,一样的拥有平扁的五官和一只狮子鼻,以世俗观点来看虽然不算漂亮,但却显得非常坚毅、刚强。以往在我心目中,这张脸庞一直具有某种神秘的气质。而今,我看到的艾丽斯却是别人眼中的艾丽斯。尽管她本人并没改变,还是那么的超凡脱俗,但她的装扮和服饰却已经世俗化了。看到她身上那件火红礼服,我心里感到很悲痛,因为那是任何女孩——没有品味、不晓得如何选择服饰的愚蠢女孩——都会穿的衣裳。

既来之，则安之。我只好这么安慰自己。艾丽斯似乎感到很不自在，忸忸怩怩，也许是因为她那张搽上白粉的脸孔，或是她那怪异的发型，或是她内衣上的一个钩子，让她觉得很不对劲吧。她不住扭动身子。伸出手来使劲扯她的衣裳，仿佛里头那件内衣是头一次穿上的，还没让她习惯。也许，这会儿她心里正在想：今晚如果可以不参加舞会，跟别的朋友们到别的地方去玩，那该多好啊。我看得出来，现在她心里想的是别的事情和别的人，眼中根本没有我这号人物——就像第一次看到她时，她骑脚踏车经过我窗前，眼睛直视前方，懒得看我一眼。这会儿站在她房间门口，她正眼也没瞧我一眼，不过，她倒是伸出手来，心不在焉地握住我的手，牵着我走出她居住的圣安妮学院宿舍。她的动作很笨拙，让我浑身感到不自在。

丽晶餐馆那一顿晚饭，简直是一团糟。我记不得我们点了什么菜，只记得很难吃。最可恶的是那个侍应生：他一直板着脸孔闷声不响，态度非常傲慢。这家伙站在一旁，只顾呆呆想着自己的心事，眼中根本没有我们，就像刚才艾丽斯站在她房间门口迎接我时所表现出来的那副德性。连我们特地点的那瓶红酒，喝起来也索然无味。偌大的餐馆冷清清、空荡荡，只有三两桌客人。不知怎的，这顿挺难吃的晚饭我们却愈吃愈开心，到后来竟然咯咯笑起来，望着餐馆中那几个脸色阴郁、幽灵似的客人，指指点点评头品足。吃完饭，艾丽斯站起身来向我说声对不起，拎起皮包走进化妆室，把我留在外面买单。付账时，我特地加上一笔丰厚的小费，但侍应生却懒得看它一眼。我感到很气恼，因为我原以为他会向我道谢，然后笑眯眯询问我，吃完饭准备上哪儿去玩呀。这个一整晚板着他那张臭脸的家伙，走过来拿起桌上的钱，二话不说，转身就走，依旧是一副心不在焉、呆呆想着自己心事的德性。也许，他老婆跟别的男人跑了。广告上说，丽晶餐馆供应的"极可能"是全牛津郡最可口的菜肴。这也许是事实，但我敢说，它的服务是全牛津郡最差劲的。

独个儿，我坐在餐桌旁，呆呆瞅着墙上贴的绿白条纹壁纸——这种壁纸当时很流行，但自从在丽晶餐馆吃过一顿晚饭后，我就恨死了它。艾丽斯躲在化妆室不晓得干什么，好久没出来。当她终于现身时，我发觉她整个人都变了。现在她看起来像华托瓷娃娃①，梳着女学生头，看起来很不搭调。刚才在化妆室她已经抹上口红，现在她打开皮包，拿出一张纸片，笨手笨脚地放在嘴唇上亲了一下。我看见纸片上有字迹，怀疑那是她的一位仰慕者写给她的情书。让我稍感安慰的是，她并没把它放回皮包里；她把这张纸片揉成一团，留在餐桌上。

外面下着毛毛雨。好不容易我们才叫到一部出租车，看看手表，已经快 10 点了。我们赶到圣安东尼学院时，舞会正进行得如火如荼。

---

① 华托（Jean Antoine Watteau, 1684~1721），法国画家。"华托瓷娃娃"指的是具有华托风格的玩偶，曾在英国风行一时。

我硬着头皮，带着女伴走进学院大门。这个女孩跟我所认识的艾丽斯完全不一样。她嘴唇上涂着鲜红的口红，厚厚的、浓浓的，看起来很刺眼（这倒不是说，我一开始就只顾盯着她那双嘴唇看）。这个装扮怪异的女孩，肯定会吸引我的同事和他们的朋友。这倒好，因为我可不想陪她跳一整个晚上的舞。我只盼望舞会能够早早结束。谢天谢地，只要挨到午夜我就可以走人了。

圣安东尼学院原本是英国国教的一所女子修道院，建于1870年左右。一道陡峭的石阶向下延伸，通到小礼拜堂底下的地窖。（礼拜堂现在已经改成图书馆。）舞会就在地窖举行。沿着石阶走下去时，一个不小心，艾丽斯踩到了她自己的裙摆，登时滑了一跤，一屁股坐在地上。前头和后面的人纷纷冲上前去，帮助我把艾丽斯搀扶起来。这一刻，我竟然期望她扭伤脚踝——不严重，但足够让她跳不起舞来。她这个人的个性，可不喜欢坐在一旁作壁上观。如此一来，我就可以趁机带她回家啰。也许，我们俩可以待在她的房间里谈心。

没想到，艾丽斯一点都没受伤。她从地上爬起来，脸上笑眯眯的，在大伙儿簇拥下谈笑风生走下楼梯。这一跤，摔得可真好，让艾丽斯跟其他舞客打成一片。大伙儿谈谈笑笑，兴高采烈走进舞池。我向艾丽斯介绍我的几位同事和朋友，她似乎已经交上几个新朋友了。她的态度不再羞怯、退缩。我笨手笨脚地做了个手势，请艾丽斯跳舞。于是我们俩相拥起舞——我们采取的可是谨守礼节的"半拥抱"姿势。

我的舞步确实够笨拙的。以往在部队时，每逢周末，有时喝得醉醺醺的，我会到夜总会跳跳舞，活动活动筋骨，感觉上蛮好玩的。这会儿跟艾丽斯相拥起舞，我却觉得，我们身体的各个部位各自为政，互不隶属，各跳各的。艾丽斯笑眯眯望着我，鼓励我，但过了一会儿她就从我怀抱里挣脱，自顾自挥舞手臂，旋转身子，跳起她自己发明的芭蕾舞步来。她的模样看起来很怪异，矫揉造作，但同时却也显得无比天真烂漫，令人感动。显然，跟我一样，她对双人舞一点都不在行。可是说也奇怪，当我们不小心碰到旁边一对男女，而那男的回过头来对艾丽斯笑一笑，伸出手来把她抓住时，艾丽斯却立刻投进他怀中，双双相拥起舞，满场旋飞，姿势美妙极了。那位男士的女伴被撇在一旁，当然很不高兴，但也无可奈何，只好对我笑一笑，转而跟我跳起舞来。我感到有点沮丧。看来，今天晚上的计划全都泡汤了。

一曲终了。艾丽斯立刻跑回我身边，模样儿看起来还挺开心的。她说，她知道我住在圣安东尼学院，但还没看过我的房间。我趁机邀请她到楼上我的房间坐一坐——那天早上我买了一瓶香槟，连同两个杯子藏在橱柜里。她说她很乐意到楼上看看。上楼时，我伸出手来挽着她的胳臂，免得她又摔一跤。我的房间很小、很朴实，里头只有一张床、一只橱柜、一张书桌和一把木制的椅子。我打开煤气炉，然后从橱柜里拿出香槟和酒杯，放在桌上。就在这当口，我们情不自禁相拥起来。

一切都是那么的自然，就像上楼时我挽着她的手臂，就像离开她的宿舍房间时她牵着我的手。那晚，我们没再回到舞池中；两个人厮守在我的房间里，一直到凌晨两点钟。话匣子一打开，我们都有说不完的话。我作梦也没想到我竟然那么健谈；我想，她也有同样的感觉吧。其实，我们谈的只是一些琐事，但一聊起来就没完没了。聊着聊着，我们两人的脸庞渐渐挨靠在一起。以往，她只习惯正经八百的谈话：深思熟虑，字斟句酌，就像一位哲学家兼大学教授。而今她却喋喋不休，语无伦次，就像一个牙牙学语的小孩。我也一样。我们俩互相搂抱着，不停地亲嘴，不停地摩擦鼻子(我告诉她，我爱死了她脸上那只狮子鼻)。就这样，我们使用一种临时发明的童稚语言，谈得不亦乐乎。她时不时地甩甩头，瞅着我咪咪笑，仿佛不相信我们竟然会聊得这么开心。我也有同样的感觉。看来，今天晚上，艾丽斯决定好好放松自己，以满足内心中长久以来一直压抑着的欲望和需求：摒弃学术界的勾心斗角，克服情感上的恐惧和迷惑，摆脱人际关系中的权力斗争，勇敢地爱上值得爱的人。

　　她一再央求我告诉她我的童年生活。她也把她的成长过程讲给我听。她有个快乐的童年，从小跟父母非常亲近。父母很疼她，但从不溺爱她。她父亲来自北爱尔兰首府贝尔法斯特，担任基层公务员多年，现在即将退休。他的薪水非常微薄。如果不是父亲向别人借钱，艾丽斯即使申请到奖学金，也进不了好的学校。父亲一生行事谨慎，但为了女儿的前途，他会变得跟狮子一样勇猛。提到父母亲为她作出的牺牲，艾丽斯忍不住流下眼泪来。但那晚我们聊得实在太高兴了，不愿意耽溺在悲惨的经历中。此刻，我们共享的是童年生活的浪漫气氛，而不是童年生活的现实，依偎在一起，我们共同地、奇迹似的发现了美好的童年。圣安东尼学院的舞会、丽晶餐馆的那顿晚餐……这一切荒谬可笑的成年人的活动，这会儿全都被我们抛在脑后。

不知怎的，我忽然很想用我的嘴唇和鼻子，摩擦她那光溜溜的胳臂。她央求我脱下身上穿的晚礼服，先让她这么做。

"结婚后，我们可以一天到晚做这件事啊！"我说。这话听起来，连我自己都觉得荒谬。

"即使不结婚，我们也可以常常做这件事呀！"艾丽斯回答。

"唔，可是如果……"

她扑上前来，用她的嘴唇封住我的嘴巴。好久，好久，我们俩紧紧搂抱在一起。桌上的那瓶香槟一直没打开。

多年后，有一天我应出版社的要求，翻阅艾丽斯的手稿和文件，寻找他们需要的资料。我找到一本艾丽斯用来记写作资料的练习簿。在后面那几页，我发现她记录一些跟写作无关的事项，有些载明日期，有些只是她对书籍、哲学家和她认识的人（他们的姓名以第一个字母代表）所作的一些零星的、随兴的观察和评论。此外，还有几则是她对学生的作业所下的评语。1954 年 6 月 3 日的那则记事写道："参加圣安东尼学院舞会。从阶梯上摔下来。我似乎爱上了 J。那晚我们两人只跳了一两支舞而已。"

2.心的距离

　　我们拖着沉重的脚步,慢慢穿越宽阔的田野,朝河边走去。感觉上,今天的热浪比前几天凶猛得多,但由于天空乌云密布,阳光并不像早些时那般强烈。田野上的牧草已经收割完毕,早在几天前就被运走了;略带褐色的表土曝晒在太阳下,变得干巴巴、硬邦邦的,四处散布着一座一座鼹鼠丘,看起来怪刺眼的。丘中的泥土非常松脆,就像一堆灰色的粉末。让我感到诧异的是,在这种土壤里挖掘坑道的鼹鼠,竟然能够找到足以维持生命的食物。这当口,就在我们走近河边时,一对乌鸦拍打着翅膀,懒洋洋地从我们眼前飞掠而过。据说,乌鸦寿命很长。我心里想,这些年来我们到这条河中洗澡时看见的鸟儿,应该就是这两只乌鸦吧。

　　我感到有点懊恼,今年秋季我们没能早一些来这儿。那时,牧草还没收割,整个田野开满各种各样的野花:轮峰菊、白羌活、牛眼菊。河边的这一片田野并不很肥沃青翠,也许是因为表层底下铺着一层砂砾的缘故。不远处,大马路旁有好几个巨大的砂砾池塘,但我们选择到这儿来玩水,因为这片田野是受到保护的地区(据说,这儿是政府设立的鸟类和植物庇护所)。但说也奇怪,鱼类在这儿却不受保护——有时,我看到几个钓客悄悄躲藏在芦苇丛中,鬼鬼祟祟,不知在干什么勾当。

我们常去的那个角落,外人倒是很少闯入。今天我们抵达时,发现它跟往常一样空无一人。以往,我们总是立刻脱掉身上的衣服,悄悄涉入水中,就像我们第一次来这儿玩水时那样。而今,我得花费一番工夫,帮艾丽斯脱掉衣服(今天出门前,我帮她穿上泳装)。这阵子不知怎的,艾丽斯就是不喜欢脱掉身上的衣裳;即使在大热天,我也很难说服她脱掉长裤和紧身内衣,然后才上床就寝。

这会儿,我费了老大的劲才剥掉艾丽斯的外衣。她向我提出抗议,口气虽然温和,但却十分坚定。现在她身上只穿着她那件破旧的一件式泳装(其实是两件式,上身是紧身短衫,下身是小裙子),模样儿看起来拙拙的。她脚上那双袜子松脱了,缠绕着她的脚踝。她打死都不肯脱掉袜子;我只好顺从她,不再跟她搏斗。一艘游艇转动着引擎,轧轧轧,缓缓驶过我们眼前。一个身穿比基尼泳装的年轻女郎,躺在甲板上晒太阳,姿态显得非常高雅迷人;一个小伙子身上只穿着白短裤,站在船尾掌舵。经过我们面前时,他们俩双双回过头来望了我们一眼,满脸狐疑。这时,如果他们捧腹大笑,望着我们指指点点,我也不会感到惊讶,因为这会儿我和艾丽斯看起来确实很滑稽、怪异:一个老头子毛手毛脚,试图脱掉一位老太太身上的衣裳,而这位老太太虽然上了年纪,皮肤却还挺白嫩,加上一头金黄的发丝,模样儿看起来还挺标致的。

阿兹海默氏症①患者的举止行为，可不是永远都这么温和——这点我非常清楚。但是，患上这种病症后，在很多方面艾丽斯却依旧能够保持她原本的自我。她的专注力消失了；她不再能够组织完整的、连贯的句子，甚至记不起此刻或刚才她身在何处。她不知道，她这一生写过 26 部杰出的小说，以及好几本探讨哲学问题的书；她也不晓得，好几所有名的大学曾授予她名誉博士学位，英国女王曾册封她为大英帝国女爵士……如今，如果有一位朋友或仰慕她的读者，请她在她的一本小说上签名，她会带着又惊又喜的神情，仔细端详这本书，然后吃力地签下她的名字——如果行有余力，她也会写下对方的名字："给乔琪娜·史密斯"或"给亲爱的瑞琪"。每次签名，她都得花上好一番工夫，小心翼翼、整整齐齐地写下她姓名中的每一个字母，而说也奇怪，她现在的字体看起来跟她原本的字体并没什么两样。她总是很乐意地答应别人的要求。艾丽斯仍旧是以前那个亲切、和善的女人。

一走进水中，艾丽斯就显得开心多了。河水热烘烘的，一点都不清凉，但我们依旧能够感受到它那褐色的、缓缓流淌的温柔劲儿，轻轻揉抚着我们的四肢，让我们感到通体舒服。我们俩浸泡在河中，用手划水，游来游去，不时抬起头来笑眯眯地互望

---

① 阿兹海默氏症 (Alzheimer's disease) 是一种因脑部萎缩而产生的痴呆症，老年痴呆大多属于此病。其名称源自发现此病症之德国医生阿洛伊斯·阿兹海默 (Alois Alzheimer, 1864~1915) 的姓氏。

一眼。游艇驶过时,水面上的一簇簇莲叶和一两朵灿开的莲花,就会随着波浪摇曳。一只只碧蓝色的小蜻蜓栖停在莲叶上,一动不动。河水很深,离岸越远越沁凉,但我们不敢游得太远。低头一瞧,我看见艾丽斯那双依旧穿着袜子的脚沾满泥巴,在褐色的河水中摆动不停。一群小鱼儿聚集在她身边,好奇地打量她。我身旁也围绕着一群鱼儿:它们不停地游上来,轻轻碰触我那光裸的皮肤,就像医师问诊似的。

以往,一旦发现河上有船舶行驶,我们就会立刻划动双手,游过宽达一百码的河面,鬼赶似的回到对岸。现在我们不这么做了,因为那太麻烦,而且会激发艾丽斯的焦虑感(这种焦虑感潜藏在每一个阿兹海默氏症患者心中,随时都会发作)。更糟的是,它会感染到照顾病患的人。这倒不是说,艾丽斯会遭遇到危险——即使患了阿兹海默氏症,如今艾丽斯游起泳来,依旧可以媲美鱼儿。自从44年前结伴在这条河中玩水后,一有机会,不管身在何方,我们就会跳进海中、湖中、河中、游泳池中或池塘里游个痛快。

我顶记得,有一次我们在澳洲伯斯市旅游时,曾经从一条交通繁忙的大马路上,爬下河边那一座阶梯式的水泥堤防,进入天鹅河中。有名的天鹅酿酒厂坐落在这条大河的下一个河湾,一抬头,我们就可以望见它。流经我们身旁的河水,感觉上怪怪的,但我们在河里游泳游得很开心。我们看见一辆辆汽车在堤岸上呼啸而过,驾驶人纷纷探出头来,满脸讶异地(也许还带着点不以为然的表情吧)直瞪着我们两人。事实上,校方招待我们居住的那家旅馆有个游泳池，但感觉上就是不一样。游泳池畔，总是躺着一排排高大健美的澳洲女郎。她们正在日光浴。我和艾丽斯从没使用过这个游泳池。我们太害羞，没那个胆子。

艾丽斯一向不喜欢在游泳池里游泳。她游得不快，对花哨的、引人瞩目的招式毫无兴趣；她喜欢静静泡在水中。曾经有两次艾丽斯差点儿被淹死。当我们朝向河畔游过去，准备爬上堤岸时，我忽然想到那两次经历，心里登时感到一阵莫名的焦虑和恐慌——自从艾丽斯罹患阿兹海默氏症，焦虑已经变成我们生活的一部分。爬上河岸原本就比跳入河中困难得多，姿势也不那么优美，但以往这个动作难不倒我们。靠近岸边的河水跟中流一样深，因为堤岸底部被水流长年侵蚀，已经变成很深的沟渠。在我们这个角落，河岸有点倾斜，上面铺着一层烂泥巴，四处散布着到河边喝水的牛遗留下的蹄印。我率先爬上岸，然后转身帮助艾丽斯。就在她伸出手来握住我的手的当儿，她的脸庞突然皱缩成一团，流露出恐惧的神色，就像一个溺水的孩童（这阵子她脸上常常出现这种神情）；霎时间，我心里也感到一阵恐慌。万一，她的手臂突然使不出力气，她整个人滑回深水中，忘记怎样游泳，只知道张开嘴巴向我呼救，让河水涌入她嘴里——那我该怎么办呢？当下我向自己发誓，从此不再带艾丽斯来这儿游泳了。

恐慌的时刻终于度过。10多年前，遭遇这种情况时，我和艾丽斯都不会感到恐慌。那时，我们常跟一位朋友——艺术家雷诺兹·斯通——到英格兰南部杜塞特郡的契西尔堤岸游泳。斯通夫妇居住在内陆,距离海岸好几英里。每年夏天,我们两对夫妻结伴到海边度假。那儿有个辽阔的海湾,从波特兰·比尔一路绵延到布里德港和林姆·雷吉斯。千百年来的海潮在这儿遗留下一座巨型的、由灰色砂砾堆砌成的堤防。宛如人工雕凿一般,这座堤防分成好几个等级和层次,从波特兰那一端的巨大鹅卵石,一路往西延伸到12英里外的碎石地带。海上起波涛时,这个地方会变得非常凶险,但即使风平浪静,回头浪的起伏和吸力也会使这儿的沙滩变得危机四伏。个性温和、作风大胆、永远心不在焉的雷诺兹,从不曾向我们提及这座海滩潜藏的危险——显然,他根本就不在乎。我们常常结伴从这儿进入海中,谈谈笑笑好不开心。有一回,艾丽斯错过海潮的脉动,没跟随我们返回砂砾堤岸;退潮时,她被回头浪吸回海中。雷诺兹只管跟我谈论他最敬仰的两位艺术家——意大利的皮埃罗和法国的塞尚——根本没注意到发生什么事情,而我只顾聆听他的高论,根本忘记了艾丽斯的存在。小心翼翼踩着石头、朝我们放置衣服的地方走过去时,我才突然想起了艾丽斯,赶忙回头一瞧。她不在我们身后。所幸,过了一会儿她就出现了。我伸出手来,搀扶她走上砂砾堤岸,而雷诺兹却还只顾站在堤岸上高谈阔论,仿佛啥事都没发生似的。

后来,艾丽斯才告诉我,有一个瞬间她觉得自己被吸入海底,心里感到又惊讶又害怕。整个大海压在她头顶上。出于本能,她紧紧闭上嘴巴,等待下一波浪潮把她推回岸上。那一刻,如果她惊慌失措,吞下大量海水,阴险狡猾的回头浪肯定会把她吸到更远、更深的海底。届时，连她这个熟习水性、擅长游泳的人，恐怕也难逃没顶的厄运。

直到那晚上床就寝后，艾丽斯才提到她当天在海里的遭遇。她不再害怕，只是感到好奇。她愿意跟我分享此刻她感受到的一股莫名的兴奋。她告诉我："这个经验，我打算写进下一部小说中。"她果然做到了。

成名后，艾丽斯从不在公开的场合谈论她正在撰写的小说，就连她的朋友，也难得听到她提起自己的作品。至于我，那就更不用说了，如果我问起她的小说，她会含含糊糊回答一两句。后来我就索性不问了。婚姻生活真正的乐趣就是心灵的孤独，而这也正是最令人心安的。我有自己的工作：在大学教英国文学，偶尔撰写几篇冷僻的评论文章。不久，艾丽斯就辞去了圣安妮学院的教职（我猜，这跟那个圈子给她的感情压力多少有点关系），从此退隐到她自己的世界中。在那个奇妙的世界里，她从事小说创作、知识论辩和哲学思考，尽情享受单纯的文学乐趣。她希望她写出的每一部小说，都能够让每一位读者获得某种启发——这句话正是我和艾丽斯刚认识那晚，在骑脚踏车送她回家的路上停下来聊天时她对我说的。

偶尔，在写作小说过程中碰到一些技术性的问题，艾丽斯会征询我的意见。有一回她问我，自动手枪怎样使（我在部队当过兵，这种问题难不倒我）；有时她会问我一些有关汽车、酒和食物的问题——记得有一次她问我，她应该让她书中的某一个角色吃什么东西。由于情节的要求，艾丽斯必须为《大海，大海》

(*The Sea, The Sea*) 这部小说的男主角设计一套非常特别的日常饮食。于是,我挖空心思,替她想出各种各样稀奇古怪的食物搭配,诸如燕麦糠配白煮洋葱、煎大蒜配沙丁鱼、罐头芒果配斯第尔顿奶酪①等等。这些食物,有些果然被艾丽斯采用,进入她的书中。这部小说后来赢得英国最具声望的文学奖"布克奖"。身为评审委员的著名哲学家艾耶尔在颁奖典礼上致词,他说,书中描写的各种细节他都非常喜欢,读得津津有味——除了食物。

这一生,我曾经只替艾丽斯的一部小说撰写过一小段文字,而那是很多年前的事了。这段文字出现在她出版的第四部小说《钟》(*The Bell*)。出于某种原因,她要求我阅读这部作品的第一章。这是她一生作品中最神秘、最耐人寻味的开头,充满警句似的句子。艾丽斯写作从不用打字机。在她手写的初稿中,这部小说的开头是这样的:"朵拉·葛林菲德离开她的丈夫,因为她害怕他。一年后,为了相同的理由,她又回到他身边。"在小说中乍然读到这么简洁有力的开头文字,我感到非常激动——我相信读者也有同感(初稿和定稿的开头文字几乎完全一样,并未作太大的更改)。然而,一路读下去,我开始对年轻的女主角朵拉·葛林菲德和她丈夫保罗产生好奇,而开头那几页的叙述,却未能满足我这个好奇心。作为小说人物,这对夫妻是那么的独特、那么的引人注意,身为读者,我渴望多知道一些跟他们

---

① 斯第尔顿奶酪 (Stilton cheese) 是一种味道香浓、色泽洁白的上等干酪,据说最初的产地是英格兰中部的斯第尔顿村 (Stilton),故名。

有关的事情:我期待作者提供我们一个线索,给我们一个暗示,让我们一窥这两个人物的内心世界和潜能。我把这个想法向艾丽斯提出。她说:"好啊,你帮我写一段吧。"我猜,身为作者,她早就察觉到我作为读者所感受到的这一点。看来,我们夫妻俩真是心有灵犀一点通。

那时,我正在撰写一部文学研究论著——后来以《爱情人物》(The Characters of Love)为书名出版——并开始迷上亨利·詹姆斯的作品。在和朋友谈到他正在写作的小说中的一个女性人物时,这位小说家曾经这么说:情节发展到这个阶段,身为作者,他已经可以"用严肃的态度审视"这位女士。他接着说,牵涉到这样的人物时,作者应该提供读者某种预警,"一种早期的观测角度"。于是,在艾丽斯怂恿下,我开始构想朵拉和她丈夫保罗之间可能发生的一些事情,提供作者参考,尽管我没把握,这些细节会出现在艾丽斯这本书中——老实说,这部小说到底讲什么故事,我都搞不清楚。

我的构想是:身为丈夫,保罗很想有自己的孩子,尽管他不一定意识到这点,而他的妻子朵拉(她比丈夫年轻得多)现在却还不想生儿育女。我建议,让朵拉拥有"立刻成为一位承担责任、有主见的母亲"的能力;在他们的婚姻生活中,这是她跟丈夫对抗的唯一本钱。不过她担心,有了孩子后,她和丈夫会"变成两个人",但个性消极的她,却没因此刻意采取避孕措施。事实上,就像一个惊慌失措的梦游者,她回到丈夫身边,而在潜意识中,她依旧指望内心的恐惧会"在顷刻间把她带走,就像带走一只小动物"。同时,她却又需要她丈夫,因为她害怕他,因为她知道他有能力消除她内心的恐惧。

依据这个构想,我帮艾丽斯撰写一段相当长的文字,结果,真的出现在这部小说中。那是在第一版的第 10 页。读起来,这段文字充满詹姆斯风味,跟艾丽斯自己那原创的、难以模仿的文字风格显得格格不入。然而,尽管如此,它似乎达成了它的任务:为读者提供另一个观测人物的角度和想象空间,而这原本不是这部小说——基于篇幅和写作意图——所能提供的。《钟》的主题在于探讨人们对精神生活的渴望和追求(不管那是真诚的还是虚伪的)。对人们心中的渴望,以及在这份渴望下人们的行为,艾丽斯的观察非常敏锐,感受十分深刻。这点不必我帮忙。事实上,我对精神生活和心灵修为所知有限,但这并不影响我对艾丽斯作品的喜爱。通常,我总是等到书出版后,才拜读艾丽斯的作品,而《钟》这部小说是个例外,至少在开头部分。

对艾丽斯的心境,我能够同情和体恤,虽然我无法理解或进入她的心灵。我们俩之间的这种互动,肯定很早就已经形成。为了《钟》这部小说的开头,我和艾丽斯曾经进行过一番心灵交流,而这种交流所需要的只是"同情"。至今,我还记得清清楚楚,那时我对这场同情的交流感到有点意外。在那之前,我通常把它视为我们俩婚姻生活的一部分,理所当然,就像空气和水。显然,我们的婚姻已经开始进入一个奇异的、对双方都有好处的阶段——借用澳洲诗人霍普的说法,那就是"渐行渐近却也渐行渐远"。这种分离是亲近的一部分。我们也许可以这么说,它是对亲密关系的一种确认：夫妻之间要想真正相互了解，必须保持心灵上的距离。我所说的这种彻底的了解，并不具威胁性或监控的意味，跟一般夫妻的说辞完全不同。有些夫妻会对心腹朋友或婚姻谘商顾问说，他们的伴侣并不了解他们；事实上，他们真正的意思是，婚姻关系中的一方太过了解另一方，或彼此相知太深，以至于互相排斥，无法共处。

我所说的这种心灵上的分离，跟法国人所说的"两人间的孤独"(solitude à deux)更不相同。法国人说的孤独，指的是一对夫妻的内在自我孤立，刻意跟婚姻生活之外的所有事物完全隔绝开来，而我在婚姻中享受到的孤独——我想，艾丽斯也享受这种孤独——却有点像一个人独自散步，心里想，明天或再过一会儿，他就会跟他的伴侣一块儿散步，但也有可能到时候他发现自己再一次独自散步。这种孤独，非但不会排斥婚姻之外的事物，反而会加强当事人的愿望，期待跟外界的人和事物建立紧密的联系。

这种分离所蕴涵的相互同情和怜恤，需要时间来培养；本质上，它跟我们刚坠入爱河时所感受到的那份沉醉，是不能相提并论的。我和艾丽斯刚交往的那段日子里，我发觉我愈认识她，就愈不了解她。到后来，我就索性不去了解她了。那时我很忙，没工夫想那么多，但如今回想起来，我发现我和艾丽斯的关系有点像一则童话故事——那种具有邪恶的、不祥的含意和悲惨结局的童话故事：一个小伙子爱上一个美丽的姑娘；她也很喜欢他，但不知道怎的，每隔一段时间她就离开他，消失在一个神秘的、对他来说不可知的世界中。这个世界是她的秘密，她不会向任何人泄露，包括她的情人。后来他犯了一个严重的错误，让她伤透了心，从此离开他，不再回头。事隔多年，如今回想起来，我发觉这个比喻还满贴切的，尽管有点夸张。那时艾丽斯确实常常消失，去"看"她的朋友。一开始我就感到怀疑和害怕：艾丽斯只是去"看"她的朋友吗？跟童话里那位姑娘不同的是，艾丽斯从来不隐瞒我，她去"看"哪些朋友。我知道这些人的名字，我在心中想象他们长成什么样子；我从没见过他们。

那时节，艾丽斯似乎拥有一大票这样的朋友。在某种意义上，这些人的处境跟我相同。艾丽斯跟他们每一个人似乎都保持深厚的、私密的关系——当然，以各种不同的方式。我只能希望她跟这帮朋友谈话时，不会像跟我谈话那样，一面亲吻我，一面叽叽喳喳跟我谈天，就像小孩子似的。这个艾丽斯，跟我当初看见的那个骑着脚踏车、一脸严肃的女人是那么的不一样（跟后来我在公共场合看到的艾丽斯也不相同），以至于我难免要怀疑，我爱上的那个女人到底怎么了？说来有够荒谬，我竟然想象我跟这个女人厮守一辈子，以真诚、严肃的态度共同面对未来——当然，就只有我们两个人，绝不会有第三者介入，因为那时我以为别人不会对我和艾丽斯产生兴趣。我们是天造地设的一对，命中注定要在一起的。

每回跟我约会，艾丽斯就会变成一个快乐、淘气的小女人。这固然让我觉得受宠若惊，但有时也难免让我感到怀疑，这个女人究竟是不是真正的艾丽斯。她显得那么的不真实，就像童话里的那位姑娘。如今回想起来,我们的关系确实有点像那则童话故事。现在我终于察觉到,那时,不知不觉中,我提供艾丽斯一个替代性的角色,让她扮演一个放浪形骸的、甚至逃避现实的女人。(那年头,"逃避现实"是人们常挂在嘴边的一个词儿,一提到它,人们总会摇摇头表示不以为然。)有趣的是,艾丽斯根本不知道她需要这个角色,而当时我也没察觉到,向她提供这个角色的人竟然是我。我只晓得我在热恋中。我天真地以为,对我们俩来说,这肯定是全世界最重大的事件,尽管艾丽斯从没表示过她也有相同的想法。跟我一起厮混、嬉闹的那个艾丽斯(她原来那么爱玩!)固然可爱,但那毕竟不是当初我一眼看上的女人。她根本就不是"真正"的艾丽斯·默多克——那位严肃、用功、负责、备受人们瞩目和仰慕的大学老师兼小说家。

一旦开始认真看待我们俩的交往,我和艾丽斯就发觉,我们之间的关系正无可避免地朝向这么一个结局发展:要么分手,要么找到一个难以预测的解决方法。在这期间,有一两次,艾丽斯提到普罗特斯①的神话。那时我常向她抱怨说,我不了解她,更无法理解那个以另一副面目出现在别人面前、仿佛变成另一个人的艾丽斯(我总是觉得,她跟这帮人的关系纠缠不清)。她总是这么回答我:"你记得普罗特斯的故事吧?你只要紧紧抓住我,还怕我跑掉吗?"根据传说,普罗特斯具有特殊的法力,能

————————

① 普罗特斯(Proteus)是希腊神话中的一位海神,能变化自如,预言未来。

够随心所欲变成各种形状,诸如狮子、蛇、怪兽和鱼,但是,当大力士赫库勒斯伸出双手紧紧抓住他,不管他变成什么东西都不放手时,普罗特斯只好投降,变回人形。

我总是哭丧着脸回答艾丽斯:我可不是赫库勒斯;我缺少这位大英雄过人的膂力和意志。听我这么一说,艾丽斯就会哈哈大笑起来。我也忍不住笑了。然后,我们就会重归于好,又变成了两个活泼调皮的小孩——就像那天我们俩第一次结伴钻过矮树丛,悄悄溜进河里玩水时那样。

对我而言,那次郊游可以说是我和艾丽斯交往过程中的一个转折点,尽管那个时候我并没察觉到这点——直到多年后,我才理解它的意义。就在那天,艾丽斯第一次把我带进她和其他男人的友情中:她央求她的朋友莫里斯·查尔顿,邀请她到他家吃午餐的时候,顺便邀请我作陪①。我根本不知道艾丽斯提出这个要求,更不晓得,查尔顿竟然展现出绅士风度,爽快地答应了她的要求。他也许感到失望,但至少他没在我面前显露出来。三人一块儿吃午餐,我并没意识到查尔顿是我的对手,更没把他看成情敌,而查尔顿也以他那优雅的风度,自然而然地,融进我和艾丽斯的关系中。三个男女聚在一块儿共进午餐,一切显得那么的自然。

我从不曾问艾丽斯,那天她怎么会要求查尔顿邀请我参加他们俩的午餐约会。那时,我根本没想到要向她提出这个疑问。

---

① 见第1章开头。

如今想问她，也来不及啦。患阿兹海默氏症后，艾丽斯根本就记不得多年前的午餐约会、骑脚踏车兜风、结伴晨泳这类事情，甚至已经忘掉了查尔顿这号人物。有时，闲聊中我会提到那场午餐约会，但始终引不起艾丽斯任何反应；她只是很专注地聆听，似乎很想知道我究竟在讲什么。然而，我却始终相信，如果查尔顿或她的其他老朋友突然活生生出现在她眼前，她肯定会认出他们来。记忆也许会完全丧失它的心灵功能，但是，无论如何，即使对罹患阿兹海默氏症已有一段时日的人来说，认人的本领并不会完全丧失。这是记忆的一种隐秘的、神奇的功能。

这阵子，我偶尔会跟一位女士见面。她丈夫也患上了阿兹海默氏症。有一回，她邀请我到她家聊聊，交换经验和心得。"感觉上，就像身上系着一条锁链跟一具尸体拴在一起似的，对不对？"她开心地说。我用戏谑的口气表示同意她的看法，但内心中，我却很不喜欢这样的比喻。"哦，当然，这是一具非常可爱的尸体！"她赶紧补充一句。说着，她乜起眼睛淘气地瞅了我一眼，仿佛提醒我，在她面前我大可以忘掉礼节，好好放松一下；为此，我应该感激她。

但是，我不感激她。她那番话让我觉得很刺耳，因为我实在无法认同，我妻子艾丽斯所遭受的病痛，跟这个快乐女人的丈夫所患的疾病有任何共同点。她确实很勇敢，看得开，但那是她的作风，跟我没关系。为什么要把这两个不同的个案相提并论呢？艾丽斯是艾丽斯，别人是不能跟她相比较的。

我跟这位女士可不是一对难兄难妹。她想要把她的处境戏剧化;她要求我加入这出戏,扮演一个角色。我不想加入,但也不便断然拒绝,于是基于礼貌,我就只好敷衍她一番。我觉得我的处境跟她不尽相同。后来我才晓得,在阿兹海默氏症患者的伴侣中,我的反应称不上很不寻常。身为配偶,你必须设法确定,你的妻子或丈夫的个人特质,不会丧失在阿兹海默氏症的共同症状中。

然而,那位女士的比喻——她所使用的尸体和锁链意象——却一直萦绕在我的脑子里,挥之不去。记得,托马斯·哈代写过一篇名叫《在西部巡回法庭上》(On the Western Circuit)的短篇小说——这位英国小说家老爱写这种深沉的、充满反讽意味的小说。那故事讲的是:一个年轻律师陪伴一位巡回法庭法官出门问案,途中结识一个乡下姑娘。两人一见钟情,双双坠入爱河,结果女的怀孕了。那时她在一户人家帮佣,由于她不识字,她只好央求她那位和善的女主人(这女的可是有夫之妇)帮她写信给她的情郎。不料,写了几封信后,女主人却爱上了年轻的律师,而这个小伙子原本想甩掉乡下姑娘,但读了她那几封声情并茂的情书,却改变了主意,决定娶她为妻。故事的结局虽然可以预测(这是典型的哈代小说嘛),但却也十分感人。婚礼在伦敦举行。女主人特地前来参加。返回荒凉的艾塞克斯①重

---

① 艾塞克斯是中古时期位于英格兰的盎格鲁撒克逊王国(公元500~公元886),今为英格兰西南部以杜塞特郡(Dorsetshire)为中心的一个地区。哈代的小说多以此地为背景。

新过着孤寂的婚姻生活之前，女主人终于跟年轻律师碰面了。他终于明白这究竟是怎么回事：阴差阳错，他跟这位有夫之妇产生了一段情；是她写的那些情书让他爱上了她，而不是那个乡下姑娘。可怜的乡下姑娘！她丈夫终于发现她不识字——他曾经要她帮他写一封短信，向参加婚礼的一位客人表示谢意——而这个丈夫也一样可怜：往后，他必须跟一个不是他自己选择的伴侣厮守，共度一生，就像两个被锁链拴在古罗马战舰上一起划船的奴隶。在这篇小说中，哈代所使用的那种阴森、冷酷的隐喻，对作者本人和年轻的男主角来说，确实是恰当的。

　　丈夫患阿兹海默氏症的那位女士跟我聚谈时，我想起了哈代的这个故事。当然，我们的处境跟小说中那对男女的遭遇不尽相同。命运之神并没玩弄我们。多年来，我们一直以平等的地位跟我们的伴侣相处，经常在一起聊天、谈心，直到有一天，沟通的管道开始出现障碍，日益堵塞，到后来几乎完全中断。我们不再通信，不再交谈。跟别人说话时，阿兹海默氏症患者通常会以焦急的、重复的询问方式，向对方提出一连串句子，但这些句子往往都是不完整的，让人听得一头雾水，不知所云。一般来说，这种询问是可以预测的，因此很容易回答，问题是，艾丽斯每天都会向我提出一连串询问，而这些询问通常只是一个残缺不全的句子，诸如"你晓得那个人"，或甚至只是一个字"那"。这一来，我就得花一番时间和工夫来探寻里头蕴涵的玄机。从艾丽斯口中说出的这些言语，对我来说永远是一个谜团；我只知道，它牵涉到某一个身份不明的男士或女士——他们都是艾丽斯以前认识的人，多年不见，突然从她心灵深处冒出来，仿佛昨天才在街上遇见似的。碰到这种情况，我就会觉得，我的心智和记忆开始出现障碍。那种感觉，就像有人要求它们发挥它们并不熟悉、远远超出它们层次的功能似的。

有一样东西倒是可以化解这类尴尬局面，那就是说笑。幽默能够帮助我们安然度过任何危机。一阵笑声、三两句打油诗、一首歌和以前互相开过的一些玩笑，肯定能够在艾丽斯心中引起快乐的响应，促使她绽露出愉悦的笑容来，就像往昔的探险家遇到野蛮人时，会以哑剧的方式，比手画脚做出一些滑稽的动作，逼他们一笑，借以消弭彼此的敌意和误解。心情好的时候，我们俩会喝杯酒或开车兜风。这时，艾丽斯就会主动跟我聊天，吱吱喳喳，快乐得就像一只鸟儿似的，虽然她讲起话来依旧不知所云，但却充满自信。她还以为我们真的在交谈，而且谈得挺高兴的呢！在这样的时刻，受到艾丽斯的感染，我也会展开一段"意识流"，让一连串支离破碎、滑稽可笑的句子从嘴里冒出来。"统治希腊半岛的暴君是自由最好的、最勇敢的朋友。"我一面朗诵拜伦名诗《希腊群岛》(*The Isles of Greece*) 中的这句话，一面端整起面容，一本正经地瞅了艾丽斯一眼。艾丽斯也赶忙板起脸，严肃地点点头，然后向我发出会心的微笑，仿佛对她来说，这个气势磅礴、充满自信的诗句具有无比深刻的意义似的。

我们两人之间的沟通方式很像海底的声呐向对方发出一道声波，然后聆听回音。有时，我不能理解艾丽斯究竟在说什么，搞不清楚她到底在谈论谁或什么事情，艾丽斯就会感到很难过和焦虑（所幸，她不会像一般患者那样大发脾气，闹得不可开交）。每次碰到这种情况，我就会开开玩笑，故作无奈，表示我也跟她一样词穷，一时间找不到恰当的言语表达心中的意念。一场尴尬的局面就这样化解了。

心情好时，艾丽斯讲起话来，口齿似乎比我还要伶俐，就像我们住在乡下时常常看到的那群燕子。平日，它们总是栖在我们卧室窗外的电话线上，排排坐，交头接耳叽叽喳喳，聊得好不开心。每次要结束一段谈话时，它们就会扯起嗓门发出一个讯号，听起来像是"惠特比"（Weatherby）。我们就干脆管这群燕子叫"惠特比"。这阵子，我常拿这个名称逗艾丽斯。我会这么对她说："你呀就像一只惠特比，成天聒噪不停。"她喜欢被我逗，可是，如果我用温柔的语气再补上一句话："我喜欢听你聒噪，"她的脸色就会一下子沉黯下来。她总是分辨得出什么是不负责任的玩笑或逗趣，什么是温柔的、亲切的关怀——后者听起来再真诚，也显得不真实。

这些事情听起来还挺有趣、好玩，但事实上，在大多数日子里，艾丽斯总是沉湎于某种绝望的状态中。虽然对一般人而言，绝望所显示的是一种有意识的、甚至正面的心理状态，但对艾丽斯来说，它却是一种混沌的空虚，让她感到害怕。在这种情况下她就会喃喃自语："我是个傻瓜……为什么我不能……我应该……"我只好尽力安慰她，设法向她解释她究竟罹患什么疾病，然后带她出门走走，寄信啦，在附近散步啦，开车到市场买点东西啦——总之，我得立刻找些实际的事情给她做，让她觉得活得有意义,让她感到她依旧过着正常的生活。与简·奥斯汀①同时代的一位仁慈的教士,西德尼·史密斯牧师总是这么劝告心情沮丧、意志消沉的教友:"别想太多——不要去想吃过晚餐或喝过下午茶以后会发生什么事情。"以往,艾丽斯心情不好时,我就会拿出这句话劝导她,简直把它当成一种明确的、人人可以奉行的生活准则。而今,我却把它当成某种咒语或笑话,不时拿出来在艾丽斯面前念诵一番;配上滑稽的手势和动作——比如说,以哑剧方式呈现"别想太多"的训诫——它确实能够把艾丽斯逗得哈哈大笑。现在,我不再把史密斯牧师的训诲当作人生守则,只求它能博艾丽斯一笑。

　　这阵子,我无时无刻不挖空心思,想出各种花招,逗艾丽斯一笑。笑容能够改变她的脸庞,使它恢复往日的神采,进而给它增添一种奇特的、近乎灵异的光辉。在临床医学上,阿兹海默氏症患者的面孔总是被描述成一张"狮子脸"。乍看之下,这个比喻有点不伦不类,但其实还满恰当的。罹患这种病症的人,脸上的五官总是冷冷地凝聚在一起,看起来挺酷的,难免让人联想起万兽之王的威仪,尤其是它戴着毫无表情的宽阔面具,出现在图画中或雕像上的那副德性。一般阿兹海默氏症患者脸上的神情,看起来既不悲惨也不滑稽,不像其他型的痴呆症患者的脸庞——后者不管怎么伪装,脸上总会流露出人性和情感。阿兹海默氏症患者的面孔所显示的只是一种空洞的状态,它简直

---

①　简·奥斯汀 (Jane Austen, 1775～1817),英国小说家。

就是一副面具。

就是因为这个缘故，当笑容乍然出现在艾丽斯脸庞上时，我才会感到格外的惊喜。刹那间，狮子脸转变成了圣母的面容——安详宁静一如雕像和绘画所表现的玛利亚，但同时脸上却又流露出一种严肃庄重的神情，使她的笑容看起来更加耐人寻味。当一个人的脑子开始萎缩、退化时，最后进入他或她的意识的东西是笑话。只有笑话经得起阿兹海默氏症的摧残。别忘了，圣母玛利亚所面对的就是一个最大的命运的玩笑——《圣经》中那一则精心构造和修饰、被全世界信徒世世代代传诵的奇妙寓言。难怪，她会笑得那么耐人寻味。

最近出现在艾丽斯脸庞上的笑容，似乎跟另一个玛利亚有关。有一天，为了逗她开心，我想起了小时候曾经听过、如今已经遗忘多年的一首儿歌：

　　玛利亚有只小熊熊

　　又可爱来又温柔

　　不管玛利亚走到哪

　　小熊熊总会跟后头

听我唱这首儿歌，艾丽斯忍不住笑了，脸上显露出慧黠、专注的神情。在她脑子里某个荒废的角落，往昔的交往、情谊和欲望霎时间又复活了，仿佛两根被切断的电线终于连结在一起。某种意义终于展露在艾丽斯心灵中。最能够在她心里激起这种反应的,似乎就是笑话,尤其是低级的笑话——罹患阿兹海默氏症之前,每回听到这类笑话,艾丽斯总会尴尬地笑一笑,以宽容的态度接纳它。以往,她并不怎么爱听这类当时被视为粗俗或淫猥的笑话。也许,小熊熊儿歌的天真烂漫感动了艾丽斯,让她感到很开心——天晓得,像"小熊熊"这种傻里傻气但却很感人的儿歌,会在艾丽斯心里勾起哪些回忆和微妙的情感?尽管这些年来我刻意排斥它,这首儿歌依旧存留在我记忆中,挥之不去。如今回想起来,我又记起了小时候的一个同学(当时我心里觉得这个小男生很讨人厌,但基于礼貌不便公开讲出来)。教我唱小熊熊儿歌的人就是他。瞧他一副洋洋得意的模样,他以为我一定会喜欢这首歌呢!我当场就下定决心,回家后就立刻把这首歌忘掉,没想到,多年后它又浮现在我心中。

有一回,在我向艾丽斯朗诵拜伦那首赞颂古希腊英雄米提阿德斯——此人是希腊半岛的独裁者,也是马拉松战役的胜利者——的名诗时,我心里想到的,是艾丽斯的朋友莫里斯·查尔顿和我们三人在酷热的夏天中午共进的午餐。莫里斯原本是一位学者,专攻希腊文学,年轻有为,才华横溢,后来却改行学医。艾丽斯肯定很欣赏他,如同她欣赏一切伟大的技能和学问。那个热天晌午,莫里斯是不是打算引诱艾丽斯呢?(这个计划功败垂成,因为基于礼貌,莫里斯答应艾丽斯的要求,邀请我加入他们的午餐约会。)至今,这仍然是个谜。尽管我搞不清楚他们两人之间的关系,但那时我却知道艾丽斯有好几个情人;显然,那阵子她同时周旋在这些男人之间,一时还拿不定主意。凭着直觉(这个直觉究竟如何运作,我不晓得,但后来事实证明我的直觉满正确),我也发现,艾丽斯对某个男人示好,往往是出于尊敬和仰慕;换言之,吸引她的不是一般妇女所喜欢的那种性吸引力或性特征,而是男人的一种"神样"气质。看起来像神一样的男人,在艾丽斯心目中也最性感,但对她来说,男女交往过程中,性爱只是附带的东西;它并不是终极目的。

3. 她曾经如此不同

　　我并不认为我是艾丽斯所仰慕的那种"神样"男人。我知道,当初她之所以愿意跟我交往,是因为跟我在一起让她觉得逍遥自在,就像回到了童年一般;每次看见我带着孩子般的渴慕向她示爱,她就会变得格外温柔,好象在疼惜一个小男生。她看得出来,我对性爱几乎毫无经验(如今回想起来,那时我是多么的古板、守旧,简直到了荒谬的地步)。记得,那个大热天的早晨,我们出发到河里游泳之前,艾丽斯忽然很爽快地对我说:"也许,咱们现在应该亲热一下啦。"她教我怎么做这件事。由于我身上没带保险套(那时人们管保险套叫"法国信笺",提供和使用这种玩意的人都得偷偷摸摸,心里怀着很深的罪恶感),艾丽斯不准我长驱直入,只让我在"门口"逛逛。之后,我们又做了一两次,效果比上回好些,每次都以温和、随兴的方式进行,但那一点都不会破坏两情相悦神奇美妙的气氛和感觉:我晓得,我是在跟心爱的人一起做这件怪异、滑稽的事情。这种矛盾本身就很滑稽,但不会让人感到沮丧。

　　让我感到有点沮丧的是,我渐渐发觉,我绝不是唯一跟艾丽斯做爱的男人;唯一可堪告慰的是,这些人跟我一样只是偶尔跟艾丽斯上床——毕竟,艾丽斯平日工作太忙,兴趣太广,没工夫把这档子事当作一种习惯。让我感到忿忿不平的是,在那段日子里,艾丽斯似乎任由这群诡秘的、神样的、年纪比她大的男人摆布、狎弄:她总是在他们认为适当的时刻,谦卑地跑去"看"他们。我隐约察觉到,这样的关系让艾丽斯有机会发挥她的创造想象力;为了培养这份想象力——我们甚至可以说,为了安抚这份想象力——隔不了多久艾丽斯就会动身到伦敦跑一次,从事(在我看来)一趟被虐狂式的旅程。通常她都会前往汉普斯德①。对我来说,这个地方就是她崇仰的那群邪恶神祇的住所兼大本营。

我对艾丽斯用情愈深,就愈会用一种夸大的、荒诞的眼光看待她和这些男人的关系。实际上,他们并不是神祇或妖魔,他们只是一群知识分子、作家、艺术家和公务员。这帮人主要是犹太人,其中很多是难民,他们相互交往、牵引,组成一个松散的生活圈子。平日他们只顾在小圈圈里头勾心斗角,搞些微不足道的权力斗争,很少跟外界打交道。他们喜欢艾丽斯,把她当成自己人看待。但是,无可避免地,在这个圈子中艾丽斯一直保持局外人的身份,因为她在大学教书,过着平凡单调的生活,远离他们平日混迹的伦敦文艺圈。后来我也跟这帮人见过面,相处得挺好。如今回想起来,惊讶之余,我也觉得很好笑:当初,这些人竟然能够在我心中激起那么大的恐惧和愤慨。就某种意义来

---

① 汉普斯德是伦敦西北部的一个自治区 (borough)。

说，创造这群人的是艾丽斯自己的想象力；而在把他们创造出来后，艾丽斯养育他们，让他们成为她小说中一群独特的、古怪的角色。从艾丽斯的第二部小说——1956年出版的《逃离魔法师》(*The Flight from the Enchanter*)，我第一次观察到，她那独特的创造性想象力究竟是如何运作的。她后来发表的一系列小说，题材繁复，表现方式多彩多姿，而这正是她的想象力宛如蒸馏器一般，萃取原始经验的精华所获得的成果。

但是，莫里斯·查尔顿却跟这帮人不同。他是个阳光男人。他的精神家园是夏天的牛津(气温很高，但不闷热)，尽管那个时候他居住在一间阴暗的、充满异国情调的公寓里，被沉重的、闪闪发光的金属餐具和绿色的威尼斯高脚酒杯所包围，仿佛他自己也被某种符咒所蛊惑似的。第一次恋爱的人，会觉得他被这些出人意表的、格格不入的浪漫象征团团困住，差点透不过气来。第一次造访莫里斯的那个日子，是我和艾丽斯交往过程中的一个转折点：她对我的态度改变了——尽管当时我懵懵懂懂，并没觉察到这点。那天的河边之旅和午餐聚会把我搞得晕头转向，却也十分开心，在这种情况下，我哪会注意到我和艾丽斯的关系已经起了转变。这一天，艾丽斯不但让我加入她的另一部分社交生活，而且，她还向第三者表明，我在她的社交生活中扮演一个重要的角色。我们的关系开始具有公开的、恒久的性质，不再是小两口私底下的事，也不是可以随便抛弃的。我并没有成为——借用一个古雅的词儿——艾丽斯的"情郎"；在世人眼中，我已经具有某种名分和地位，远远超出了普通的交情。

身兼医师和古典学者二职的莫里斯，眼光果然十分敏锐。当他坐在我和艾丽斯面前，睁着他那双开朗活泼但却十分冷静的碧绿色眼瞳观察我们时，显然，在某种层次上，他已经察觉到我和艾丽斯的关系正在发生微妙的转变。在某些方面，这个人让我联想起名重士林的弗伦克尔教授。那时，我见过他一两次。下课后，他总是拖着脚步，慢吞吞行走在牛津镇的高街，一路上，只管睁着他那双十分明亮、充满朝气、令人不寒而栗的眼睛，观察街上展现的众生相。这位年高德劭的老教授，不知怎的，总是让我想到童话里的小妖怪。他是来自德国的犹太难民。艾丽斯当学生的时候，他到牛津大学教书，尽管那个时候牛津有一大群从欧陆逃来的杰出学者，他还是脱颖而出没多久就被聘为讲座教授。弗伦克尔教授当过艾丽斯的导师，而她也选过他那有名的《阿伽门农》课①。那时，我跟年纪比我大几岁的莫里斯一样，还只是个中学生。但不知怎的我总觉得，莫里斯的绿眼珠和弗伦克尔的黑眼珠，闪烁着相同的光彩。也许，这个相似点就是莫里斯所以能够吸引艾丽斯的原因吧。

　　艾丽斯早就告诉我，她是多么的喜欢弗伦克尔教授——对他老人家，她是又爱又敬。跟他相处的那段日子，有时他会伸出手来亲昵地抚摸她的身体，但她一点都不会感到突兀或不安。那

---

　　①　《阿伽门农》(Agamemnon) 是希腊三大悲剧作家之一的埃斯库罗斯 (Aeschylus, 前 525～前 456) 的作品。主人翁阿伽门农是特洛伊战争 (Trojan Ular) 中的希腊联军统帅，返国后，被其妻和她的情夫所杀。

时，老少两个肩并肩坐在书桌前，面对一个希腊文本，反复推敲其中一个字的涵义，探索它在希腊文化中所引起的联想(有时，这得花上半个钟头呢)。他老人家对艾丽斯的兴趣，似乎跟他对希腊语文的兴趣一般高。老师的疼爱让艾丽斯感到很开心；她觉得，她跟这位名教授之间存在着一种知识上的情谊。那时，她从不曾想到弗伦克尔教授的行为(如今肯定会被视为性骚扰而震惊学术界)是危险的、可耻的。事实上，艾丽斯在索默维尔学院的导师伊索贝尔·亨德森打发她去见弗伦克尔教授时，就曾笑眯眯警告她："他可能会伸出手爪子，摸摸你哦。"她的意思似乎是说：一个通情达理的女孩，不应该介意让弗伦克尔教授吃吃豆腐——毕竟，能够受教于这位名师，可是一项难得的殊荣哪。

据艾丽斯所知，没有一个女学生介意。有时，她会兴奋地告诉我，弗伦克尔教授向她揭示的希腊文本世界是多么的精彩、迷人；偶尔，她会用促狭的口气告诉我，上课时，老师握住她的小手，不时抚摸她的胳臂。那年头，有性经验的女学生并不多；至少，据我所知，那个时候的艾丽斯还是个白璧无瑕的处女。记得，她曾告诉我她在索默维尔学院认识的一个"坏女孩"的风流韵事，惹得我哈哈大笑，她自己也笑得乐不可支。据她说，这个头发乌黑、容貌姣好的女孩，常常三更半夜在男朋友协助下，翻墙回到学院宿舍。艾丽斯并不赞同这种行为；身为学生，她还不想参与这种性游戏。顺便一提，弗伦克尔教授和他的妻子一生恩爱，伉俪情深——他曾告诉一位好友，如果妻子先去世，他会追随她共赴黄泉。果然,妻子辞世那晚他就服药自杀了。

我对古希腊文一窍不通,而艾丽斯以前虽然对希腊语文下过很深的功夫,现在当然已经忘得干干净净了。自从她患阿兹海默氏症以来,我曾试图朗诵《阿伽门农》和其他希腊悲剧的英译本给她听,但效果并不好。我向她朗读别的文学作品,结果没什么两样。不管怎么念,听起来总是觉得怪怪的,很不自然。《魔戒》①和《源氏物语》②是艾丽斯以前最喜爱的两部小说。她患病后,我曾朗读几章给她听,才发现效果差强人意。以往她接触文学作品,并不像一般人用"读"的方式,而是像潜入河中或海里游泳那样,轻轻松松,毫不费力地溜进作品所描绘的世界。向她朗读一本书,不啻是将一连串文字硬生生地、吃力地塞进她的意识中,让她觉得很单调沉闷,厌烦得不得了。尽管她还认得这些字,甚至知道这些字所描述的人物和事件,然而,把这种认知跟真正的记忆连接在一起,对她来说显然是一桩痛苦的经验。那两部小说的作者托尔金和紫式部,以往一直存活在艾丽斯的心灵中,就像她在自己作品中所创造的人物和事件,成为她内心世界的居民。而今,患病后的她,却只能以这种不自然的、笨拙的方式跟他们重逢,在艾丽斯看来,真是情何以堪。

不过,话说回来,如果我把从书本上读到的东西,转变成我

---

① 《魔戒》(Lord of the Rings)是出生于南非的英国小说家托尔金(J.R.R.Tolkien,1892~1973)的作品。

② 《源氏物语》是日本平安朝才女紫式部(公元 978?~1031?)的作品,被称为全世界第一部长篇小说。

们俩所能体会的那种笑话,艾丽斯肯定会被逗得很开心。这时,我就会立刻停止朗读,当场把书中的情节改编成一首小小的"狂想曲",在艾丽斯面前"演奏"一番。在向她朗读荷马史诗《奥德赛》的英译本时,我就曾经这样做过。根据荷马的描写,雷斯特里冈尼安巨人①把奥德修斯的11艘船弄沉,把船上的水手全都吃掉,只有奥德修斯搭乘的旗舰逃过这一劫。于是,我想象事件发生后的第二天早晨,奥德修斯在旗舰上召集一场干部会议。开门见山,他对干部们说:"诸位,我们应该表现得更好一些。"这句话把艾丽斯逗得咯咯笑,好不开心。后来,她一直记住这句话。每次看见她把从街上捡回来的落叶和纸屑放置在屋子四周,组合成某种图形,我就会对她说:"唔,诸位,我们应该表现得更好一些。"这句话,是我在潜意识中向其他文本借用的——很可能是《傲慢与偏见》,我记不太清楚了。记得书中有这么一段描写:班奈特先生的小女儿玛丽在宾客们面前演奏某一种乐器;她父亲没等她表演完,就对她说:"唔,玛丽,你已经把我们逗得够开心的了。"(简·奥斯汀一生创造出的众多小说人物中,命途多舛的玛丽是唯一没有得到公平待遇的角色——她的父亲不喜欢她,而作者对她显然也有很深的偏见。)

根据我的观察,向阿兹海默氏症患者朗读文学作品,难免

---

① 根据传说,雷斯特里冈尼安人(Lestrygonian)是地中海西西里岛上最古老的居民,身材十分高大魁梧,以食人肉为生。事见《奥德赛》第9及第10章。

会提醒他们,他们的身份和自主性格已经丧失了,尽管严格说来,"提醒"一词并不是很恰当的字眼,因为通常这种病人连刚才究竟发生了什么事情,都不会意识到。若非如此,病情就会沿着不同的路线、以不同的形式发展,虽然终极的结果还是一样,无法扭转。尽管听起来有点自相矛盾,有些患者确实还能够意识到他们的情况。这种感觉——知道自己无法进行思考,也无法说出心里想讲的话——肯定非常难受;我就曾经亲眼看过,有些患者被这种感觉折磨得痛苦不堪。然而,艾丽斯跟我讲话时,她自己会觉得她讲的话很正常、自然,而我也会觉得她讲的话很流畅——流畅到令人惊讶的程度。只要我不刻意聆听她到底在讲什么,只要我以平常心,凭着数十年婚姻生活的经验和默契,我就能够理解她的意思。

对阿兹海默氏症患者来说,时间会构成一种焦虑,因为它那传统的样貌和进行方式已经消失了,只剩下一连串无休无止的询问。有时,一整天,艾丽斯会不停地问我:"我们什么时候走啊?"但她的口气十分温和,一点都不显得急躁,仿佛无论什么时候出门,不管到什么地方去,甚至待在家里,她都觉得无所谓,不会很在乎。福克纳的小说《士兵的薪饷》(Soldiers' Pay)中,失明的飞行员不断地询问他的朋友:"他们什么时候才会放我出去?"读到这一段描写,读者肯定会感到不寒而栗:在作者精心设计下,读者发现他陷身在盲人的世界中。艾丽斯的询问,本身并不显示她盼望改变,或返回到以往的生存状态;她甚至不想知道我们什么时候上车,到外面去吃午餐。我们正要展开的午餐之旅,对她来说,可能是人生的最后旅程。这样说也许太不吉利,但至少在她看来,这趟旅程能够让她脱离现今的日常生活——由于她不再工作而丧失了意义和身份的生活。

患病前,艾丽斯曾告诉我,身份的问题一直让她感到很困惑。她不认为她拥有身份——不管那到底是什么东西。当时我就对她说,她是在做她自己,而她肯定知道身为自己的感觉,甚至享受这种感觉,而她这个"自己"是隐秘的、别人所不认识的。她笑了笑,觉得我这番话很有意思,但她并不完全理解。她可不想为这种问题伤脑筋。"那你是生活在你的工作中啰?就像诗人济慈和莎士比亚那帮人?"我问艾丽斯。她连说不敢当。我继续就这个论点提出我的看法(毕竟,英国文学是我的本行),但艾丽斯似乎不那么感兴趣。我特别举出浪漫主义诗人柯勒律治常提到的两种作家:一种是以自我为中心的伟大诗人,诸如华兹华斯和弥尔顿,他们的自我意识大到足以涵盖整个宇宙;另一种是不受身份束缚、乐得逍遥自在的作家。我晓得,身为哲学家,艾丽斯会觉得这类区分太过粗糙、武断。也许,你必须具有很强的自我意识,才会对这类区分感兴趣,也才会觉得它有意义,而比艾丽斯更不自恋的人,实在是很难找到的了。

显然,身份意识愈强的人,愈会被阿兹海默氏症整得痛苦不堪。艾丽斯缺乏身份意识,反而使她更能够逐渐地融入阿兹海默氏症所带来的那种全神贯注的空洞世界中。每天晚上她都会不动声色地拿出一堆衣服,一件一件摆放在我那一侧的床上;一旦我悄悄把它拿走,过一会儿她又会把它放回来。她为什么要这样做呢，是觉得身为妻子她有责任照顾我、侍候我？真的是这样吗？说不定，这只是一时的混淆，因为每天晚上就寝时她都会问我，她应该睡在哪一边。换个角度来看，也许，她这个动作代表的是一种更深刻、更丰富的意涵；它并不是刻意表现出来的行为，更不是像"照顾"这类矫揉造作的字眼所能描述的。以往，艾丽斯从不曾想到要照顾我、侍候我——这点我得感谢上天——事实上，跟艾丽斯共同生活的最大乐趣之一，就是她对日常生活漠不关心。她是那么的怡然自得。而我，天生喜欢管事，于是我就把照顾艾丽斯的责任揽到自己身上来。我从不需要她侍候。记得有一年圣诞节，我在雪地上滑了一跤，摔断一条腿，被送至离家 12 英里的班布里医院躺了几天。艾丽斯赶到医院照顾我，晚上，她就住在医院大门外那家提供早餐的旅社。我求她回家去做她自己的事，别把时间浪费在医院里，她待在病房，啥事都帮不上忙。但她坚持留下来，直到我痊愈才跟我一块出院，回到家中。

西方的哲学家曾经辩论过这样的一个问题：你的脚疼痛时，别人是否也会感受到。艾丽斯显然不会有这种感应。据说，这场辩论的重点（如果它有任何重点的话），在于探讨人与人之间肉体上的相互感应是否可能。诗人柯勒律治提到他心目中的理想女人时，曾这么说过："她也许不了解你，但她肯定会跟你一起感受。"即使你不是女性主义者，你也会觉得这句话简直是一派胡言。有些人能够感受到别人的苦乐，而有些人却不能；这点跟性别没有关系，就像有些人嗅觉敏锐，而有些人的嗅觉比较迟钝。巧的是，艾丽斯的嗅觉并不怎么敏锐，而她对别人的知觉往往是精神上的，跟肉体并没多大关连。宛如天使一般，她在更高的层次上跟这些人打交道，对他们的肉身——对他们那浑身散发出汗味、臭烘烘的自我——却不怎么感兴趣。让我感到惊讶的是，在她的小说中，艾丽斯描写人物的样貌和生活，笔触是那么的细腻、精确，但对这些人物如何在较低的、肉体的层次上运作，她却几乎一无所知。

不过，话说回来，她对感情倒是满敏锐的，往往能够迅速响应。凭着直觉，她能立刻体察到朋友心中的痛苦或哀伤，而且她会立刻伸出援手。她的方法通常是：设法让这些情感转变成某种戏剧形式，藉以抚慰朋友心中的痛苦和哀伤。她从不参与别人为他们自己编演的戏剧，但她本身能够强烈地感受和体验各种各样的情感，诸如：爱、嫉妒、仰慕，甚至愤怒。我从不曾看见艾丽斯展现这类情感，但我知道它潜藏在她心中。至于我呢，当我的嫉妒心发作时，艾丽斯应对的方法很简单：陪我，直到我的嫉妒心消失为止。刚认识她时，我总是觉得只有粗俗的人（而我绝不是这种人）才会公然吃女朋友的醋，但艾丽斯毕竟是个聪慧的女人，一眼就看出我在吃醋。这时，她就会花点时间陪伴我，展现她那只有在我面前她才会显露的、跟别人眼中的艾丽斯截然不同的自我。她的体贴让我感到很舒心，满腔妒火立刻熄灭。

如今回想起来，刚认识艾丽斯的那段日子——约摸是初次见面后一年或一年半吧——每个星期六傍晚，艾丽斯都会跟一位来自伦敦大学的犹太裔意大利教授见面(此人也是第二次世界大战难民)。他对艾丽斯用情很深,而她也以甜蜜的、崇敬的态度回报他的感情。这位教授是艾丽斯的长辈,身材矮小,衣着整洁,待人亲切和蔼。他从没跟艾丽斯上过床(那时我相信这点)。每次见面,他们两个总是坐着,一整晚谈论古代世界的历史和文化,偶尔他会握握她的小手,亲亲她的脸庞。他的妻子和已经长大的女儿留在伦敦——这对母女,艾丽斯不但认识,而且交情甚笃。教授夫人不但接受他们的关系,而且完全体谅丈夫的行为。每次约会都准时结束。11点半一到,教授就会走出艾丽斯的房间——那时她并没住在学院宿舍,而是在牛津镇中心附近的波蒙特街一栋建筑物顶楼租房子住——然后独个儿走回到班布里路的小旅馆。我对他的行踪了如指掌,因为我每次都在附近守望。有时,我会一路尾随教授回到旅馆(他根本不认识我,当然也就不晓得我在跟踪他啰);有时,我会继续伫立在街上,抬起头来,痴痴瞅望着艾丽斯灯光明亮的窗口。

这位身材矮小、个性内向的古代史教授,怎么看,都不像艾丽斯所仰慕的那种"神样男人",尽管他极可能是他那个领域中最杰出的学者。说实话,我挺尊敬他、喜欢他,甚至以他为荣。但对艾丽斯生命中的另一位大师——在他那个小圈子里,他可是一位赫赫有名的诗人,用德文来说,他是一位 Dichter——我可就不那么仰慕了。印象中,此人定期在伦敦汉普斯德区秘密地、不动声色地召见他的徒众,而艾丽斯就是其中一个。他有好几个情妇,艾丽斯都认识她们;艾丽斯对这帮女人的敬仰,绝不亚于她对那位伟大诗人的仰慕。艾丽斯也崇敬他的原配夫人，好几回，艾丽斯跟我谈起这个容貌甜美的女人，对她的耐心和自制甚表钦佩——她那位诗人丈夫在公寓跟艾丽斯做爱(他总是像神一样占有和主宰艾丽斯)，身为妻子的她有时会待在一旁。这件事是艾丽斯亲口告诉我的。那时，我们俩快要结婚了，而她跟诗人的一段情也已经结束——根据艾丽斯转述，诗人祝福我们俩白头偕老，永浴爱河。分手后，艾丽斯继续跟诗人见面，身为小说家，她的创作想象力依旧受他操控、宰制，尽管她告诉我，她有办法把他赶出她的生活，甚至把他从她的作品中驱逐出去。她的方法是：以她独有的方式在小说中描写这位诗人。

严格说，他并不是诗人，因为德文中的 Dichter，真正的意思是文学大师。他有一位朋友倒是真正的诗人。此人也是犹太裔德国作家。艾丽斯很爱他——如果他不那么早死，艾丽斯很可能会嫁给他——他有心脏病，在我认识艾丽斯前一年就病发逝世。艾丽斯哀恸逾恒。听艾丽斯说，这位诗人很讨人喜欢，待人和蔼可亲(就像她那些好朋友，但跟她那群"神祇"的作风截然不同)，充满幽默感。神祇是不懂幽默的。我想，这是因为幽默这玩意有损于神灵的威仪吧。这位诗人在牛津大学人类学系任教，但他身体不好，从不曾出外从事所谓的"田野调查"。他每周上一堂课。他告诉艾丽斯，上课时他总是面对着一张白纸，上面只写着一行字："上一堂课，我谈到……"上课前的一整个星期，他绞尽脑汁，就是想不出下一堂课要讲些什么东西，所以，上课时他就只好瞪着一张白纸发愣啰。这是他和艾丽斯之间常讲的一个笑话,后来成为我和艾丽斯之间常讲的笑话。直到今天,我们夫妻俩还常常讲这个笑话,即使罹患阿兹海默氏症后,艾丽斯依旧听得懂。每次讲这个笑话,我就会说出她那位逝世多年的诗人朋友的姓名,但我无法判断,艾丽斯现在究竟还记不记得他。仍旧存活的只有那则笑话。

艾丽斯的严肃认真,有时候真的会以令人不安的方式显现出来。(有一回,她告诉我,她的一位朋友让她感到十分恼怒,因为这个人竟然暗示,她做人太严肃,平日总是板着脸孔,难免让人怀疑她的人生到底有什么乐趣。)婚前,让我感到最苦恼的是,艾丽斯从不曾明确告诉我她决定嫁给我——婚礼举行前几个星期,这件事仍然悬而未决——但是有一回她却邀我到她房间坐下来,对我说,她觉得现在她应该告诉我,以前她交过哪些男朋友。不知怎的,这让我联想起那天我们出发到河里游泳之前,她忽然对我说的一句话:也许,咱们现在应该亲热一下啦!看到她一脸严肃的模样儿,我还真吓了一大跳呢。她以前交过的和现在仍然交往的男朋友,在我们俩相恋的这段日子里,她不是已经全都告诉我了吗?

事实证明,艾丽斯还有许多我从没听说过的男朋友。现在,这些陌生人一个接一个从她嘴里冒出来,排列成长长一纵队,现身在我眼前,板着脸孔,好奇地打量我,就像莎翁名剧《麦克白》中那一群列队行进的君王。我此时才知道,某某人是第一个跟艾丽斯上床的男朋友;某某人和某某人争着要娶她为妻。以前在学校念书时,有一位男同学向她求欢,但她一再拒绝,因为那时她还是个白璧无瑕的处女(艾丽斯当然不会用这样的措词)。第二次世界大战爆发后,他去从军。上战场前,他半开玩笑地向艾丽斯求婚。他告诉她,这回他死定了,身为他的遗属,她可以向政府支领一笔抚恤金。讲到这儿,艾丽斯笑了,但也忍不住流下眼泪来。她脸上惯有的严肃表情,刹那间消失无踪。

她告诉这位男同学,她还是不想嫁给他,但在他跟随部队开拔到海外之前,她愿意跟他上床。后来,他果然死在战场上。那时她在白厅^①工作。

倾听艾丽斯诉说往事的当儿,不知怎的,我竟然想起在小学读书时,有一天校长忽然召见我们全班同学,一个接一个,同学们轮流进入校长办公室,聆听他老人家讲述"人生的事实"。而今,坐在艾丽斯的房间里,我面对的却是她生命中的一连串"事实"。我本来想把这桩往事告诉她,逗她一笑,但我忍住没说。我只对她说,即使是军官的遗属,所能领到的年金也只是戋戋之数,根本不足以糊口。我知道这点,因为我有好几位袍泽死在战场上。我之所以告诉艾丽斯这件事,说穿了,只是想扳回一点面子:跟她那多姿多彩、丰富无比的情史相比,我在这方面的经验显得异常贫乏。我知道这样做有点无耻,但一时间,我又想不出别的话来说。

不管怎样,我那句话却也打破了严肃的气氛。艾丽斯忍不

① 白厅(Whitehall)是昔时伦敦一座皇宫,现为伦敦市中心一条街道名称,在国会附近,为中央政府机关集中地。

住笑起来,伸出手臂把我搂住亲了一下。"讲完那些陈年旧事,你应该向我说句好话了!"我告诉艾丽斯。我们俩都忍不住哈哈大笑。此后,"向我说句好话"就变成了我的口头禅,每回我跟艾丽斯调情,它都会冒出来轧上一脚。现在依旧如此,尽管艾丽斯患了阿兹海默氏症,这个口头禅对她仍然具有某种意义。在那个时候,对我来说,这句话反映出的是一个事实:艾丽斯对我和对其他男人的态度截然不同——真的不同。我绝对相信这点。我实在无法想象,居住在伦敦汉普斯德区的"神祇"会向艾丽斯说一句好话,更不相信,艾丽斯会向他说好话。连那位个性羞涩、内向的古代史教授——我曾像狗儿那样一路尾随他回到旅馆——也不例外。艾丽斯的好话只对我一个人说。这么一想,我心里就好过多了。可见,那个时候我就已经看出,艾丽斯很会给心情沮丧的人打气,使他们重新振作起来。我亲眼看过她的一些学生(他们脸上总是带着愁容),以一种崇敬的、感恩的眼光望着他们这位老师。这群学生有些还在上她的课,有些是她以前教过的。然而,艾丽斯对他们的态度,跟她响应我的要求——"向我说句好话吧"——所表现出来的态度,其间显然有很大的差别。

尽管如此,听艾丽斯诉说她的情史,我的心情还是感到非常沮丧。没想到,有幸跟她交往的男人竟然这么多!最让我诧异的是,一些在我看来非常平凡的男人——有些是我认识的人,有些甚至是我自己的同事——以前都曾经蒙受过艾丽斯的恩宠。这帮人向她求欢,而她竟然来者不拒。不管这种"恩宠"是什么,无论艾丽斯对他们和对我的态度有多不同,事实是,这些男人都曾经被艾丽斯垂青过。

现在回想起来,以今天的角度来看,这一切都显得很不真实,甚至有点老古板。然而,在以前那个时代,拥有"过去"的女人总会被视为跟一般女人不同,就像"过去"总是跟"现在"不同,总是属于另一个领域和国度。今天,即使只是对过去表示关切,也会被看成一种滥情的行为,而这种行为属于过去,而非属于现在或未来,跟我们现今的处境毫无关连。如今回味起来,我和艾丽斯之间曾经有过的那种交谈——她那独特的腔调和口气,以及我那独特的、用内心来接受的聆听方式——竟显得有点老古板,简直属于中古时期。

我们俩真的曾经以那样的方式来思考和交往吗?

答案似乎是肯定的。今天,将近50年后,我们依旧是当年那对夫妻,尽管每次回想起我们以前的样子,尤其是我们的行为方式,我都会感到有点不敢置信。回顾那段日子,我很难把我和艾丽斯区分开来。印象中,我们两个人总是厮守在一起,形影不离。尽管如此,记忆还是会画出一道鲜明的界线。从现在的角度来看,年轻时的我显得有点怪异和陌生——那时我真的爱上了艾丽斯?那时(至少在某些时候)我真的感受到各种各样的情绪,诸如嫉妒、狂喜、痛苦、渴望、绝望,以及对未来的种种向往和憧憬?如今回想起来,我简直不敢相信。至于艾丽斯,我对她的记忆现在全都闭锁起来了,就像一件合身的夹克,把拉链直拉到脖子下面。每天清晨,我躺在床上操作我那台老旧的手提式打字机时,艾丽斯就静静躺在我身旁,睡得很安稳。她现在的模样看起来跟以往没啥不同,而我相信将来她肯定也还是这个样子。我知道,以前她曾经"不同"过,但对那个不同的艾丽斯,我并没有真正的记忆。

睡眠中的艾丽斯有时会醒过来,睁开眼睛,睡眼惺忪地望了望那台放置在我膝盖上、底下垫着她的一件运动衫的"热带奥里维帝牌"打字机。不久前,我曾经问她,我在床上打字会不会影响她的睡眠,她回答说,早晨躺在床上,她喜欢听到身旁发出那种怪怪的、听起来很滑稽的声音。看来,她已经习惯了,而不过两三年前,每天早晨这个时刻——7点钟——她就已经起床了,准备展开新的一天的生活。如今她只管静静躺着,继续睡觉,偶尔喃喃自语讲几句梦话。通常我会让她睡到9点多才把她叫醒,帮她穿上衣裳。这种时时刻刻都能够安睡的本领——就像一只猫咪——肯定是阿兹海默氏症带给艾丽斯的一种福气。相反的,一旦醒来,她就会陷入焦虑不安的状态中,不停地询问我:"我们什么时候出去走走啊?"

帮艾丽斯穿衣服,通常是一件很好玩的事,把我们两人都逗得挺开心。至今,我还弄不清楚她的内裤的正反面,但我们俩都觉得,即使穿反了也不打紧,反正没人看到嘛。帮她穿长裤可就简单多了:裤子后面的内侧有个脏兮兮的白色卷标,保证不会让你误把它反过来穿。我本来应该每天帮她洗一次澡——至少,给她擦擦身子——但我总是一拖再拖。不知什么缘故,我总觉得,傍晚空闲时,使用一种残暴的、近乎冷血的手段帮艾丽斯洗澡,比较容易完成任务。艾丽斯从不曾提出异议。说来有点诡谲,她把洗澡看成一项相当正常、但却又非常奇特的活动,仿佛这两个相反的观念已经在她心中融为一体。也许,这就是为什么她会接受她目前的生活,仿佛她以前从不曾有过其他生活;她以为,别人不会发觉,她这个人已经变了。这种情况就像我的记忆力:它只对现在的艾丽斯发挥效能,因此,在我的记忆中,以前的艾丽斯跟今天的她并没什么不同。她永远都是这个样子。

旧有的生活习惯——洗澡、穿衣服这类活动——如今已经消失了,仿佛以前从不曾存在过。对艾丽斯来说,这毋宁是很正常的事。如果她还记得这些活动(事实上她记不起来了),她肯定会问自己,以前,我真的每天都得举行这些无聊的、不必要的仪式吗?如今连我自己都很难相信,当初我曾熬过另一种仪式:恋爱。那时我变得成天心神恍惚,时而狂喜,时而焦躁不安……

说也奇怪,在这期间,艾丽斯的社交本能大体上还保持得相当完整。如果有人来到我们家门口——送信的邮差或瓦斯公司派来的查表员——而我正忙着别的事情,艾丽斯就会笑眯眯地接待他们,请他们进来,然后用一般夫妻在外人面前都会自动使用的那种不疾不徐、略带"亲切"的口气对我说:"哦,亲爱的,瓦斯公司派人来查表了。"同样的,她凭借本能和直觉应付比较复杂的社交场面。她总是面带笑容,专心聆听宾客们的谈话;每当大伙陷入沉默时,她就会插进一句话,以化解尴尬的气氛。通常她会问座中的宾客:"您府上是哪里啊?"或"您在哪儿高就啊?"一个晚上下来,同样的问题艾丽斯可以问上好几次。在座的访客或朋友，一旦弄清楚这究竟是怎么一回事，就会很快调适自己，欣然回答艾丽斯一再提出的相同问题；换言之，他们会设法迎合艾丽斯扮演的社交角色。

我发觉，我也在利用残存的本能来应对我和艾丽斯之间的关系。以往，每次发现家里有些事情没做好，我就会怪罪艾丽斯——就像小孩一样，有时我会忍不住"发脾气"，艾丽斯就会变得十分冷静、温柔，就像慈母一样百般安抚我。这并不是刻意表现的行为，而是出自某种深层的、潜意识的女性本能。平日，艾丽斯的这种本能不会（也没有必要）流露出来，不像一般年轻夫妇，做妻子的几乎每天都得发挥母性，着实安抚丈夫一番。大致说来，艾丽斯很少在我面前展现"女人味"——如今回想起来，对这一点我倒是满感激的。如今，我已经学会偶尔利用一下她那潜藏在内心深处的女性本能。一旦发现她整天跟着我，就像跟屁虫一般，打断我的工作，或妨碍我写信（通常这些信都是我代替她写给她的读者的），我就会开始抓狂，一面跺脚，一面把桌上的文件和信函一股脑儿扔到地板上，然后举起双手，发狂似地挥舞起来。这一招果然奏效。艾丽斯赶忙向我道歉："对不起……对不起……"说着，她伸出手来拍拍我，然后蹑手蹑脚走开去。过了一会她又溜回我身边来，但那时我的气早已经消了。我那一顿脾气，比起苦口婆心的规劝和无微不至的呵护，还要有效果。

还记得上文提到过的那位女士吗？她曾经用刻意开玩笑的口吻告诉我，跟她那个罹患阿兹海默氏症的丈夫住在一起，感觉就像身上系着一条锁链,跟一具尸体拴在一起似的。接着,她以近乎绝望的戏谑口气说:"你和我都晓得,这具尸体一天到晚都在抱怨。"

这我可不晓得。尽管一天到晚焦虑不安、喋喋不休,艾丽斯似乎并不懂得如何抱怨。结婚多年,她从不曾抱怨过什么。阿兹海默氏症这玩意,会在一般患者身上勾起潜藏在内心深处的魔性,但在艾丽斯身上,它却只能让她那善良的本性凸显出来。

天气晴朗的日子里,她会依偎在我身边,拍拍我,跟我讲悄悄话,天真无邪得就像圣像中的小天使。默默流泪的时候,她更需要这种抚慰。(她的哀伤,来自于一种感觉:虽然意识不到她已经失去那个神奇的创作世界,但却也能够感受得到自己此刻的生命有所缺失。)她个性中原本有极其强悍的一面,就像一头小公牛,只顾低着头往前冲。在患阿兹海默氏症之前,每天早晨起床,迈出脚步朝向浴室走过去时,个性中的这一面就会在她身上鲜明地显露出来。穿好衣服后,她会走进卧房,跟依旧躺在床上写作的我打个招呼,然后走下楼,打开花园的门,看看园中的景致。开始写作之前,有时她会把刚才观察到的事物匆匆记录在日记本上。那时她从不吃早餐;如果我在家,通常快到中午的时候,我会端一杯咖啡和一两片巧克力饼干,拿进书房给她。

如今,那一度十分美好的早晨时光,已经变成了我们生命中的梦魇——就像两次世界大战期间,士兵们被迫待在战壕中,就战斗位置严防敌人攻击,为了排解心中的寂寥和无奈,你只能在内心里讲讲黑色笑话(所谓战壕式的幽默);在曾经充满希望的清晨时分,跟受害者共享这种笑话,实在太过残忍。每天早晨一觉醒来,心里想着如何打发这漫长的一天,我就会觉得,我跟上文提到的那位女士是一对难兄难妹,同病相怜,同舟共济。这位女士用戏谑的态度看待阿兹海默氏症,不时开开她丈夫和她自己的玩笑,从中找到些许解脱(至少我希望如此)。虽然我不想肆无忌惮地加入这个笑话,但它总算比板起脸孔、一本正经地表示同情好得太多。不管怎样,同病相怜的人总难免会互吐苦水,交换经验和心得。我18岁当兵时结交的一位年龄相仿的同袍,如今头发已经灰白,神态依旧十分潇洒。最近他写信给我,对我的遭遇表示同情。他的职业是证券经纪人,但主要兴趣在于女人和经典老爷车。后来,他那位比他年轻的太太得了阿兹海默氏症,病情迅速恶化;他以无比的耐心照顾她,对她呵护备至。三句话不离本行,他喜欢用证券市场的走势,向我报告他妻子的病情发展。有一回,他在信中告诉我:"以前,我是以另一种角度观赏圣洁的女体。而今,每天早晨,我却必须用水管冲洗它。"

我可不像他那样,每天早晨都得干这种事。但每次帮艾丽斯洗澡,伸出手来擦拭她那凹凸有致的"圣洁女体"时,我就会想起这句玩笑话,然后就会忍不住偷笑。我这位老战友,究竟从哪里听来这种属于爱德华时代①的俏皮话? (这种滑稽、但却也

---

① 爱德华七世(Edward VII,1841~1910),英国国王,1901~1910年间在位。

具有些许抒情色彩的陈腔滥调，曾经吸引过小说家詹姆斯·乔伊斯。）我没法子跟艾丽斯分享这样的笑话，倒不是因为担心她曾提出抗议，而是因为这个成语所蕴涵的那种粗鄙的、荒谬的意味，早已经超出艾丽斯的理解力。前不久，我偶然翻到一本多年前朋友送给我们的"回文集"①，发现里头搜罗的句子颇富创意，深具超现实色彩，而且每一句都附有精美的插图。其中一句Sex at noon taxes（中午做爱挺累人），当初曾把我和艾丽斯逗得哈哈大笑——这句回文简单扼要，就像一封电报，而旁边那幅插图也颇为别致，引人发噱。前几天，我把这句回文和书中其他一些当初曾把我们逗得很开心的佳句挑出来，拿给艾丽斯看。她笑了，但我晓得，她只是想让我知道她喜欢跟我共享这些东西，其实，现在的她，根本无法体会这些回文的涵意。不过，她倒是很喜爱看电视儿童节目播出的卡通片，每次都看得咯咯直笑，乐不可支。这些卡通片有时是临时播出的替代节目，从早上10点左右开始（对艾丽斯来说，这段时间最难捱），一直放映到11点。通常，我会陪她一起看"天线宝宝"。看了几集后，连我自己都被里头那个晴空万里、阳光普照、草地上成群兔子活蹦乱跳的小小世界吸引了。影片里的天空、草地和兔子看起来挺真实的。这些角色的身体里头，莫非隐藏着一个小精灵，所以他们的举止言谈才会像人类一样？看起来确实是这样，这个幻觉——

---

　　① 回文（palindrome）是西方语文中顺读和倒读都相同的字词或句子，例如 madam 或 Was it a cat I saw?

如果真的是幻觉的话——深深吸引我们的注意力,使我们一再收看这个节目,百看不厌。

几个月前,我们家才开始有电视机——以前我们从不看电视。从此,每天工作时我都会竖起耳朵,聆听厨房里传出的电视机声音。一发觉厨房里静悄悄,没有半点声息,我就知道艾丽斯把电视关掉了。这会儿,她肯定坐在厨房里发呆。问题不在于她的注意力不能持久。她可以坐在电视机前,全神贯注,观看屏幕上进行的足球、板球、保龄球或网球赛,虽然搞不清楚战况和分数,但她一样看得兴味盎然——她把自己整个人投入球赛特有的感觉和气氛中。我那位自认跟一具尸体锁在一起的女性朋友,每天傍晚都会对她丈夫说:"电视上现在转播球赛啰!"然后,她就会拿出一卷旧录像带放给他看。她告诉我,她丈夫还以为那是正在进行中的一场球赛呢。

不幸的是,我们家并没有一个手脚灵巧的 6 岁小孩,帮我录下电视球赛节目,随时放映给艾丽斯观赏。不管怎样,她关掉电视机,并不是因为她感到厌烦(她现在的心态不可能感到厌烦),而是出于一种离家出走的本能——这种本能促使她不停地对我说:"我们什么时候走啊?"或"我们得走啦。"为了相同的理由,她会突然停止我要求她尝试做做看的工作和活动,包括看电视——其实,她的一切工作都已经停止了。这点我们心照不宣。如今她只想知道,他们什么时候才会放我们出去呀?

结婚这么多年,从一开始,我们就决定不把时间和精力花在打扫、整理房子上。我们夫妻懒得做家事,可又不想找人来帮我们做。现在我更不想打扫房子了——反正,它早已经乱成一团,住起来还挺习惯的。以往,我们不觉得有需要打扫房子,现在却发觉,就算我们想打扫这间房子,也无处着手了。来访的友人即使注意到这点——其实,我们的房子还满温暖舒适的——他们也不说什么。不过,话说回来,有时我会觉得,当初结婚后如果我们养成分摊家事的习惯,现在情况就不会那么糟了。我们需要的是一点自律。况且,我们可以把做家事当成一种休闲。但是,就像《等待戈多》①中的那个流浪汉所说的,时间总会过去的。

我们夫妻可不像狄更斯笔下的赫薇香小姐②那样,把自己的家变成一座满布灰尘的博物馆。只要没人闯进来骚扰,它会跟整个背景融合在一块,就像屋里藏放的衣服、书籍、旧报纸、信件和厚纸箱。这些东西将来说不定还有用处。艾丽斯很念旧,不忍心抛弃她用过的东西。对那些已经撕开的信封和失去盖子的塑料瓶,她总是有一种莫名的情感,而这种情感现在已经变成了执迷。平日,她收集落叶和枯枝,连附近中学的女生在街上公开吸完后丢弃在地上的香烟头,她都捡起来,带回家里。这年头,吸烟已经变成一种户外活动。我想,这总比在室内吸烟

① 《等待戈多》(*Waiting for Godot*)是定居在法国的爱尔兰剧作家、1969 年诺贝尔文学奖得主塞缪尔·贝克特(Samuel Beckett)的代表作。

② 赫薇香小姐(Miss Havisham)是狄更斯小说《远大前程》(又名《孤星血泪》,*Great Expectations*)中的人物。

好吧。

　　坐在床上，看着躺在身旁安然入睡的艾丽斯，倾听她那一阵阵柔和的鼾声，我内心觉得无比的安详宁谧。半睡半醒间，我感觉到自己漂浮在河中，一路顺流而下，观看那一堆堆从我们的屋子里和我们的生命中打扫出来的垃圾——好的和坏的——缓缓沉落进阴暗的河水里，转眼消失无踪。艾丽斯漂浮在我身旁，静静地游泳。水草和落叶荡漾在水面上。河岸上，成群蓝蜻蜓飞舞盘旋。一只翠鸟骤然飞掠过我们眼前。

4. 在彼此身上看见孤独

河流在我们蜜月旅途中经常出现。

1956 年，我和艾丽斯结婚。那时我们认识将近三年了。以往，我曾计算过，自从那天早晨我看到艾丽斯骑脚踏车缓缓经过我的窗口，多少个日子已经过去了，但现在我早已忘掉这个数字，而我又不想重新计算，因为那样做很花时间。记得，我们是在政府注册官的办公室结婚的。它坐落在圣伊莱斯。这是一条宽阔的大街，南端矗立着烈士纪念碑，往北则一路延伸到伍斯托克路和班布里路交叉口的战事纪念碑。注册官办事处对面是法官的公馆（现在已经不见，大概是搬到别处去了）。这是一幢精致美观的帕拉第奥式建筑物①。据说，小说家亨利·詹姆斯在《波音顿的珍藏品》(*The Spoils of Poynton*) 一书中所描写的那栋房屋，就是以牛津镇的法官公馆为蓝本的。

我谈到婚礼举行的地点，口气就像一位导游，事实上，在那

---

① 帕拉第奥 (Andrea Palladio, 1518～1580) 是 16 世纪意大利建筑家。他所树立的建筑风格，曾在欧洲风行一时，被称为帕拉第奥式 (Palladian) 建筑。

个我和艾丽斯结婚的早晨，我真的觉得自己像是一本旅游指南。一路上，我只顾瞪着这些熟悉的地标，仿佛生平第一次看到似的。就某种意义来说，以前我的确没见过这些建筑物，因为每天我都匆匆忙忙赶路前往某个地方，担心会迟到，哪里还有工夫观赏风景呢。如今，站在注册官办事处附近的街角等候我的新娘子，闲着没事，我只好观赏周遭的街景。我睁着眼睛，仔细观看每一栋建筑物，就像生平第一次或最后一次看它。记得，玛丽·安托妮特乘死囚车被押赴断头台时，画家大卫①曾以速写的方式描绘她当时的容貌和神情。他发现，这位法国王后一路上只顾睁着眼睛，茫茫然，充满好奇地观看周遭的街景，仿佛她以前从没看见过巴黎的这些街道和广场似的。结婚那天早晨，我也有类似的感觉。此外，就像每一个新郎倌，我心里还记挂着结婚戒指——我把它摆在右边裤袋里，跟其他杂物放在一块。显然，这并不是藏放结婚戒指的最佳地点，但我实在想不出一个更好的地方。这会儿，我身上穿着一套深色西装。那是 9 年前我退伍时，军方送给我的礼物。我没穿背心（那年头，绅士们的行头都必备一件背心）；军方发给的西装原本附有背心，但后来我不晓得把它搁到哪儿去了。当时，我从一堆颜色较浅的西装中，挑出颜色最深的这一件。事后证明我的选择是正确的，因为我很少穿上这套西装，除了在一些特殊的场合，诸如婚礼、洗礼和

---

① 这里指的是法国画家雅克·路易·大卫 (Jacques Louis David, 1748～1825) 。

葬礼。

结婚戒指,则是昨天在一家当铺买的。这枚戒指样式古板,但打造得十分坚实,很可能是某一位手头拮据的鳏夫拿到当铺去质押的。买戒指是我的主意。艾丽斯从不曾提到结婚戒指。她一辈子没戴过戒指,而我也从没想过要送她一枚戒指,因而结婚前我们并没订婚。我担心这枚戒指不适合她戴,但她一戴上手,大伙都说漂亮极了,大小刚刚好——至今依然如此,尽管经历了这么多年,这枚原本颇为粗大的金戒指早已被磨损得只剩下细细的一圈了。

整个过程(我实在不好意思把它称为婚礼)只花三分钟时间就完成了。之后,我的那位资深同事的妻子——这对夫妇实在很热心——就开始唠叨起来:"我得赶快去照顾贝利太太。"她指的是我母亲。她丈夫带着"阴森森的笑容"(这是艾丽斯后来的描述)对她说:"除了你,这儿的每一位女士都是贝利太太。"这倒是真的。我母亲和我嫂嫂(她也是贝利太太)这会儿都在场;除了她们,并没有其他女士参加我们的婚礼。艾丽斯后来告诉我,这是整场可怕的婚礼中最让她感到毛骨悚然的一刻,这一刻,她发现自己也变成了贝利太太,跟一大堆贝利太太成为一家人。顺便一提,她的母亲不知怎么搞的,竟然错过了从帕丁顿①开往牛津的火车。婚礼完成后,我们赶到车站迎接搭乘下一班车的岳母大人。大伙儿到附近酒馆喝一杯,开开心心庆祝

—————————

① 帕丁顿是伦敦市西边的一个住宅区。

一番。

　　这并不是一个好的开始——严格说，它根本就不是一个开始，而是一个"反高潮"：我们以前所熟悉的那个世界关上了门，但不是砰然一声合上，而是带着啜泣声。不过，这种"缓和"(détente)的感觉倒是我们这个时候最需要的。紧绷的心情、一连串的疑问和令人窒息的不确定感——操控我们这些年来的生活的一切东西——现在全都消失了。我和艾丽斯都感到非常快慰(至少，这是我的感觉)。在车站里，艾丽斯伸出手来握住我的手，使劲一捏，悄声告诉我说，以后咱们两个就得厮守在一起啦！这种感觉是多么的美好，可又是多么的陌生啊。听她这么一说，我心头一块大石顿时放了下来。这一刻，我们俩最需要的也许就是安心吧。

　　从另一个角度来看，我们早就该安心了，因为我们已经结为夫妻。小说家安东尼·鲍威尔在他的回忆录中指出：婚姻可不像人类的其他经验。你可以跟一个人同居多年，但一点都不觉得你们是一对夫妻。若不想继续同居，你大可以下定决心，跨出那重大的一步——就像我和艾丽斯那样——然后你就会发觉，你一下子跨进了一个截然不同的感情和行为领域。诚如鲍威尔所说的，你若想知道婚姻究竟是怎么一回事，你就必须亲身体验它。"除此之外，别无方法"。

　　跟艾丽斯的母亲见面，也让我们感到安心。她人很好，外表看起来比她的女儿年轻得多。艾丽斯出生那一年，她才19岁。那时她住在爱尔兰首府都柏林。一位来自北爱尔兰首府贝尔法斯特、才加入军队不久的年轻人，爱上了这个都柏林姑娘。那是1917年的事。让艾丽斯感到颇为自豪的是，她那位在农庄长大的父亲，被甄选入英国陆军的自由民骑兵团——国王爱德华统领的马队。他老人家因此保住了一条命，因为第一次世界大战期间，骑兵根本无法参与战壕战。年轻时，艾丽斯的母亲是一位前途颇为看好的业余女高音，但婚后就不再登台演唱了。在某种程度上，艾丽斯继承了母亲的好嗓子。让艾丽斯感到遗憾的是，母亲为了家庭放弃了她的音乐事业。

她失去了音乐，却得到了艾丽斯。这个女儿是在难产的情况下辛辛苦苦生下来的。在那之后，母亲就打定主意，从此不再生孩子了。艾丽斯后来告诉我，尽管母亲从没公开表明这点，但凭着直觉她看得出来，母亲这辈子不想再有小孩。我提醒艾丽斯，如果他们家有更多小孩，如果她母亲给她父亲生下一个儿子，她自己的一生肯定会发生重大的改变。身为独生女，她跟父母亲相处得很好，一家三口和乐融融。爱尔兰独立战争爆发后，这个小家庭迁居到英格兰。父亲在政府机关找到一份差事，当起小公务员来。艾丽斯的童年是在契斯维克镇一栋半独立式住宅中度过的。最初，她在学区内的佛勒贝尔·费伊学校就读，后来转到布里斯托附近的巴明顿学校。这是一所很好的私立女子寄宿学校。为了女儿的教育，她父亲不惜作出任何牺牲，甚至向亲友告贷，但这样做却违反了他们家的门风——她父亲是在贝尔法斯特一个崇尚节俭、信奉上帝的家庭长大的，尽管结婚后她父母亲都没有特定的宗教信仰，也不隶属任何教会。艾丽斯的童年就是在这种无神的、逍遥自在的环境中度过的。

进入牛津大学,选过几门哲学课、接触到柏拉图后,艾丽斯对精神生活的兴趣才开始萌芽。精神生活是她内心想象世界的一部分,从不曾显露在外头。年轻时,她常谈恋爱,但她的恋爱方式以及她爱上的那些男人,在某种程度上,反映出她对智慧、权威和信仰的追求,而这种追寻,每个人在一生中的某个阶段——不论年轻或年老——都曾经做过。同时,我却也觉得,艾丽斯个性中有其强悍、难以捉摸的一面;我猜,这是她从北爱尔兰祖先身上继承到的一种谨慎性格。她经常爱上她心目中代表精神权威、智慧、仁爱、甚至某种诡秘力量的男人;对她来说,这是心灵修炼过程中的必要冒险。她渴求这桩经验,她需要这种冒险,但她毕竟太聪明、太机灵,绝不会让自己陷身牢笼中,任由男人主宰。就像她的小说《钟》的女主角朵拉·葛林菲德①,艾丽斯每次一察觉情况不对,随时都可以逃之夭夭,消失无踪。她在感情上的冲动,到头来都会受到"常识"约束。

少女时代无忧无虑的生活——她跟父母亲和同学们都相处得很好——使她在成长过程中,开始感受到内心有一股强烈的渴求:她需要崭新的、跟以往生活形成鲜明对比的人生经验。然而,每次跟父母亲在一起(就像跟我在一起时那样),她仿佛又回到了天真烂漫的童年——我想,这才是她的真正本性吧。在母亲面前,艾丽斯的态度显得非常自然,毫不造作,就像一对

---

① 参阅本书第 2 章。

姊妹似的(艾丽斯看起来像是姐姐)。那时她父亲刚退休,卧病在床,第二年就因癌症逝世。(他老人家生前每天抽六十根香烟,而她母亲也是一个老烟枪。)艾丽斯从小就跟爸爸很亲。他过世后,艾丽斯哀痛逾恒,但她立刻就振作起来,凭着本能,取代她父亲在她母亲生命中扮演的角色。但愿,当初我有机会跟艾丽斯的父亲相处,好好认识我这位岳父大人。

结婚那天,我和艾丽斯到火车站迎接岳母大人。回来后,我把默多克太太和她的女儿介绍给我母亲;她老人家面对这双母女,一时间竟踌躇起来,因为她搞不清楚我娶的到底是哪一个。我能理解她的困惑——毕竟,艾丽斯的母亲看起来确实比女儿年轻。为了化解这份尴尬,我就开了个玩笑(也许这样做很不明智)。这个笑话的效果如何,我没工夫查考,因为马上我们就得参加一场只有少数亲朋好友参加的派对。派对在我任教的学院会客室举行。学院管理员——一位和蔼可亲的老爷子事先告诉我,他可以从学院地窖拿出几瓶早已过期的香槟,让我招待参加婚礼的客人,而他正好借着这个机会把酒窖清理一番。"老师,我坦白跟你讲,这些酒的品质并不十分可靠哦,但价钱非常便宜。"他老人家这么对我说。

品尝之后,我们发现每一瓶香槟都十分香醇可口,颜色金黄,宛如琥珀一般,打开时虽没喷出大量泡沫,却也为我们这个小型派对增添些许欢乐气氛。对新婚夫妇来说,这也算是一种鼓舞吧。直到今天,我还记得酒瓶上贴着的商标。这种香槟酒有个罗曼蒂克的法国名字:玛尔尼公爵。派对结束后,这位爵爷一路跟随我们，陪伴我们度过接下来的一连串煎熬——其中最严酷的一场考验，就是我们在一家名叫"顶尖钓客"的豪华旅馆遇到的一桩糗事。这家旅馆坐落在马罗镇，我们打算在那儿度过新婚之夜。旅馆名称听起来挺吉祥的。几天前，我们走进这家旅馆，预订房间。从窗口眺望，我们看见泰晤士河波涛汹涌，哗啦哗啦流淌过一座水坝。晚上这座水坝发出的声音，听在新婚夫妇耳中，肯定十分浪漫，宛如一首颂歌。

可是，当我们穿着婚礼服出现在旅馆大厅时，柜台的职员态度虽然十分和善，但却露出一脸迷惑的神情。这会儿，旅馆已经住满客人。我们有预订房间吗？有啊！一个星期前，我亲自前来预订房间。(那年头，至少在我看来，电话还不是一种十分可靠、足以用来预订旅馆房间的通讯工具，所以我才会亲自走一趟。)柜台的几位女职员匆匆交换眼色。"那时肯定是卡米拉值班。"一位小姐压低嗓门说。一听这句话，我立刻就明白这究竟是怎么回事，心里顿时凉了半截。原来，粗心的卡米拉(她肯定已经被炒鱿鱼了)忘记把我预订的房间登录在本子上。那年头，时髦的乡下旅馆都喜欢招揽初次进入社交界的漂亮姑娘前来兼差，充当接待员，装点门面。卡米拉肯定长得很标致，但却一点都不可靠。柜台的职员一面向我们道歉，一面透过电话，帮我们向邻近的亨里镇一家旅馆订房间。这家坐落在镇中心广场旁、正派经营的老式旅馆，名字叫"凯瑟琳之轮"。

在婚礼上，我的母亲和艾丽斯的母亲初次见面就十分投缘，相处得很好。往后她们继续保持友好关系——原因是她们俩不常见面——但直到两人都老了,她们才成为真正要好的朋友。艾丽斯的母亲似乎已经看出来,我们不想要孩子。她自己当年虽然也不想要孩子,但在成长过程中,艾丽斯却给她带来了无比的骄傲和无穷的欢乐。身为局外人,她怎能断定我们不想要孩子呢?这点,我无法回答,但默多克太太显然一开始就认定,我们三人会组成一个和谐的、自给自足的"三角关系",就像她跟丈夫和女儿之间的关系那样。她这样想,其实也没什么不对,尽管在这个"三角关系"中,我们很高兴她老人家能够扮演一个角色,但却很少注意到她的存在。我们结婚后,她依旧居住在伦敦,从不打扰我们。

虽然我母亲也很少过问儿子和媳妇之间的事情,但我知道她心里很想抱孙儿。她有三个儿子,但只有一个儿子为我们家族生下子嗣。幸好,她老人家通情达理,并没把心中的这份愿望到处宣扬开来。度过了刚开始时的尴尬——婚礼举行前,她跟艾丽斯没见过几次面——我母亲对她这个在文坛上声誉鹊起的媳妇,愈来愈有好感,而这份好感一直维持到她生命的最后一天(她老人家不久前才逝世,享年将近90岁)。那时,艾丽斯的母亲也已经过世了。她生前罹患阿兹海默氏症。

当时,我和艾丽斯根本就没想到,这种疾病——或者我们应该说,这种疾病的基因——是会遗传的。事实上,那个时候除了笼统的医学术语"老年痴呆症",这种疾病还没有一个明确的、特定的名称。为了了解艾丽斯母亲的病情,我们咨询过不少专家,但他们也帮不上什么忙,只能提出一些生理学上的解释,然后根据这些解释试图治疗默多克太太的病。默多克太太自己的医师——在伦敦执业的一位个性非常顽固的全科大夫——向我们暗示，她老人家的病是酗酒造成的后果。艾丽斯听了很生气，但我知道，有一阵子她母亲经常被送进疗养院。这不值得大惊小怪。她并不孤独，因为我们出钱贴补她的一位老朋友——很可靠的一个人——让她跟默多克太太住在一起，照顾她的生活起居，但老人家总难免会找些东西来排解内心的苦闷。毫无疑问，酗酒会让许多阿兹海默氏症患者的病情加速恶化，但不喝酒，他们又怎样打发日子呢？现在，艾丽斯常常喝葡萄酒，就像她罹患阿兹海默氏症之前那样，但分量减少许多。对她来说，这是挺自然的事。我们家里摆着各种各样的酒，但除了葡萄酒，她啥都不喝。

40多年前，艾丽斯对生儿育女的事，态度也很自然。我们夫妻之间很少讨论这个问题，因为我认为，我们两人都了解她在这方面的立场和看法。对于生育，就像对性爱一样，艾丽斯基本上并不排斥；她的态度毋宁是一种超然的、善意的冷漠。她有更重要的事情要做。别的女人也许有相同的感觉，但同时却又觉得，这样做是违反自然法则的，仿佛对她们来说，母性是一生中最值得追求的成就。这样的女人究竟有多少呢？艾丽斯很欣赏的一位女诗人斯黛薇·史密斯常用她那故作调皮的口气说："我的作品就是我的孩子嘛！"身为小说家，艾丽斯从不曾说，她的作品就是她的孩子，事实上，她根本就不想跟别人讨论这种事情。在这方面，她的态度非常含蓄，但也非常自然。

20 世纪 50 年代中期,劳伦斯热①开始在英国蔓延开来,于
1963 年达到高峰。那年,伦敦中央刑事法庭判决,企鹅出版社可
以无限量印刷、发行劳伦斯的作品《查泰莱夫人的情人》。诗人
菲利普·拉金在一首诗中以嘲讽的语气指出:就在这一年,英国
人"开始性交"。从某种角度来看,拉金的说法不算太夸张,因为
在这之前英国人很少讨论这档子事——在他们心目中,性爱是
一种禁忌,并不适合公开谈论。因此,对战后那一代英国人来
说,劳伦斯的吸引力在于他的精神,反倒不在他的作品;他们把
劳伦斯当作偶像来崇拜,就像他们崇拜同一个时候崛起的歌手
披头士——在他们心目中,劳伦斯和披头士都是启蒙和现代情
操的象征。但在艾丽斯看来,劳伦斯的作品才是最重要的。记
得,我曾听到一位哲学系同事向艾丽斯抱怨说,在性爱问题上,
劳伦斯表现出一种"半生不熟的宗教情操"。艾丽斯婉转地提出
异议。她说,作为一位小说家,劳伦斯实在太杰出了,因此,不管
他写什么或怎么写都不重要。无论如何,在 20 世纪 60 和 70 年
代,性爱确实已经成为一种新兴宗教,这个幻觉一旦破灭,取而
代之的就是一种粗糙的、浮士德式的追求:性爱被当成一种运
动和表演艺术,永远在追求新的纪录、新的巅峰。这一切都跟我
们无缘,对性爱这档子事,我和艾丽斯依旧保持一贯含蓄的、寂

---

　　① 　劳伦斯 (D. H. Lawrence,1885~1930),英国小说家,代表作
有《儿子与情人》(Sons and Lovers)、《恋爱中的女人》(Women in
Love)和《查泰莱夫人的情人》(Lady Chatterley's Lover)等,后者于
1928 年出版时,曾遭英国政府查禁。

静主义①式的态度。

　　偶尔，我会感到好奇，跟那些态度和作风比我积极、强悍的情人上床时，艾丽斯的表现和反应到底如何。有一回，很偶然的，我从一个熟人那里得到这方面的讯息。据我所知，这家伙曾经是艾丽斯的入幕之宾。我并不怎么喜欢这个人——尽管他是他那一行中有头有脸的人物——因为他老喜欢向朋友们炫耀，最近他又搞上了哪个女人，甚至把床笫间的事都毫无保留地讲出来。这回，他告诉我，跟女人交往，最最重要的是设法诱导她做出你想要她做的事；他暗示，只要她真的喜欢你，任何事情她都愿意做。"最让人泄气的是，不管你怎么挑逗她，你的伴侣还是不能进入情况去尽情享受鱼水之欢。"他带着智者的口吻如是说。然后，他脸上突然显现出愧疚的神情，仿佛为他不小心泄露秘密感到抱歉似的。那时他大概不晓得，我已经知道他跟艾丽斯交往过一阵子，但他脸上那副羞愧、暧昧的神情却不免让我怀疑，他正在讲的这个女人就是艾丽斯。也许，他突然领悟，这种事情怎么可以告诉这个女人的丈夫呢。

　　我们夫妻的房事一直是在平和、安稳的状态中进行——诚如艾丽斯小说中的人物佩特·康贝尔太太所说的，那种感觉就像在客厅长椅上翻云覆雨一番后，回到深沉安稳的双人床

---

　　①　寂静主义 (quietism) 是 17 世纪末期西班牙教士莫理诺斯 (Molinos) 倡导的一种宗教神秘主义，主张排除人类的意志和世俗欲望，从而对上帝及神圣事物进行彻底的、完全的沉思冥想。

上——我们俩从不奢求更多、更激情的性爱。出现在艾丽斯作品《断头》(A Severed Head)中的这位太太抱怨说，她的婚姻"宛如一潭死水"；看来，她的性生活也是一潭死水。我和艾丽斯并不期望，我们的婚姻和性生活会变成一条汹涌的河流，我们喜欢细水长流，心里感到很满足。

尽管艾丽斯从不渴望拥有自己的家庭生活——她一直不想生孩子——但对周遭进行的各种家庭聚会和活动，她却很感兴趣，尽可能抽空参加。身为独生女，跟我结婚后，她的生活中突然增添了两个兄弟——我的同胞兄弟。为此，她感到很开心。虽然刚开始时他们对这个弟妹并没多大好感，但艾丽斯耐心等待，皇天不负有心人，最后她终于赢得了麦克的欢心。在我们家兄弟中，麦克排行中间，他是军人，一生未娶，在英国陆军中官拜准将，现在已经退伍了。麦克一生战功彪炳，但退伍后他却当起工匠，专门维修荒废的教堂，其中有一些是规模十分宏伟壮观的建筑物，大部分坐落在东盎格利亚地区①。麦克最喜欢带我们到工地上，看他干活。他引导艾丽斯参观修复中的教堂，一面向她解释雪花石膏的使用方法(这是他的专长)，一面骄傲地向她展示，在修复的过程中，他所发掘出的雕像残骸或普智天使的头颅。

麦克的得意之作是一座现在已经修复完竣的圣母院，它就

---

① 东盎格利亚(East Anglia)是英国东南部一古国，现在分属诺福克(Norfolk)和沙福克(Suffolk)二郡。

坐落在威尔特郡里迪雅志·崔戈齐地区。我这个兄弟本来就生性节俭,如今依靠微薄的退伍金度日,生活也就过得更加简朴(他从事教堂修复工作,实在赚不了几个钱)。平日每个夜晚,他就在工作的地点打地铺,不管这些教堂究竟有多偏僻荒凉。有一次我问他,这种地方晚上鬼气森森的,他一个人在这儿过夜,难道不害怕吗?对我这个说法,他先是嗤之以鼻,接着沉吟半晌,告诉我说:有一回,他在约克郡野兔林庄园的一间私人礼拜堂过夜,半夜醒来,不知怎的心里感觉怪怪的。我们问他,那天晚上他有没有看见什么东西显现在他眼前。他说他也搞不清楚,好一会儿,只觉得有一个扁平、黝黑、体积相当庞大的东西在阴暗的地板上移动,朝向他的床铺一步一步逼近。就在这节骨眼上,我一时粗心,竟然提起小说家詹姆斯写的一则鬼故事《托马斯教士的宝藏》。在这篇以中古世纪为背景的小说中,一个邪恶的教士私下豢养一只来历不明、模样看起来像潮湿的皮袋的怪物,命令它看守藏放在教堂中央地板下的珍宝。没等我把故事讲完,麦克就打断我的话,很不耐烦地告诉我说,他没看过这篇小说。事实上,根据他自己的说法,自从离开学校后,他只读过一本书《乡间一月》(*A Month in the Country*)。这可不是俄国文豪屠格涅夫那出有名的剧本哦,而是一个名叫卡尔的作家写的言情小说,男主角从事的工作跟麦克一样——修复教堂。一提起这本书,麦克就兴致勃勃,起劲得很哪。

我猜,麦克从不曾读过艾丽斯的任何一本小说,但对她的成就,却具有一种莫名的敬意。也许,在某种意义上,军人出身的麦克把艾丽斯看成并肩作战的同袍:在他心目中,艾丽斯就像一位优秀的指挥官,一心一意只想打赢眼前这场战役。我看得出来,他们两人相处得十分投契;麦克平日十分拘谨,不擅交际应酬,而这正是他和艾丽斯在个性上的共同点。显然,他们俩彼此觉得很投缘,尽管不常见面,只偶尔在家庭聚会上(诸如圣诞节)碰个面而已。艾丽斯罹患阿兹海默氏症后,麦克一反常态,每逢星期天就开着车子,老远从伦敦赶来探望她,跟我们共进午餐。虽然艾丽斯已经记不起麦克这个人,也搞不清楚前来我们家吃午饭的家伙究竟是谁,但每次麦克来访,总是把她逗得十分开心,对她的病情大有帮助。

我自己的感觉可就复杂得多,因为麦克每次来访,我都得张罗一顿像样的午餐——我总不能拿我们平日随便吃的那些东西招待客人呀。在家或出外工作时,我这个哥哥通常以沙丁鱼和西红柿为生(这种食物有益健康,问题是麦克平日根本就不注重健康),但每次一来我们家做客,潜意识里他就指望弟弟给他准备一顿丰盛的午餐,让他大快朵颐一番。这是手足之情的一种表现,挺让我感动的,尽管这种同胞爱有时难免会让我感到有点厌烦。麦克坚持开车不喝酒,因此,每次来我们家,他都会随身携带一瓶不含酒精的啤酒。这种酒有个充满战斗气息的名称,叫做"弹径"(Caliber),一看就知道是军人喝的玩意儿。

艾丽斯得病前,有时我会逗她,说她具有轻微的"阿拉伯的劳伦斯"情结①。艾丽斯听了总是微微一笑，并没否认。在我心目中，这位劳伦斯是一个言过其实的人物。他的著作《智慧的七根支柱》(*The Seven Pillars of Wisdom*)，在上层社会同性恋者和渴慕冒险生涯的学术界人士之间颇为风行，一度被奉为经典。但在我看来，这本书写得太过浮夸不实，简直令人不忍卒读。至今我的看法并没改变，但艾丽斯依旧保持她对这本书及其作者的喜爱和敬仰，从不曾动摇。当年还在学校念书时，她就已经读过这本书，据她自己告诉我，那个时候她"对拉斐尔·塞巴蒂尼(Rafael Sabatini)不再感兴趣"。[塞巴蒂尼是一位喜欢装腔作势、卖弄技巧的通俗小说家，作品很多，诸如《上校之血》(*Captain Blood*)和《黑天鹅》(*The Black Swan*)。]艾丽斯对《智慧的七根支柱》一直忠心耿耿，从不愿意批评它，而它对艾丽斯的小说所产生的那种深远的、充满浪漫色彩的影响，在她的许多作品中显而易见。她笔下的人物，一如她所描绘的世界，跟劳伦斯的世界和人物不尽相同，但对喜爱艾丽斯作品的读者来说，他们却具有劳伦斯式传奇人物的独特魅力和丰采，令人无法抗拒。我的哥哥麦克，曾经出现在艾丽斯的几部小说中，面貌模糊，一般读者大概不会注意到——比如，在《私密的玫瑰》(*An Unofficial Rose*)中，麦克扮演的是一个名叫费立克斯(Felix)

---

① 托马斯·爱德华·劳伦斯(Thomas Edward Lawrence, 1888~1935)，英国考古学家、军人及作家，世称"阿拉伯的劳伦斯"，为一代传奇人物，生平事迹曾多次搬上银幕，改编成电影。

的小角色。我想，连麦克自己都认不出他就是这个角色的本尊，别人就更不用说了。我从不曾向艾丽斯提到这点。她最不能忍受的是，她笔下的人物居然被读者——尤其是她自己的家人——辨认出来。这些人物是她一手创造的。他们是她的人；他们属于她自己创造的世界，而这个世界在某种意义上来说是真实的。

我们结婚时，艾丽斯已经完成三部备受好评的长篇小说，正在着手写作第四部。她的第三部作品《沙滩上的城堡》（*The Sandcastle*）中，有一个脍炙人口的场景：一辆绿色的雷利牌汽车在海底从事一趟惊险、复杂的旅程。这辆车子在书中一再出现，是情节不可或缺的一部分。我知道它的来历，因为当初就是我帮艾丽斯翻阅《牛津邮报》的广告，好不容易才找到这辆车子的。为此，我感到非常骄傲。在这之前，艾丽斯自己的车子曾经出过小小的一场车祸。这辆浅蓝色的"喜临门娇娃"是艾丽斯利用前一部小说《逃离魔法师》的版税购置的。1955年夏季，天气十分美好，驾驶教练是由我来充当的。我有一辆老旧的"莫里斯牌"老爷车，那是我趁着我父母亲购买新车，央求他们半卖半送转让给我的。艾丽斯很快就学会开车，而且开得非常好。说我教她开车，我实在不敢当，但她学开车时我确实坐在她身旁，随时给她一些指点。我们根据车牌上的英文字母，把我这部老爷车称为EKL；我告诉艾丽斯，这是德文ekelhaft的缩写，意思是"可恶"，但我们还是很喜欢这个名称。艾丽斯开着这部车子参加考试，一次就通过。我待在附近观看。艾丽斯跟主考官打个招呼——那年头，连驾驶考试都比今天随便、不拘礼节——然后就一头钻进车子里。让我松一口气的是，激活引擎上路前，她没忘记遵照我的指点，以夸张的手势先调整一下后视镜。

把艾丽斯调教成一流的驾驶员后，我自己却出了一场车祸：12月隆冬天，我向艾丽斯借车子，开到牛津城外去参加一个聚会，行驶在一条结冰的马路上时，艾丽斯那辆可怜的"娇娃"撞得稀巴烂。车祸发生后，我跑回来向艾丽斯报告。相信我，全世界没有一个人会像艾丽斯那样，心平气和地接受这样的噩耗。她非常疼惜她的"娇娃"，没想到它的生命竟是那么的短促。今天回想起来，我觉得，就在那一刻，我们俩的共同生活才算真正开始，尽管那个时候艾丽斯还没决定要跟我结婚，而我也早已经死了这条心。这场车祸虽然不算什么了不起的大事，然而考验情侣关系，看它究竟能不能长久保持下去的，往往就是这类灾祸。艾丽斯看见我安然无恙，高兴都还来不及呢，哪还有工夫为她那部爱车哀伤。这桩意外事件显示，我在她心中所占的分量到底有多重，而这可不是我的甜言蜜语所能做到的。况且，保险公司会赔偿她的损失，而我那辆绿色的雷利牌轿车，虽然垂垂老矣，看起来却也依旧帅气十足，非常罗曼蒂克。它是1947年出厂的车子，高龄将近10岁，我不久之前才亲自动手，把它那深绿色车身重新油漆过，配上造型优雅的黑色挡泥板和闪闪发光的珐琅质蓝色名牌，看起来还真抢眼呢。艾丽斯并不是喜新厌旧的女人，但她一看见这辆重新装点门面的雷利车，就喜爱得不得了，暂时不再去想她那辆"娇娃"，即使她并没把它给忘掉。

直到患阿兹海默氏症后，艾丽斯才完全忘掉她的"娇娃"。

这辆车子已经从她心中消失,然而,每次我提起我的那辆雷利车,听到我的描述,她眼神中就会闪现出些许光彩,仿佛还认得这部车子。每回,听我谈到它的坏习惯和它那经常失灵的煞车,艾丽斯脸上竟然绽现出笑容。如果它今天还存在,应该会成为价值连城的古董车吧。这辆雷利车退休后,我们把它摆在车库里奉养了20多年,但后来实在租不起车库,只好忍痛割爱。

如同我在本章开头所说的,河流在我们蜜月旅途中经常出现,但这并不是刻意安排的。当初,我们计划以一种非常悠闲、逍遥的方式从事一趟文化之旅,穿越法国,跨过阿尔卑斯山,进入意大利北部地区,一路避开有名的观光景点,诸如佛罗伦萨和威尼斯(这些地方,我们打算以后有机会再前往一游),途中停留在乌比诺、圣吉米尼亚诺和阿雷佐这类小城镇。这几个地方是艾丽斯的"艺术界朋友"向她大力推荐的,他们是一对夫妇,名叫布丽姬和麦克·布洛菲,麦克后来还担任英国国家美术馆馆长。布丽姬曾责备艾丽斯,像她这样的女人,怎么会干出像结婚这样庸俗的事情。但是,说来讽刺,布丽姬自己也走上了婚姻这条路,虽然有点心不甘情不愿。她想生个孩子,体验一下为人母亲到底是什么感觉,但在那年头,"单身妈妈"还不是一个时髦的、具有某种神秘魅力的职业。

我们作出明智的决定,把我那辆老爷车留在英国,另外以相当便宜的价钱,购买一辆全新的迷你型奥斯汀厢型车,用以蜜月旅行。买这款车子很划算,因为它被归类为"商用车辆",购买时可以免缴英国当时实施的消费品零售税。当初邀请我参加圣安妮学院的派对、让我有机会结识艾丽斯的那位伊莱恩·格里菲思小姐,当时才刚买了一辆同款的厢型车。这个狡猾的女人把车子开到一家修车厂,要求工人把车身两侧的金属镶板拿掉,换上明亮的玻璃窗。于是乎这辆商用车摇身一变,成了一部自用小客车,不受时速30英里的限制。(那时在英国,所有卡车和厢型车都必须遵守这个规定。)格里菲思小姐建议我们也这么做,但考虑之后,我们还是拒绝了。上路没多久,我们就因为超速——每小时将近40英里——被一位铁面无私的警员拦截下来,给我们一张罚单。

但我并不后悔,因为我觉得,让厢型车保持原样有个好处:途中感到疲惫困倦时,我们可以在车上小睡片刻。事实上,我们只在这辆车子里睡过一回,而那是好几年后在爱尔兰西部旅行时发生的事。那时,我们在莫赫观赏有名的黑色花岗岩峭壁。一个身材魁梧的农夫——我们管他叫"莫赫巨人"——强行征用我们的厢型车,要求我们帮他搬运堆聚在悬崖边缘田地上的干草。他甚至表示愿意出价收购这部车子,并煞有介事地询问我们,这款厢型车如今在英国"值多少钱"。我们被他整得精疲力竭,好不容易才逃回镇上,找到一家专供钓客投宿的旅馆,享用一顿以烤鳟鱼为主的黄昏茶点①。不巧的是,这家旅馆已经客满了,没有空房。于是我们只好把车子开到幽静的海滩上,拿出我

---

① 在英国,下午5时到6时之间食用的餐点,称为 high tea(黄昏茶点),以红茶、糕饼和肉类食品为主,通常用以取代晚餐(supper)。

们在贝尔法斯特市场购买的一只铁锅,煎几个鸡蛋,加上几片烟熏猪肉权充晚餐,然后倒头就睡。这一觉睡得甜美极了。大清早,我们就被海鸥的啼鸣声吵醒,睁开眼睛一瞧,只见成群海鸥飞向那一艘艘转动着引擎、轧轧轧驶往下一个小港湾的渔船。船上的渔夫正在捕捞干贝。醒来后,我们立刻回到旅馆吃早餐——烟熏猪肉和干贝。这是英国女王伊丽莎白一世生平最爱吃的早点;据说,她每天吃早餐时,都得喝下一品脱的熟啤酒①。我们早餐不喝酒,我们喝的是爱尔兰咖啡。

在这趟旅程中,我们探访了克莱尔郡的岩石海岸和布伦地区的石头荒原。就在这个时候,艾丽斯开始构想下一部小说的情节——以爱尔兰为背景、气氛诡异令人难忘的《独角兽》(*The Unicorn*)。在荒凉的爱尔兰西海岸,她终于找到了最能够呈现这种气氛的景观。这部幻想式的小说,描述一个被幽禁在荒凉海岸附近一间修道院、饱受性饥渴煎熬的女人。在我看来,《独角兽》是艾丽斯所有作品中最具爱尔兰色彩的。在这方面,它甚至超越她那部描写1916年复活节爱尔兰革命志士起义事件的小说《红与绿》(*The Red and the Green*)。

也就是在这趟爱尔兰之旅,我学会如何在冰冷的海水中逍遥自在地游泳——更精确地说,是脸上戴着潜水面具,嘴里含着呼吸管,让身子悬浮在狭小的海湾中,尽情观赏海床上各种

---

① 熟啤酒(lager)是一种特制的啤酒,酿成后再贮藏成熟的啤酒,名称源自德语,意为"储藏室的啤酒"。

各样的植物。欧洲北部岩石海岸外的海底景观,在我看来,比热带地区的海洋生态神奇、美妙得多。一簇簇暗红和紫蓝色的海藻,静悄悄,漂荡在海底那一大片被冬天的风暴琢磨得十分光滑圆润的石头上。体型大得像餐盘的绿螃蟹,成群结队在海床上蹒跚横行。鱼类倒是很罕见,但有一回我看到一只鲽鱼——乍看就像一只五彩斑斓的山鹑——隐藏在白色的沙堆里,露出上半身,乜斜着眼睛打量我。目眩神迷,我只顾观赏海底的绚烂景观,一点都不觉得寒冷,可是,一爬上岸来,我就忍不住浑身打起哆嗦。艾丽斯赶紧把我搂进怀中,一面摩擦我的身子,让我分享她的体温,一面责备我不该跑进冰冷的海里玩水,口气听起来就像一位喜欢唠叨的母亲。但是,当我把潜水面具和呼吸管递到她手里时,她却变得跟我一样兴奋,转身钻进海水中,一点都不感到寒冷。她在海底逗留了好久好久。我待在岸上,捡来几根浮木枯枝,抖索索生起一堆火,然后蹲伏在火堆旁,手里捧着一瓶威士忌,只顾一小口、一小口啜着。稍后,我穿着衣服,披上一件橡皮雨衣,再度潜入海底。这回感觉不像上次那么寒冷,可是当我回到岸上,那几件像内萨斯那件冰冷衬衫①一般紧紧

---

① 内萨斯(Nessus)是希腊神话中的半人半马怪。据说,内萨斯试图勾引大力士赫库勒斯的妻子得伊阿尼拉,结果被赫库勒斯用一支沾着九头蛇的毒血的箭射死。毒血沾污了内萨斯身上穿着的衬衫。临死前,内萨斯把衬衫交给得伊阿尼拉,哄骗她说,这件衣服具有神奇的法力,能够帮助她挽回丈夫的心。得伊阿尼拉把衬衫送给赫库勒斯,因而造成赫库勒斯的死亡。

粘贴在我身上的湿衣服,一时却怎么也脱不下来。根据希腊神话,大力士赫库勒斯穿着那件致命的衬衫被火烧死。这当口,我倒是很羡慕他呢。

从此,我就养成了一个习惯:不管在哪里游泳,即使在温水池中,我身上总是穿着一件背心。有一回在意大利比萨市,我冒着蒙蒙细雨,潜入海港中观赏那成群五彩缤纷、聚集在防波堤旁的鱼儿。防波堤上有几个钓客。这回,艾丽斯没跟随我潜入海底;她站在堤上一支雨伞下,自顾自欣赏风景。后来她告诉我,她忽然看到其中一个钓客脸色大变,仿佛白天撞见鬼一般,只管呆呆瞪着堤下的海水。她不知道这究竟是怎么回事;直到我嘴里含着呼吸管、身上穿着一件破旧的背心从水里钻出来时,她才恍然大悟。"我看见防波堤上的钓客一个个垂下头来,伸出脖子,看你身上那件背心的卷标。"说着,她忍不住哧哧笑起来,"真的哦!不骗你。"这桩糗事把她逗得可真开心,尤其是当她看到那群意大利钓客纷纷伸出脖子,睁着眼睛,满脸狐疑,盯着海底冒出来的幽灵时,她更是笑得乐不可支。往后一想起这件往事,艾丽斯就会比手划脚,模仿这群钓客的动作和姿势。

半个世纪前,法国的马路空荡荡,难得看见一辆汽车。长长的、笔直的、两旁矗立着成排白杨树的马路,依旧残留着战争的痕迹。我们俩开着车子,一路奔驰下去,沉浸在两人共谱的一首幻想曲中,开心极了。途中,我们穿过一座又一座城镇,一路通行无阻。路旁的标志牌提供一切必要的讯息;一个宪兵站在路口,闲极无聊,拿起哨子猛吹起来;路旁的小餐馆在门口人行道上树立一个广告牌,招徕顾客。法兰西这个国家的存在,既不是为了观光客,也不是为了自己的老百姓(他们究竟到哪里去了呢?他们到底是谁呢?),而是为了像我和艾丽斯这样的新婚夫妻——身上没带多少钱,开着车子一路奔驰,倾听路旁的白杨树发出的叹息声——那一株株白杨发出的一声声叹息,规律得就像那年头火车驶过时,铁轨旁电报线的一起一伏。然后,我们会停在一家小小的、只有三两桌客人的餐馆门前,进去享用各种熟食,开怀畅饮红酒(那年头的法国餐馆,红酒有如流水般无限量供应,根本不必一瓶一瓶地买、一瓶一瓶地拔掉塞子)。晚上我们就投宿在狭窄逼仄的小旅馆里。这些坐落在邮局或车站旁的旅社,地板擦洗得颇为干净,但四处弥漫着大蒜和法国香烟的气味。我们遇到的法国人都很沉默,在外人面前偶尔开口讲话,也显得很不自在,但我发现连最严肃的法国人(在我的印象中,法国人一天到晚板着脸孔,不苟言笑,就像一群修道士和修女),都会响应艾丽斯的微笑。

当然,艾丽斯早就认识法国,但那是另一个法国——由一群聚集在咖啡馆、一面喝酒一面写作的知识分子和作家组成的法国。不久前,艾丽斯才迷上了萨特的小说《恶心》(*La Nausée*)和雷蒙·凯诺的《我的朋友皮洛特》(*Pierrot Mon Ami*)。二次大战结束时,她在布鲁塞尔的咖啡馆遇见凯诺,透过他,第一次接触到爱尔兰作家塞缪尔·贝克特战前的作品《莫菲》(*Murphy*)。她对《恶心》的兴趣主要是在哲学上的,而《莫菲》则赋予她的处女作《网下》一种狂放不羁的波希米亚精神。那时,艾丽斯虽然对存在主义很感兴趣,但也许为了抗拒这种思潮,她却也同时表现出她个性中那比较不积极投入、放浪形骸的一面。这使我想起鲍斯韦尔笔下的少年约翰逊:一心想研究哲学,但"个性贪玩的他总是不能专心"①。

我和艾丽斯也喜欢玩。宁静、空旷、冷漠的法国让我们玩得痛快极了。法国的食物又好吃又便宜。每天饱餐一顿后,我们就开车上路,踩足油门,沿着那一条条无穷无尽的道路,一路奔驰。在那年头的法国开车,一转眼,不知不觉间,你就已经跑完了好几百公里的路程。

蜜月途中,我们俩第一次游泳是在法国北部加来海峡附近的一条河川。它是索姆河的一条支流,河水很深,风景十分幽雅。也许,这儿就是英国诗人威尔弗雷德·欧文在一首诗中描写的那条河流——据说,第一次世界大战期间,盟军发动一连串功败垂成的攻势时,医疗船队曾经停泊在这里。我们第二次游泳是在南方一座陡峭幽深、林木葱郁的山谷,两旁山坡上长满松树和栗树。溪水很温暖,四下里静悄悄,杳无人踪。我们脱光身上的衣服,赤条条溜进溪水中。平日作风保守谨慎的艾丽斯,现在也许觉得,既然我们来到了法国,就应该把盎格鲁撒克逊人的禁忌抛弃掉。就在这个偏僻的地方,我的脚踩到了浅滩中

---

① 詹姆斯·鲍斯韦尔(James Boswell,1740~1795),苏格兰作家,曾为18世纪英国文豪约翰逊(Samuel Johnson,1709~1784)作传,名噪一时。

一个圆圆的、光滑的东西。它被埋在软泥里，只露出一截。我伸出双手，不费什么力气就把它捞起来。这个东西看起来很像古希腊和罗马的双耳长颈瓶，土黄色，瓶身上有一两道裂缝。显然，这并不是一件古物——我们在瓶底找到一个商标——我正想把它放回溪中，紧紧跟随在我身旁的艾丽斯却极力反对，央求我让她把它带回家。即使在蜜月旅途中，她还是想保有她找到的一切东西。于是，我们用几张法文报纸把它包起来，藏放在我们那辆小厢型车底部；如今，它躺在我们家花园的一个角落，这些年来在霜雪侵蚀下，早已经变成一堆碎片了。

我们把这个东西安放在溪岸，然后又溜进溪中，继续游泳。艾丽斯显出一副心不在焉的模样，仿佛在做白日梦似的。上岸后，用毛巾擦干身子时，她忽然对我说："如果我们在这儿找到一只古老的大钟，那该多好啊！"我告诉她，这几乎是不可能的，因为这个地方太偏僻荒凉，附近没有任何城镇或村庄，艾丽斯却偏不信邪，她的想象力实在太发达了。

"也许，有人把大钟从教堂钟楼偷出来，先埋藏在河里，然后再找个机会处置它。在咱们老家英国，小偷不是常常溜进乡下教堂，偷窃镶嵌在彩色玻璃窗周围的铅质框架吗？盗取这只大钟的小偷，不晓得为了什么缘故，一直没回到这条河里拿走他们的赃物。"

"这是最近发生的事吗？没有任何传奇色彩？"

"不，慢着……欧洲宗教改革运动期间，这儿的天主教堂被一群暴民摧毁。在法国，他们怎么称呼这帮人？你知道吗？"艾丽斯问我。这当口她站在我身旁，一脸严肃，但身上却涂满了河里的烂泥巴。她手里拿着毛巾，心不在焉地擦拭她的身子。

"胡格诺教徒①？"

"对！一群胡格诺教徒从教堂钟楼搬下这只大钟，想把它砸掉或把它熔化。幸好，旧教会的一群信徒把大钟偷回来，埋藏在这儿，保住了这件神圣的古物。"

尽管当年在大学就读时，艾丽斯曾选过几门历史课，但作为一位学者，她的专长却是哲学，这可是她自己告诉我的。她的历史知识确实非常粗浅。但是，一如她的小说所显示的，她的想象力具有一种独特的、有时简直可以跟历史学者相匹敌的精确度。

她的下一部小说《钟》，里头最精彩的一段情节，显然脱胎自我们俩那天在河中的经历。书中描述，在一座如今已经变成现代化灵修中心的古老修道院里，人们发现一只大钟。在这部小说里，"钟"是一个神秘的、谜样的象征，但艾丽斯对书中人物——一群追求精神生活的人——的描写却十分透彻、精确。

第二天，我们进入山区，此地距离法国和意大利边界不远了。当晚，我们决定投宿在铁路旁的一座小镇，城中有一个接驳车站。我们打算一早起床，穿越阿尔卑斯山。半夜，我们的房门突然被打开，接着我们听到有人扯起嗓门叫喊："乔治，该起床

---

① 胡格诺教徒 (Huguenots)，是 16 至 17 世纪欧洲宗教改革运动期间法国的加尔文派新教徒。

啰！"头顶上那盏没有灯罩的电灯，把躺在床上的我们照射得目眩眼花。这个年轻的铁路工人发现找错了人，赶紧把灯关掉，连声向艾丽斯道歉："哦，夫人，对不起、对不起。"

第二天，我们开车进入阿尔卑斯山。车子行驶在九弯十八拐的山路上。途中，我一直跟艾丽斯谈论汉尼拔①的事迹。我想起李维②讲述的故事。据说，穿越阿尔卑斯山时，汉尼拔的大军被山路上一处坍方挡住了去路。汉尼拔命令麾下的士兵生起一堆熊熊烈火，把眼前这块巨石烘热，然后趁着它冷却时把醋浇在上面。他以为，用这个方法可以凿开挡路的石头。"可是，他从哪里弄来那么多醋呢？"艾丽斯提出质疑，"何况，这种方法真的有效吗？以前有谁试过？"从她那怀疑的态度我可以看出来，艾丽斯平日写作，尤其是碰到比较奇特、具有异国色彩的情节时，是多么的谨慎小心、一丝不苟——她总是先在心里头用常理测试这些情节，确定它真的管用后，才放心把它写下来。《钟》就是一个范例。书中，有关大钟被发现的那段描写，是那么的精确——精确到简直神奇的地步，让人联想到艾丽斯生平最爱读的一本书：《爱丽丝梦游仙境》。

途中，我们继续讨论这两个问题：汉尼拔当年进军意大利所遭遇的后勤补给——他的军需官奉命征集"醋"这种物资时

---

① 汉尼拔 (Hannibal，前 247～前 183)，古代迦太基统帅，曾率领大军翻越阿尔卑斯山，入侵意大利。

② 李维 (Livy，拉丁名为 Titus Livius，前 59 年～公元 17 年)，罗马历史学家，曾记述汉尼拔对抗罗马的事迹。

所碰到的困难。我们沿着山路一直往上行驶,进入山头那一片岚雾中,忽然听到一阵牛铃声。我们那辆厢型车里有一瓶勃艮地葡萄酒,那是在山下城镇买的,准备用来庆祝我们跨越阿尔卑斯山的壮举。在山路顶端,我们打开这瓶酒,一饮而尽,然后把瓶子藏在路旁一颗石头下。我小心翼翼(至少我觉得我够细心)在石头上做个记号,打算在回程中拿回这只酒瓶,带回家去作纪念。其实,艾丽斯并不愿意把我们一起喝酒的酒瓶留在荒山野外。回程中,我们在艾斯提·史普曼地买了一瓶意大利葡萄酒,带到阿尔卑斯山巅,再度庆祝一番,但是,说也奇怪,不管我们怎么寻找——我清清楚楚记得我把它藏在什么地方啊——就是找不到另一只酒瓶。于是,我们只好把艾斯提·史普曼地葡萄酒瓶摆在相似的地点,艾丽斯希望,这两只酒瓶会变成一对哥们儿,互相做伴。

艾丽斯一向非常珍惜没有生命的东西——她觉得,这些东西其实是有生命的。以前,我常拿华兹华斯的花儿逗她。这位英国诗人相信,花儿肯定会"享受它呼吸的空气"。听我这么一说,艾丽斯总会用不耐烦的、略带神秘意味的口气回答:"别管花儿!比花儿重要的东西多着哪。"尽管当时她并没说什么,但我晓得,内心深处她实在割舍不下那两只被我抛弃在山中的酒瓶。如今,每次看见她弓下腰身,像个流浪妇那样捡起人行道上的纸屑和烟蒂,我就会想起阿尔卑斯山顶的那一幕。她把这些东西看成她的生命共同体,尽可能帮它们找个安身立命的地方。

我发觉,一般知识分子并不喜欢他们在艾丽斯作品中看到的那种——根据他们的说法——诡异的怪癖,甚至滥情。其实,他们误解了(或者根本就不想了解)艾丽斯对待这些无生命的东西所表现出来的那种谦卑的、毫不夸张的严肃态度。她真的爱惜它们。我认为,艾丽斯具有佛家的慈悲心。她对佛教一直非常敬仰。在我看来,我们的朋友彼得·康拉第教授就是一位真正的、已经开悟的佛教徒。目前他正在撰写艾丽斯的传记。根据我的观察,他对艾丽斯作品的热爱跟他的佛教信仰有密切的关系。他认为,人们不一定要"相信"佛教,甚至不一定要"相信"佛陀是神圣的。"遇佛杀佛。"每次跟我们说起这句古老的谚语,康拉第教授脸上就会绽现出真诚的、一点都不会让人觉得诡异的笑容。显然,艾丽斯对非生物的珍惜和爱护,在佛教的一些教义中找到了回响和共鸣。

从阿尔卑斯山顶一路开车下来,途中,我们在一个名叫苏萨的镇子进餐。这是我们生平第一次品尝意大利面条。这儿阳光普照,跟灰蒙蒙的阿尔卑斯山截然不同,尽管此刻我们仍置身高原上,但天气很热。离开苏萨镇时,我们肚子里装满了意大利面条和红酒。一家杂货店的老板从门口走到马路上,朝我们举起手来。需要添购补给品吗?要不要买几瓶葡萄酒啊?他店里有好几坛顶级葡萄酒——自家酿造的哦!杂货店老板忽然压低嗓门,悄声对我们说:我们可以用几张汽油配给票——意大利人管这种票券叫 coupone——交换他店里的葡萄酒。战后那段日子,汽油在意大利是稀有物资,十分昂贵。英国观光客出发前,国内的旅行社会发给他们一些汽油配给票,带到意大利使用。因此，驱车穿越欧洲大陆的英国佬，顿时变成了本地人最欢迎的人物。

我们很想跟这位老板交易，但我们自己也需要汽油配给票——到底需要几张？这会儿我们也说不上来。一团和气的杂货店老板，颇能体谅我们的苦衷。回程中如果有多余的汽油券，我们愿意跟他做这笔生意。约莫两个星期后，我们实现了诺言。为了答谢我们，除了那几大瓶葡萄酒之外，老板还送给我们几条长达一码的特大号意大利香肠。沿着山路，我们驱车直上阿尔卑斯山，途中停歇时，艾丽斯挖起路旁一颗光滑的大石头——也许，这就是当年汉尼拔用火和醋摧毁的那块巨石遗留的碎片吧——艾丽斯央求我，让她把这颗石头带回家。于是，我只好使尽吃奶的力气，把它搬到车里，放在一大堆杂七杂八的东西上面。这颗石头下面，摆放着一大瓶葡萄酒。我们糊里糊涂地驱车下山，进入法国地界，一路上滴滴答答，整整一加仑葡萄酒全都漏光了，滴落在马路上，还有更多的酒遗留在车后头呢。至今，我还拥有一件沾满葡萄酒的背心，乍看就像印上粉红和殷红大理石花纹图案，这些年来，怎么洗都洗不掉。

我们爱死了番茄意大利面。整个蜜月旅途中，我们俩几乎天天都吃这种食物，根本不想吃别的东西。通常，我们在户外席地而坐，一面眺望头顶上那片天空——诗人雪莱称它为"意大利的蓝天屋顶"——一面享用意大利面条。中午时分，喝了几杯冰冻的白酒和甘醇的基安红酒后，我们打盹片刻，睡得香甜极了。白酒是瓶装的，瓶身上满布水珠，上面嵌着一枚小小的铅质印章,证明这是一瓶"半公升"白酒。我们说服餐馆那位和蔼可亲的女服务生,把一瓶白酒卖给我们。

　　一路上,我们继续寻找河川。离开阿尔卑斯山脚的苏萨镇驱车南下的那天晌午,我们找到了另一条河流。后来我查看地图,发现这条河名叫塔纳罗,是意大利北部河川提契诺河的一条支流——据说,当年汉尼拔麾下的努米底亚士兵[①],在这里击溃了罗马骑兵团。跟我们上次遇到的河流不同的是,塔纳罗河如今是一条安详宁谧、充满田园风味的溪流,蜿蜒穿梭过一片空旷、阳光普照的平原。我们沿着一条沙路,颠颠簸簸行驶了一英里,在直觉指引下一路寻找到这儿来。四野静悄悄,杳无人踪。晌午阳光下,整个田野仿佛只有我们两个人——至少当时我们是这么想的。然而,就在我们从河里钻出来,准备爬上岸时,艾丽斯却突然惊呼一声。我们抬头一看,只见岸边站满了人:一群意大利农夫加上一个身穿制服的警察。我猜,肯定是一个小孩发现了我们,跑回去报告家中的长辈,叫他们赶紧前来查看一下,这两个鬼鬼祟祟的外国人到底在河里干什么勾当。如今,这帮人站在河岸上,一面交头接耳议论纷纷,一面睁着眼睛,笑嘻嘻打量我们。阳光下,只见一排排洁白的牙齿,闪烁在那一张张褐色的脸庞上,连警察也咧开嘴巴,绽露出他那两排隐藏在黑色八字胡下面的白牙。乍看之下,这简直就是

---

　　① 努米底亚(Numidia)是北非一古国,位于今天的阿尔及利亚。汉尼拔麾下的士兵大多是努米底亚人。

一幅画中的场景——也许是"耶稣基督洗礼图"吧。可我们现在置身河中,身上赤条条,一丝不挂,得想个法子爬上岸来穿衣服。而且,我们还得小心翼翼,免得破坏了本地社会的淳良风俗。

忽然,警察仿佛看出了问题究竟出在什么地方。他怎么看出这点呢?也许是我们脸上尴尬的表情,让他察觉到我们的困境吧。于是乎,他伸出手来猛一挥,把聚集在河岸上的一群农夫和小孩——没有女人在场——驱赶到马路上。赶走围观的群众后,警察伫立河岸上,站在我们的衣物和一条脏兮兮的毛巾旁边,笑眯眯望着我和艾丽斯。我们再也无法回避了,只好硬着头皮,尽量保持仅存的一点尊严,从河里钻出来,爬到岸上,笑盈盈向警察大人鞠躬致谢,仿佛这会儿我们身上穿着体面的服装似的。

一两天后,我们来到了沃尔泰拉。这里就是麦考利①在《歌谣集》中所描述的那座"壮丽的沃尔泰拉城":

> 名闻遐迩的大理石
>
> 被巨人们堆集起来
>
> 呈献神威赫赫的古代君王

---

① 麦考利(Thomas Babington Macaulay,1800~1859)是英国历史家、评论家、政治家及诗人。

沃尔泰拉城周遭群山中散布着一座座大理石采集场,城中街道上,四处可见售卖雪花石膏的店铺。在这个城镇逗留时,我们常坐在广场旁一间咖啡店里。那儿的一个服务生,长得挺像照片中的少年卡夫卡①,艾丽斯对他很感兴趣。跟一般意大利侍者不同的是,这小伙子非常腼腆,总是带着一副怯生生的模样穿梭在客人间,仿佛搞不清楚手里端的是什么东西,也不知道应该把它放到哪里。他似乎很喜欢我们,但他脸上的笑容却总是显得有点悲惨,仿佛他正在构思一部小说,而他心里知道,这辈子他不可能完成这部作品。一群黄蜂总是环绕着他的头颅嗡嗡乱飞,但他根本不想赶走它们——看来,他把这群黄蜂当成他内心苦闷的表征。"说不定,他会把我们两人写进他的小说哦!"艾丽斯对我说。

我们向这位可怜兮兮、被成群黄蜂一路追随骚扰的卡夫卡招招手,请他给我们拿一瓶潘德梅斯来——这种香醇可口、略带苦味的苦艾酒,是我们在蜜月旅行途中迷上的一种饮料。就在这当口,我忽然察觉,我们想象中的这个年轻作家和他的内心挣扎,跟我们对他逐渐加深的了解,中间存在着一个差距(突然之间,这个差距对我来说变得非常重要)。如果这位卡夫卡真的有一个饱受煎熬的心灵,而不只是关心足球赛结果的意大利小伙子,那么,对他的处境我们也就爱莫能助了。在这种情况

---

① 这里指的是小说家弗兰兹·卡夫卡(Franz Kafka,1883～1924)。

下,我们无从跟他建立起沟通的管道。他内心中的哀伤,如果真的存在,也只是对我们所不了解的一种生活所感受到的哀伤。它是人生的一部分——我们在英国老家时所熟悉并视为当然、但在意大利这儿我们却无法介入且无从参与的人生。而今我们坐在阳光下一张台子旁,浏览周遭的街景。霎时间,当年罗马诗人维吉尔笔下的王子埃涅阿斯①在地中海漂流时的悲怆和泪水,仿佛又展现在我们眼前,但这回是以陌生的、难以接近的、近乎超现实的形式展现——瞧,那个年轻的卡夫卡,手里端着一瓶瓶潘德梅斯苦艾酒和一杯杯蒸馏咖啡,在咖啡馆门口钻进钻出,忙得团团转。

　　艾丽斯仿佛也陷入玄想中。我伸出手来握住她的手;她使劲一捏,紧紧反握住我的。这会儿她心里到底在想什么? 我猜不透她的心事, 就像我不知道眼前这位卡夫卡心里到底在想什么。我不想查究,也无从查究起。然而,这份觉悟却让我安下心来:它让我感到快乐,一如我们所臆想的卡夫卡内心的煎熬让我感到悲伤。这样的无知! 这样的孤独! 突然间,无知和孤独似乎变成了爱情和婚姻中最好的一部分。我们俩结为夫妻,厮守在一起,因为我们在彼此身上看到了孤独。我们两人可以相濡以沫,互相抚慰。

————————

　　① 《伊尼德》(Aeneid),又译作《罗马建国录》,是罗马诗人维吉尔(Virgil,前 70～前 19) 所著之史诗,叙述特洛伊城沦陷后,王子埃涅阿斯 (Aeneas) 在地中海的冒险事迹。

在一条后街，我们找到一家破旧的旅馆。从房中摆设的家具和墙上悬挂的沾满灰尘的红丝绒帷幔，我们可以看出来，它原来是一幢豪华宅邸，如今已经衰败了。这家旅馆不提供餐点，因此，第二天早晨，我们又回到市中心广场旁那间咖啡店，请卡夫卡给我们端来两杯咖啡和几个圆面包。如今回想起来，我发觉，就是在沃尔泰拉城，我和艾丽斯开始感觉到我们是一对真正的夫妻——这座古老、壮丽、阴森森的小镇一再提醒我们俩，人生短促，世事无常。也就是在沃尔泰拉城，小说家艾丽斯的秘密创作生活头一次在我眼前展露出来。在蜜月旅途中，我感觉到她在写作，但我不晓得她究竟在写什么、怎么写；这种经验，让我对她产生一种安全却又疏离的亲密感。我猜，那时她就已经看出来，我很喜欢这种感觉，日后会愈来愈依赖这种感觉维系我们俩的婚姻。

在一个较低的、充满喜剧意味的层次上，那时我和艾丽斯已经察觉，我们俩都喜欢对我们遇到的陌生人产生某种遐想——我对女人，她对男人。这是我们俩亲密关系的另一个层面，同样令人安心，但也有点滑稽可笑。那个时候(事实上现在还是这样)我们有时会相互取笑一番。我猜，艾丽斯对咖啡馆这位相貌酷似卡夫卡的侍应生，肯定曾经产生某种遐思——也许，她幻想自己变成他身边的一个女人，照顾他，呵护他，鼓励他写作，甚至跟他发生一段情。

至于艾丽斯是否曾经对河边那个意大利警察产生遐想，我就不得而知了，但根据我的观察，这也不无可能，因为这家伙长得还挺体面的,令人难以忘怀。从河里钻出来爬到岸上时,我们尽可能地漠视他的存在。艾丽斯抓起毛巾,围绕在自己身上。就在这当口,我看到这个警察倏地转身,背着手,凝起眼睛,眺望远方。这家伙长得一副雄赳赳、气昂昂的模样,但对女人却十分体贴、细心。等我们穿好衣服,他才回过身来笑眯眯询问我们,刚才在河里游泳好不好玩。"河水不太冷吧?"他用意大利话问我们。以前,艾丽斯曾经独个儿在罗马和佛罗伦萨度假,因此,她的意大利话讲得比我好得多。一见面,她就跟这个警察攀谈起来。他央求我们让他搭便车,前往邻近的一座城镇。今天,他来这儿探访居住在河边农庄上的亲戚;这座农庄,跟这片意大利乡野中的其他建筑物一样,完全融入周遭的风景中,几乎看不见。让我感到安心的是,尽管这个警察身上穿着灰色制服,头上戴着一顶军帽,但这会儿他是在下班时间,并不是在值勤,因此他不会控告我和艾丽斯有违公德。他跟我们谈得挺起劲。聊着,聊着,他脸上的表情改变了——从一张典型的现代小官僚嘴脸,转变成 15 世纪意大利画像中经常出现的那种含蓄的、尊贵的面容。

今晚,我们打算在奥尔比桑诺镇过夜吗?这位警察说,他可以为我们推荐一位他姑妈的朋友开设的旅馆。这时我们正开着车子离开河堤,颠颠簸簸驶向马路。艾丽斯坐在警察的膝头上。这辆厢型车的前座只能坐两个人,后座堆满杂物。在十分友好的气氛中,我们跟警察分手,互道珍重再见。晌午时分,我们冒着酷暑抵达帕度亚市,四处寻找可以落脚的地方,但找了半天却连一家旅馆都没找着。这时，我不由自主地想起那位独自跋涉回家的警察。街头巷尾，到处可见刚被征召入伍的新兵。艾丽斯逮住其中一个身材瘦长、戴眼镜、模样看起来像读书人的小伙子，问他附近有没有旅馆。他吃了一惊，但很有礼貌地招招手，示意艾丽斯跟随他。我提着行李，一路尾随。一位路过的军官停下脚步，板起脸孔，凶巴巴地责问这个新兵到底在干什么。艾丽斯后来告诉我，这个小伙子挺神气地回答："长官，我带这位女士去一家旅馆啊。"长官一听，乐不可支，脸上登时绽现出笑容来，用意大利话连声称赞这个小兵干得好。

我看得出来，河岸上的警察已经进入艾丽斯的想象世界。往后，在她的几部小说中，这个警察（或看起来很像他的人物）会幽然浮现，转化成形形色色的典型，扮演各种各样的角色。这类人物总是被水包围，好像水世界就是他们的栖身之所——在艾丽斯作品中，跟他们的精神有关的故事似乎都源自大海或河川，最终都回归到那儿。艾丽斯一直不喜欢乔治·艾略特的小说，但对我来说，她作品中的情节和人物虽然跟乔治·艾略特截然不同，但有时却会让我联想起《弗罗斯河上的磨坊》(The Mill on the Floss)。在书中，女主角马吉·塔利维尔说过一句话："我喜欢润湿的感觉。"马吉居住在河边。后来，在一个颇为造作、不自然的场景中——比艾丽斯作品中任何类似场景都造作得多——马吉果然被淹死在河里。

若干年前，一位名叫查尔斯·史普罗森的作家，把他的一部非常出色的作品《黑色按摩师出没的地方》(Haunts of the

Black Masseur）送给艾丽斯。这个书名有点怪异。据说，那是作者年轻时阅读一则有关黑人按摩师傅的故事所引发的灵感。后来，在他心中，这则故事跟一部他极为欣赏的电影《黑湖怪兽》融合在一起，变成了整个游泳迷思的象征。艾丽斯并没有这种游泳迷思（她的迷思只跟水有关），但我们俩都很喜欢这本书。我以艾丽斯的名义，写了一篇书评。

黑色按摩师和礁湖，跟阳光普照的意大利乡野河川，怎么都联想不到一起。这儿的河流长满灯心草，四处散布着金黄色的沙洲。一条条翠绿的河流，蜿蜒穿梭过高低起伏的山丘，像极了意大利画家贝里尼和培鲁基诺笔下的意大利乡野。相形之下，意大利的海洋就让我们大失所望了。通常，海滩周遭的土地都被划分成一个个露营区，四处树立着有刺铁丝网；我们想穿越禁区进入海中，连门儿都没有。有一回，在佩扎罗港附近，我们好不容易穿越重重障碍，但还没来得及下水，就看见一大群跟随父母亲到海边度假的小娃娃，成群结队在沙滩上爬行，乍看就像一只巨大的毛毛虫，把我们的衣物全都吞噬，然后又继续往前爬行。我们赶紧跑过去抢救我们的东西。跟法国相比，意大利这个国家和它的海滩实在太过拥挤了。

河流与绘画是我们在度假旅途中追求的理想目标。对一般观光景点，我们没什么兴趣，但我们绝对不会错过任何一间画廊。我们探访过一个名叫"圣塞波尔克罗"的小镇。那时这个地方还很偏僻，交通十分不便。我记得它坐落在托斯卡纳，距离托斯卡纳和翁希里亚的边界不远。在镇公所一间阴冷的房间里，我们看到了皮埃罗·弗兰切斯卡①的杰作《耶稣复活》，赫胥黎②管它叫"全世界最伟大的画作"。让我们感到震慑的是（我想，第一次观赏这幅画的人都会有这种感觉），弗兰切斯卡笔下的耶稣，在形象上，跟我们在别的宗教绘画作品里看到的耶稣，竟然那么不相同。它是一幅壁画，多年来一直隐藏在一层石灰粉底下——也许是因为它对耶稣的描绘实在太奇特、太惊人了。后来，它终于重见天日，展现在世人眼前。这幅壁画保存得十分良好，看起来像是一幅刚完成的作品。

　　赫胥黎的文章题为《世间最伟大画作》。迄今为止，这是我读过讨论这幅壁画的文章中，最精辟的一篇。赫胥黎不过度强调弗兰切斯卡人物的原创性——这位画家对几何学与线条数学的兴趣，促使他画出这种轮廓优美、宛如雕像的人物。一般艺术史家，老是讨论弗兰切斯卡在这方面的特殊兴趣；没错，他那种冷静的、不动感情的几何构图，是使他在现代派画家心目中享有崇高地位的根本原因。对现代主义者来说，浪漫主义意谓情感的放纵和——借用英国美学家休谟的说法——"宗教意识的过度泛滥"。在弗兰切斯卡的作品里，你看不到过度泛滥的宗教意识，也不必担心人类的欲望和情感会被过分纵容。我们能够理解，在 19 世纪，一如在文艺复兴时代末期，为什么弗兰切

---

①　皮埃罗·弗兰切斯卡 (Piero della Francesca, 1420? ～1492)，15 世纪意大利画家。

②　赫胥黎 (Aldous Huxley, 1894～1963) 英国现代小说家、诗人及散文家。

斯卡会被漠视。这幅壁画中的耶稣，伸出一只粗壮结实的脚，踩着石棺顶盖，毫不费力地从陵墓中支撑起他的身体。这样的人物，既不像中古世纪天主教会所崇奉的耶稣，也不像信仰时代结束时，准备扮演一个新的角色的耶稣——开明的、人道主义的耶稣。诚如赫胥黎所说的，弗兰切斯卡笔下的耶稣是一个架势十足、甚至有点傲慢无礼的人物；他那双毫无表情的眼睛，紧紧盯着传统宗教所不能认可、所不愿追求的目标。赫胥黎把这样的耶稣看成古典理想的表征；他是人类最崇高的形象：自给自足，因自身的艺术和形式意识而不朽。

　　无论如何，观赏这幅壁画不仅满足了我们的美学需求，同时也深深震撼了我们的心灵。它在我们心中激发起一股莫名的敬畏。那天，我们带着一种高度的成就感，怀着肃穆的心情，吃下我们的意大利面——有多少人能像我们那样，抱着谦卑、虔敬的态度，观赏一幅伟大的画作或阅读一本伟大的书籍呢？整个餐馆显得空荡荡、冷清清，除了我们俩之外，这座寂静的小镇似乎没有其他游客。如今情况不同了：一辆辆游览车载着德国和日本观光客，浩浩荡荡开到镇上来。镇公所内，典藏弗兰切斯卡壁画的那个房间，已经被装修成一间华而不实的画廊，在强光照射下，壁画被隔离开来，受到严密的保护。所幸，在这些转变发生前，我们就已经观赏过了这幅作品。当年，赫胥黎搭乘火车，千辛万苦来到偏僻的圣西波克罗镇，才得以一睹这幅旷世巨作。而今，弗兰切斯卡摇身一变，竟然变成了主要的观光景点。

这幅壁画深深吸引艾丽斯。我们俩一再谈论它,但不管我们谈得有多深入,我晓得,它在艾丽斯心中留下的真正印象是不能言传的——就像一座隐藏在水面下的冰山。壁画中,那位利用自身的体能和阴暗的生命力从陵墓中跳跃出来的神祇,在往后的日子里,会一再影响艾丽斯的创作。有一回,我向她指出,绘画作品在她的小说中扮演的角色(有形的或无形的)非常重要。她回答我:"唔,它们只是一些图画而已。"

"我想,它们不只是图画而已。我常觉得,读者在你的作品中找到的那些精神层面的、能够振奋人心的东西,其实是你跟其他类型的伟大艺术品建立起的一种沉默的、毫不虚夸的伙伴关系,而一般读者并没察觉到这点。我接触过的小说家中,只有你能够把整个艺术世界带进你的作品,但却一点也不会显得矫揉造作,更不会把它变成一种狂想。"

艾丽斯听了笑起来。"多谢啦!写作时,我从不去想这些事情。你是批评家,我可不是批评家哦。"

几乎每一幅绘画作品都能够以这种无形的、含蓄的方式,激发艾丽斯的灵感,从而影响她的创作。有一回,我们俩结伴到法国北部工业大城里做客。(站在美术爱好者的立场来看,里尔只不过是另一个匹兹堡或曼彻斯特。)这回,我们是去参加一场讨论会和座谈会——这是我们夫妻俩经常参加的活动。那时城里正在举行一个庆典,旨在提升里尔市和里尔大学的文化生活。我们乐得借这个机会离开英国,出外走走。艾丽斯喜欢结交新朋友。尽管她不喜欢一本正经地站在台上演讲,但在这类场合,她一直深受欢迎,因为不管跟谁交谈,她的态度总是非常真诚、随和、亲切。里尔人当然也很欢迎艾丽斯。但那趟里尔之行,最让我们感到惊喜的是,这座工业城市居然有一家规模宏伟、名叫"雪貂"的书店,以及一间规模同样宏伟、典藏十分丰富的画廊。我们走了好长一段路,好不容易才找到这间画廊。艾丽斯的眼光立刻被一位名不见经传的荷兰画家的一幅小作品吸引住了,而我则徜徉在画廊中,浏览布格罗[①]和同时代的一群画家创作的一幅幅巨大的 19 世纪油画:体态丰满的裸女,宛如气球一般,飘浮在那一片飞舞着色彩惨淡的花儿的天空中。显然,这些裸女曾经是里尔市民的最爱,但吸引艾丽斯的却是一幅小小的作品(我忘了作者是谁)。画中,只见一条白色的小径一路往上延伸,穿梭过一丛丛金雀花,翻越过山头,消失在天际。就像河岸上的意大利警察和弗兰切斯卡壁画中那个神秘兮兮、脸色阴沉的耶稣,在往后的日子里,这幅图画会幽然浮现在艾丽斯的许多部小说中,宛如鬼魅一般。

影响艾丽斯作品的还有其他好几幅画。譬如,巴尔蒂斯的那幅作品:一个女孩脸上带着狡黠、亲切的笑容,跟一个衣饰华丽的少年玩扑克牌;后者把一两张牌握在手里,藏在身后。也许,这个少年是邻家一个低能儿,由于某种缘故受到这位神态泰然自若的姑娘青睐?也许,这个少年是她的弟弟?在一本目录

---

① 布格罗 (Adolphe William Bouguereau, 1825～1905),法国画家。

中看到这幅画后，我和艾丽斯特地到马德里走一趟，穿梭在泰森—波米萨美术馆的许多画室和走廊中，寻找这幅画。它发射出的光热——借用英国诗人布莱克的说法——日后将被转化成某种角色，出现在艾丽斯的小说中，一如我们在美国圣路易斯市美术馆看到的贝克曼①作品。

然而，影响艾丽斯作品最深、最明显的却是意大利画家提香晚期的一幅作品：森林之神马西亚斯被阿波罗剥皮②。这幅画保藏在摩拉维亚③一座偏僻的修道院，几年前被借到伦敦，在皇家学院展出。艾丽斯去观赏了好几次，但始终不表示任何看法。在画作面前保持缄默，是艾丽斯对它们致敬的方式。有一回，我们俩一起观赏这幅画，为了逗她开口，我就对她说，画中这位殉难的牧神，看起来就像弗兰切斯卡壁画中的耶稣，只是位置倒转过来而已；他那张五官颠倒扭曲的脸庞，绽现出可怕的笑容——痛苦抑或狂喜？——不知怎的，竟让我联想起弗兰切斯卡作品中，耶稣从陵墓里飞升出来的那一刻，脸上流露出的那种超然、冷漠、同样可怕的神情。听我这么一说，艾丽斯回

---

① 贝克曼 (Max Beckmann, 1884～1950)，德国表现主义的主导画家之一。

② 根据希腊罗马神话，马西亚斯 (Marsyas) 是半人半羊的森林之神 (faun)，擅长吹横笛。有一回，他向阿波罗挑战，看谁吹的笛子最好。在缪斯评判下，输的一方将被活活剥皮。结果，马西亚斯输了这场音乐竞赛。

③ 摩拉维亚 (Moravia) 是捷克中部的一个地区，曾为奥地利一省。

过头来望着我，思索半晌，微微一笑，依旧不吭声。提香这幅作品变成了艾丽斯最"公开"的画作——换言之，它对艾丽斯作品的影响最明显，而且是批评界公认的。伦敦艺术家汤姆·菲利普斯曾为艾丽斯绘制一幅肖像，如今悬挂在国立肖像画廊。在这幅肖像中，我们可以看到提香的牧神图出现在艾丽斯身后的墙壁上，灰蒙蒙，但明显可见。

就这么样，我和艾丽斯的婚姻生活开始了。我们也开始享受孤独的乐趣——两者之间并不存在任何矛盾。婚姻和孤独是相辅相成、互为表里的两种状态。这是一种觉得自己被疼爱、被照顾，但同时却又感到孤单的感觉。在肉体上，跟伴侣紧密交缠在一起时，你却感到孤寂，但那是一种特殊的孤寂；它跟肉体交媾一样的温暖、一样不会让你感到孤零零。

5. 友谊的祭坛

结婚那么多年,偶尔分离,我从不曾思念艾丽斯,而我猜艾丽斯也没想念过我。夫妻之间偶尔的分离,我们不妨把它看成一种亲近。记得我们刚结婚时,电视还是黑白的。我们从不曾买过电视机,但有时回娘家探望艾丽斯的母亲,在她那台电视机荧光屏上,我们总会看到一个很别致的广告:一个年轻男子伫立在细雨纷飞的街头,他翻起帽沿,遮挡雨水(那年头的男人出门时总会戴上一顶帽子),然后掏出香烟,点燃一支;这时一群年轻男女从路旁一栋灯火通明的房子走出来,笑着钻进一辆汽车;伫立街头的男士一面抽烟,一面带着沾沾自喜、略带悲悯的表情望着这群男女。屏幕上出现一行文字:"点上一支史特兰德(Strand),你永远不会感到孤独。"

我和艾丽斯常在她母亲的电视机上观赏这个史特兰德广告,每次都看得乐不可支,哈哈大笑。于是,就像伟大的绘画作品,电视广告也进入了艾丽斯的小说世界。但对我来说,更重要的是,这个广告以具体的形象,呈现出存在于我们夫妻之间的那种孤独——亲密中的孤独——所带来的满足感。

"史特兰德"是英国有史以来行销策略最差劲的香烟之一。

记得，后来我听一个上过我的课、如今在广告公司工作的年轻人说，在他们那一行，"史特兰德"总是被拿来跟"克雷文A"(Craven A)相提并论。尽管继续保持畅销，这个牌子的香烟有一次差点把自己毁掉，因为它竟然推出这样的广告："克雷文A不会影响你的喉咙。"一看到这个广告，烟枪们就会伸出手来摸摸自己的喉咙，告诫自己：天哪，我最好把烟戒掉。史特兰德广告中的那位年轻男士，对吸烟的观众也造成相似的心理阴影。看来，这家伙会一直孤独下去。但对我来说，这个广告却跟我们婚后的新生活一样，让我找到了某种满足感。

那时，我们的婚姻生活跟现在截然不同。感觉上，我们各自过日子，但事实上我们居住在一个屋檐下。每回艾丽斯离家——到伦敦办事或到外地教书，还有一次到美国耶鲁大学进修半个学期——我都不会思念她，而我猜她也不会天天数日子，盼望早日回家跟我团聚。我们分开一阵子，但不会永远分离。艾丽斯不在家时，我不会呆呆望着她的照片。毕竟，照片中的艾丽斯看起来并不很像她本人。

如今，艾丽斯罹患了阿兹海默氏症，我们夫妻总算真正厮守在一起了。就像那些终生恩爱、白头偕老的夫妻，我和艾丽斯现在真的是形影不离——有点像古罗马诗人奥维德笔下的波息司和菲利门。根据传说，诸神答应这双情侣的请求，把他们变成两株树，让他们永远厮守在一起。但对我们来说，这种相依为命的生活是很陌生的。无可避免地，我们的婚姻生活从若即若离变成了如胶似漆，紧紧相粘在一块儿。一时间，我和艾丽斯都觉得很不习惯,因为以前我们从没有这种经验。

这并不是说,我们体验过另一种极端的婚姻生活——艾丽斯的一位研究哲学的朋友,把它称为"电话婚姻",在学术界颇为流行。长年分居两地、平日靠电话保持联络的那种婚姻,对那些想结婚但又渴望保持独立的男女而言,确实是不错的选择。小别胜新婚,相聚时肯定会感到更加甜蜜;况且,基于实际的需要,这样的婚姻关系允许双方在不同的地方发展各自的事业。然而,诚如小说家安东尼·鲍威尔指出的,这种关系毕竟不是真实的婚姻生活。婚姻中的分离感,是一种爱情状态,而不是一种基于现实的需要或个人的好恶所产生的应对之道。

找不到伴侣的鹅,会依恋别的东西——另一种动物,甚至一颗石头或一根木桩——成天厮守在它身旁,形影不离。害怕孤独、害怕跟熟悉的东西分隔开来(哪怕只有几秒钟)是阿兹海默氏症患者的共同特征。如果我是一只袋鼠,艾丽斯现在肯定会立刻钻进我身体内。如今,她根本不知道我从事什么工作,只晓得我是什么人。她依旧能够很自然地使用爱情的语言和手势,但是,那种需要充分的语言能力作为基础的无言沟通,却不是今天的艾丽斯所能掌握的。无论如何,罹患阿兹海默氏症后,艾丽斯已经忘掉了通用语言。尽管她还没忘记我们夫妻俩私底下使用的语言,但是,完全依靠这种语言沟通,有时难免会窒碍难行。

平日,我坐在厨房桌子旁写作,我用尽各种办法,保住这个地盘,不让它遭受别人侵扰——厨房本来一向就是我的地盘。

艾丽斯似乎了解这一点,每次在我提示下,她总会乖乖走出厨房,溜进客厅看电视,但不到一分钟她又会回到我身旁。

结婚前,我们俩先找一间房子住下来。记得,那时我们开着我那辆雷利牌汽车,手里捧着一大堆房屋中介商提供的说明书和价格表,在牛津附近街道上穿梭看房子。感觉上,我们是在玩一场游戏,而不是在认真找房子,准备做一对真正的夫妻。(也许严格地说,我们从来就不是一对真正的夫妻——至少不是艾丽斯小说《断头》的女主角心目中的那种夫妻。记得吗,这位女士曾经抱怨她的婚姻生活有如一潭死水,看不到任何出路。)我和艾丽斯是抱着好玩的心情看房子的。艾丽斯看上一栋坐落在班普墩的房屋,因为卧室旁边有一个小小的化妆间。这是一栋老房子,在 19 世纪,男仆会在这儿梳理主人的假发。我们参观的另一栋房子,花园里有一个相当大的池塘,可以当作游泳池使用。第三栋房子坐落在偏远的郊区,拥有真正的游泳池,但面积很小,而且看得出来早已荒废多时。人工池塘对我们俩都没什么吸引力。那年头,牛津附近多的是待售的房屋,其中大部分老房子的价钱很便宜。看到喜欢的房子时,我们俩会交头接耳评论一番:"这个房间可以充当你的工作室。""冬天坐在厨房火炉前,感觉不错哦。"但我们对暖气装置、厨房用具、排水系统和浴室设备简直一无所知,不过,我们倒是很喜欢我们参观过的一间全瓷砖、孔雀蓝浴室。

艾丽斯爱上了布尔津附近坦墩村的一栋房屋。它坐落在温德拉什河畔,景致十分优美。这儿就是她梦寐以求的新居,尽管那个时候她还不十分确定,到底要不要嫁给我。看到她那副犹豫不决的样子,灵机一动,我就装出一副很理性的态度对她说,她可以独个儿住在这里,我会常常来看她。"那我怎么对付半夜闯进来的野獾呢?"艾丽斯笑眯眯地说。野獾是我和艾丽斯之间常讲的一个笑话。如果每天傍晚下班后我都不回家,万一野獾闯进屋子里来,那她该怎么应付呢?"你也在牛津工作啊!这群畜生得照顾它们自己。"听我这么一说,我们俩都忍俊不禁,相对抚掌大笑。那天,艾丽斯依旧拿不定主意到底要不要嫁给我,但我们还是决定买下这栋房屋。

那是 1956 年 6 月间的事。几天之后,艾丽斯就要动身前往爱尔兰,在小说家伊莉莎白·鲍恩家中做客。(这两位女小说家那阵子忽然变得要好起来,亲昵得就像一对姊妹。)我则留在牛津,负责处理房子的事,诸如议价、付头款等等。一切都很顺利,眼看房子马上就要成交了,中介商忽然打电话来通知我说,卖方已经改变心意,他不想按照我出的价钱把房子卖给我;他现在决定待价而沽。显然,他已经听说有好些人对这栋房屋感兴趣。我晓得,艾丽斯迷上了这间房子——爱它简直比爱我还要深,这几乎让我感到妒忌。我承认,我对房地产买卖的技巧确实一窍不通,但我还是忍不住生屋主的气,因为我觉得他欺骗了我们,尽管中介商认为,卖方的这种作法是正常的,无可厚非。我告诉中介商,我们会遵守我们出的价钱。隔天,他打电话通知我,屋主决定把房子卖给出价比我们高的人。

再过一天,艾丽斯就从爱尔兰回来了。一到家,她就给我打电话,兴致勃勃地告诉我,她跟伊莉莎白·鲍恩在科克郡一栋名叫"鲍恩坊"的古老宅邸,共度过一段非常美好的时光——她们俩从早到晚坐在屋里,一面喝健力士黑啤酒和白兰地一面聊天,快活得不得了。平日,艾丽斯不喜欢打电话,除非有急事要联络,但今天从爱尔兰回来,她却显得异常兴奋,拿起电话来就不肯放下,讲个没完没了。我终于鼓起勇气告诉她,坦墩村那栋房子已经落入别人手中。不料,她听到这个坏消息却一点都不以为意,心平气和,一如当初我把她心爱的"喜临门娇娃"汽车撞毁时那样。她用哲学家的口气安慰我,看开点吧,不该属于我们的东西,强求也没用。直到今天,有时我心里还会这样想:这两桩意外事故,比起我对她付出的无限关爱,似乎更能够促使她下定决心嫁给我。结婚之前同甘苦、共患难,确实会产生这样的效果。

也许还有其他因素,促使她拿定主意跟我结婚。成亲后,我们常去探访那时已经迁居到牛津的伊莉莎白。艾丽斯告诉我,她在爱尔兰做客那段日子,伊莉莎白对她这个小姊妹的感情生活,似乎很感兴趣——她总是带着爱尔兰人特有的好奇,向她探究这方面的事情。也许是受到健力士黑啤酒或白兰地的影响,艾丽斯一反常态,敞开心怀向伊莉莎白倾吐心事。偌大的一栋房子,除了园丁和一个年轻的厨娘,就只有她们俩居住,在这种情况下,两个姊妹很自然就打开心胸,互相诉说起心事来。伊莉莎白告诉艾丽斯,她的婚姻生活颇为美满,尽管当初亲友们(尤其是文艺界的朋友)都不看好这桩姻缘,因为他们俩并不相配——她丈夫是个好男人，但没什么情趣。结婚前，她和丈夫就已经决定婚后不要生孩子。伊莉莎白要专心写作，没工夫生儿育女；二次大战期间，她丈夫曾经在西线战场上打过仗，看尽人生悲剧，实在不想再把一个无辜的新生命带进这个丑恶的世界来受苦。跟艾丽斯不同的是，晚年时，伊莉莎白对当初的决定感到颇为后悔——这种心情偶尔显现在她晚期的作品中，宛如灵光一现，令人动容。丈夫死后，伊莉莎白肯定更加感到孤独，更加渴望家庭生活——小时候，还不满 12 岁，她父母亲就已经过世了。

这两位平日个性都非常刚强、拘谨，甚至带着些许男子气概的女小说家，在潮湿、宁静的爱尔兰乡野某栋房屋共处的那段日子里，却能够敞开心怀、互相倾吐心事，此情此景着实让我非常感动。每天早晨起床后，她们各自工作——那时艾丽斯和伊莉莎白都在写一部小说。吃过午餐，两人聚在一块聊天或结伴开车出游，然后吃些点心，继续写作。这两餐她们通常都喝红酒，但对伊莉莎白来说，一天中她最快乐的时光——她晚近的作品《小姑娘们》(*The Little Girls*) 对此有颇为详尽的描写——是傍晚 6 点钟的饮酒时间。她以揶揄的口气管这个时段叫"快活时光"，因为她喜欢美国和美国人。在这样的时刻，她需要一位她所谓的"酒肉朋友"陪伴她。巧的是，那个时候她的两个老朋友刚离开她居住的杜尼雷尔镇，而她自己不久后就要把祖传的房子卖掉，离开爱尔兰故乡。艾丽斯的来临正好填补这个空当。这件事，她也向艾丽斯诉说，并从这个话题，两人不知不觉地谈到了另一个问题：人生中的重大抉择究竟是如何做出的。对伊莉莎白来说，独个儿离开家中，没有丈夫在身边相伴、扶持，肯定是一桩非常痛苦的经验。"以前，连买一双鞋子我都得问问亚伦的意见。"她告诉艾丽斯。这一生中，她经历过的最悲惨时刻，是有一天晚上在鲍恩坊，一觉醒来，发现丈夫亚伦一动不动躺在她身旁，早已气绝。

我猜，这位个性刚强、高傲、喜欢嘲讽世人的女小说家在艾丽斯面前所流露的孤独和无助，肯定让她深受感动——她很欣赏伊莉莎白的作品（尽管没看过几部小说），而且，那个时候她也很珍惜她俩之间的友情。感动之余，艾丽斯也一反常态，毫不保留地向伊莉莎白倾吐她自己的心事。后来艾丽斯告诉我，伊莉莎白竭力劝她结婚，免得老来无伴，寂寞凄凉。离开爱尔兰前夕，艾丽斯向伊莉莎白提起我这个人；她也告诉伊莉莎白，她打算在牛津附近的乡下买一栋房子。伊莉莎白（那时我还没跟她见过面）要艾丽斯代她向我问好，她也祝我们顺利找到理想的房屋。

然而，艾丽斯从爱尔兰回来了，我却必须告诉她，她看上的那栋房子被别人买走啦。但我并没向她招认，由于我行事太过谨慎保守，又欠缺买卖技巧和理财知识，煮熟的鸭子才会飞掉的。事实是，除了妒忌（我总觉得她爱那栋房子甚于爱我），我对那栋房子感到非常不放心。不知怎的，我老是觉得这间房屋怪怪的，很不对劲。艾丽斯迷上了它那独特的风貌和周遭乡野的美景，而且更难得的是，它就坐落在温德拉什河畔，因此，对它可能具有的一些缺点，艾丽斯也就不怎么在乎。果然，几个星期后，中介商就打电话告诉我，原先那位买主不想要这栋房子了，我们可以按照当初我们出的价钱买下它。这项讯息，我也隐瞒了艾丽斯，因为那时她已经看上另一栋房子，早就忘掉原先这栋了。

之前，我从没见过伊莉莎白，但我读过她的每一部作品——这些年来，我沉迷在她的长短篇小说所描绘的世界中，觉得十分快乐。她的作品中，我最喜欢的是《心死》(*The Death of the Heart*)。后来跟她见了面，一时冲动，我告诉她我最喜欢她这部小说，不料她听了却很不高兴。她自己很不喜欢这本书；她感到不解，这样的作品竟然深受批评家和读者欢迎。她希望读者把她最新的作品(不论是哪一部)看成是她一生作品中最耐人寻味、最具挑选性、最出人意表的一部。她最近的两部小说《小姑娘们》和《伊娃·特劳德》(*Eva Trout*)确实具备这些特质，但在我看来，这两部作品最吸引人的地方是：作者又回到了那个神奇的、完全属于她的世界——濒临大海的伦尼沼地和那个名叫海锡的小城。伊莉莎白小时候居住在这儿，直到母亲过世，而在牛津度过一段日子后，她又回到海锡，在附近山丘上买了一栋小屋。显然，她也晓得，返回自己曾经有过一段快乐时光的地方(后来在偶然的机会里，她把这个地方塑造成鲜明的、充满喜剧风味的小说世界)，是一项错误。也许她并不知道这一点——在某些方面，伊莉莎白是一个非常单纯、没有心机的女人。她从没向我们谈起这件事，但每次跟艾丽斯探访她时，我总是觉得，她返回海锡定居的实验已经失败了,尽管在那儿她随时可以找到一群"酒肉朋友",而置身在乡野的文盲世界中,她也不会感到不自在。那儿的乡野,就像她在《小姑娘们》中描写的那个世界;《心死》这部小说的主人翁赫康布家族,世世代代居住在这样的一个地方。

当伊莉莎白返回牛津,在伍斯托克路大熊旅馆添建的楼舍中租下几个房间,准备定居下来时,健康已经出现了红灯。她罹患喉癌——这个老烟枪每天得抽60支香烟,连吃饭的时候也得在嘴角叼根烟——所幸,动过手术后她复元得很好,常常到我们家来串门子,跟我们聚聚。有一年我在牛津大学开一门"简·奥斯汀专题"课。出乎我的意料,她竟然要求我让她旁听。第一天上课,看见她大大咧咧坐在教室里,我心里感到很紧张,后来却发现她态度非常和善,只管静静坐着旁听,偶尔发言,提出一两个鞭辟入里的问题,或针对学生发表的意见作一些补充和评论,以示鼓励。虽然不是学院出身,但她博览群书,独具慧眼,可说是一位天生的批评家;她的见解非常尖锐,往往一针见血,但却又不失幽默风趣。约莫就在这个时候,她受邀到美国一所大学担任访问学人,受到热烈的欢迎,学生对这位容貌端庄、举止高雅的英国女小说家,真是又敬又爱。

不过,话说回来,伊莉莎白个性中也有跋扈专横、有时会让人感到害怕的一面。大卫·塞西尔勋爵亲口告诉我,有一回他邀请他的老朋友伊莉莎白参加一场小型晚宴,宾客是他细心挑选的,全都是一些气味相投的朋友,因此他相信鲍恩女士肯定会觉得很开心。没想到,平日挺健谈的伊莉莎白却绷起脸孔,一整个晚上闷声不响,搞得大家都很尴尬。后来,她用很严厉的语气指责这场晚宴的东道主:"大卫,亏你认识我那么久了,你难道还不晓得,你若想请我吃饭,要嘛单独请,要嘛举行一个规模盛大的派对。"一番话把塞西尔勋爵数落得哑口无言。她的个性就是这样:对好朋友,她的占有欲很强,因此对他们的妻子或丈夫也就充满敌意,而凡是被她认可的团体或个人,她会对他们一辈子忠心耿耿,尽管她不一定赞同他们的立场和意识形态。

伊莉莎白的家族是新教徒——以前在爱尔兰,这种人被称为"当权派"——她会按时参加爱尔兰教会的礼拜仪式,将它视为她的身份地位和生活方式的一部分。但她绝不会原谅她的同辈小说家奥妮·特蕾西,因为奥妮曾经调查爱尔兰天主教会中发生的一桩财务丑闻,然后写了一篇文章,刊登在伦敦《星期日泰晤士报》,把调查结果公诸于世。奥妮本身是天主教徒,但这点无关宏旨。在伊莉莎白看来,奥妮犯了一个不可饶恕的错误:对祖国和同胞不忠。在这桩事件上,伊莉莎白的爱尔兰本土意识透过隔代遗传,一下子全都爆发了出来。奥妮是以新闻记者身份揭发这桩丑闻的,但在伊莉莎白心目中,她的做法亵渎了爱尔兰的一个神圣体制——天主教会。

其实,伊莉莎白心里非常清楚,牵涉到这桩丑闻的神职人员是骗子(这点她私底下承认),而且,她也反对天主教会过度介入爱尔兰社会事务,但在公开的场合,她绝不会这么说,更不会公然批评她居住的那个社区的神父。在她看来,这是不忠的行为。

奥妮也是艾丽斯的好朋友。她的个性非常坚强、独立,一头火红的发丝配上豪爽的作风,颇为引人注目。她从不吝于表达她的看法和偏见。奥妮来自一个比伊莉莎白的家族更古老的特蕾西家族。她的祖先是诺曼底人①,追随威廉一世渡海征服英国,随后在12世纪征服爱尔兰南部地区。多年后,鲍恩家族才抵达爱尔兰。伊莉莎白的祖先鲍恩上校是克伦威尔②手下一员大将,战功彪炳,获得丰厚的赏赐,开始在爱尔兰一座庄园上建立日后子孙聚居的"鲍恩坊"。这两位女小说家都拥有不凡的家世,跟爱尔兰历史关系极为密切,而两个人的行事作风也都十分强悍,令人敬畏。奥妮曾经告诉艾丽斯,每次一想到伊莉莎白对她的攻讦,她就会忍不住气得浑身发抖。

可是,说也奇怪,伊莉莎白一生写得最好的小说,倒不是以爱尔兰为背景的那几部。也许,她对爱尔兰的苦难感受太深,觉得自己应该对故乡尽点责任;这种心态,反而会阻碍她发挥她那过人的喜剧才华。事实上,她写得最精彩的小说——包括那部未完成的、在她逝世后以残稿形式出版的作品——全都是描写英国社会风情和生活的喜剧(有时是悲喜剧)。作为小说家,她在战时的伦敦感到最自在,简直如鱼得水。希特勒对伦敦展开

---

① 诺曼底人是原本居住在北欧斯堪的那维亚半岛,10世纪时征服诺曼底后定居该处;1066年,诺曼底公爵威廉一世率领族人渡过英吉利海峡,征服英国。

② 克伦威尔(公元1599~1658年),英国军事家及政治家,推翻英王查理一世,建立共和,自任护国主。

的狂轰滥炸,促使她写出她一生最好的长篇小说之一《白天的热气》(The Heat of the Day),以及一些非常精彩的短篇小说,包括《神秘的柯尔》(Mysterious Kor)。在这篇描写被德国轰炸机夷为平地、疮痍满目的伦敦城的作品中,一轮明月——人们管它叫"轰炸机的月亮"——高悬天空,投射下阴森森的光芒,使整篇小说蒙上一层诡秘的气氛。在女主角(城里工作的一个女孩)眼中,伦敦变成了她以前读过的一首诗中的鬼城:

> 不在沼泽和沙漠另一边的荒原
>
> 弥漫着瘴气的森林和礁湖
>
> 神秘的柯尔,你的断垣残壁依然矗立
>
> 你那孤独的高塔闪烁在一轮孤独的明月下

我很想向这篇小说的作者伊莉莎白探询这首诗的出处,但一直找不到适当的机会。在她逝世多年之后,有一回,我和学生们在课堂上讨论她的这篇作品。有个学生问我,谁是这首诗的作者,我不得不承认我并不知道。也许是鲍恩自己写的吧? 我这位好奇心强、凡事喜欢追根究底的学生——如今他已经取得博士学位,在格拉斯哥大学担任导师——并不死心,特地跑去牛津大学图书馆查询,终于找到答案。原来,这首诗的作者是爱德华时代①一位名叫安德鲁·朗的二流诗人。他把这首诗献给他的

---

① 指英王爱德华七世,1901~1910 年在位。

朋友赖德·哈葛德。后者是鼎鼎有名的探险家兼畅销小说作家,作品包括《所罗门王宝藏》。整个来看,这首诗写得并不好。显然,伊莉莎白年轻时在某一部如今已被遗忘的爱德华时代文学选集里,偶然读到这首诗;多年后,它又浮现在她心灵中,激发她的想象力,促使她写出《神秘的柯尔》这篇杰作。

艾丽斯的创作心灵也是以这种方式运作。她的小说充满这类儿时阅读过却久已遗忘、直到写作时忽然想起的文句,或是一些我们俩曾引述、讨论的诗文。其中最让我难忘的一个例子是出自莎翁名剧《仲夏夜之梦》的一个比喻:"黑黝黝的雄鸫鸟"。它出现在艾丽斯的作品《断头》中,影射小说中描写的那桩红杏出墙事件。记得,那阵子我们常一面开车,一面吟诵这句名言和其他佳句。

我和艾丽斯搬进阿斯顿尖塔村一栋房子后,奥妮和伊莉莎白有时会来我们家串门子,跟我们聚一聚。身为新闻记者,在繁忙劳累的调查采访生涯中,奥妮每隔一段时候就会抽空来我们家,休息一阵子。通常,她会住在艾斯登·克林顿村的"钟铃客栈"——她认识客栈老板。在那儿,我们常接受她的招待,一面喝酒一面吃午饭或晚餐,痛快极了。离开新闻界后,她在爱尔兰西部亚基岛一间小农舍定居下来,专心写作。她的小说描写爱尔兰生活,充满喜剧风味,其中最好的一部是《人生正道》(The Straight and Narrow Path)。此书的主角是一位爱尔兰神父;他告诫教徒,"谨守美德与罪恶之间那条窄小、笔直的正道"。这是一个真实的故事——奥妮曾经在教堂聆听这位神父讲道。尽管爱尔兰人常在私底下开教士的玩笑，但他们可不愿意被别人公开取笑。奥妮那几部写得非常精彩的小说，在她的故乡爱尔兰却没有人阅读，你想买也买不到。让人感到遗憾的是，在英国和美国，她的书似乎从不曾再版过。爱尔兰特有的审查制度，一度在岛上雷厉风行，如今竟然影响到其他国家的出版商。

至今，我依旧感到非常庆幸，那天我带艾丽斯去看那栋坐落在阿斯顿尖塔村的房子，因为艾丽斯一眼就看上了它，把坦墩村那间坐落在河畔、如诗似画的房子忘得干干净净，因而解决了我的一个难题。这儿的村庄和房屋，虽然不如她当初看上的那个村庄和房子漂亮，但却也非常古老、坚实、温暖。19世纪初期，有人在这块土地上兴建一间农舍，后来改建成乡绅的宅邸，毗邻村中的教堂。房屋周遭的土地非常宽广，面积约莫两英亩，一路向下倾斜到溪畔。这条小溪蜿蜒穿过整个山谷。我们这一边的溪畔散布着好几个池塘，历史非常古老，大概是中古世纪的养鱼池。艾丽斯一眼就爱上了这些池塘。同样吸引她的是这栋房子坐落的地点——对我们这两个在牛津教书的人来说，它实在太远、太偏僻了，因为它距离牛津15英里。但这吓不到艾丽斯，她根本不认为这是它的缺点。毕竟，她在同样偏僻的"鲍恩坊"居住过。这栋房子有个古雅的名字：香柏居。它的售价很便宜——便宜得吓了我们一大跳——但后来我们发现，它外表看似坚实，里头却早已千疮百孔，摇摇欲坠。两眼碧蓝、从事营建生意多年的派默尔先生，被我们请来整修这栋房屋。艾丽斯坐在楼上一个房间里写作时，派默尔先生常睁着眼睛，呆呆瞅着她,满脸好奇。艾丽斯只顾写作,对天花板上不停滴落下来的水珠,视若无睹。

偌大的一间宅院,平日除了派默尔先生(他从不打扰我们),就只有我和艾丽斯两个人。前任屋主准备搬到古恩西岛上,住在她儿子为她购置的一栋现代化的单层小屋里。她是一位老太太,在村子里已经住了很多年了;把房子卖给我们后,她特地推荐几个人来帮助我们"打理"。我和艾丽斯都不想让别人打理我们的生活。一晃眼,我们在"香柏居"住了30多年。这期间,我们从不曾找人来打扫房子和整理花园,如今,整个宅院变得乱糟糟,找人来清理也没有用了。我们——至少艾丽斯——满不在乎。跟艾丽斯见过一两次面的小说家罗斯·麦考利说:"别为房子操心,让它去见鬼吧,看它见到鬼后会变成什么样子。"艾丽斯挺赞同她的看法,但我可就没那么豁达。

最初,我鼓足干劲,试图体现意志——我的意志——好好把这座宅院整治一番。我努力打扫房子、割草、砍柴、油漆,甚至尝试过修理供电系统。但很快的我就放弃了。艾丽斯常帮我的忙。她似乎蛮喜欢做家事(这毕竟是女人的天职嘛),但对身为小说家的艾丽斯来说,做家事只是她想象中世界——她在小说中创造的世界——的一部分。她总是坐在楼上她那个阳光明亮、灰尘满布的房间里创造她那些世界,身边环绕着一堆堆旧信函、各种文件、破损的装饰品,以及她收集或朋友送她的各色石头。让我感到蛮难过的是,这些石头原本躺在溪中或海边,被溪水或海潮冲刷得无比光润明洁,而今却沾满尘埃,变得死气沉沉，就像我们这间房屋里的所有东西。但艾丽斯一点都不会感到难过。在她看来，石头是柏拉图式的东西，居住在一个纯粹的、绝对的观念世界里，而它们在我们周遭这个现实的、污秽的世界中的存在，只是偶然的现象，并不会影响到它们的本质。

在我们日常生活中（在艾丽斯的想象世界里也一样），石头并不是唯一的柏拉图式东西。我们厨房里的那些从不曾好好清洗过的锅碗瓢盆，也具有相同的身份和地位。我猜，连她想象出来的那群野獾在她心目中也是柏拉图式的动物。曾经有一回，当我列举出婚姻带来的种种好处，试图说服艾丽斯嫁给我时，她提到了那群野獾。"你说得对！"她回答我。看到她脸上流露出渴望的神情，我的精神登时为之一振——看来，她终于认真考虑婚姻问题了。她说："我多么希望能够站在我们家门口，等你下班回来，告诉你说：'亲爱的，那群野獾今天闯进我们屋子里来啦！'"在罹患阿兹海默氏症的日子，艾丽斯大概已经忘掉她以前的这个幻想（当然，也忘掉了它所带来的温馨家庭生活意象），但患病以前，她常笑眯眯对朋友和记者说，刚结婚时，她真的很想煮饭烧菜给老公吃。"可是，几天后约翰就对我说，厨房的事还是交给他来做好了。"这个意象——艾丽斯穿着围裙在厨房干活——很快就被她忘掉了，但另一个更美好、更充满希望（至少对我来说）的意象——艾丽斯冲出家门口迎接下班回来的丈夫，亲吻他一下，然后故作惊慌，告诉他说，那群野獾今天闯进屋子里来了——却一直存留在她心中，直到她罹患阿兹海默氏症。

不过，话说回来，艾丽斯告诉别人她当初很想做菜给我吃时，她并没有吹牛。艾丽斯确实很会做菜（她也确实做过菜，让吃过的人赞不绝口），就像她很会处理各种实际的事务。第二次世界大战期间，她在财政部工作——这是当时一般公务员梦寐以求的职位。没多久，她就摸到了窍门，变成了部内最擅于处理"缺席名义晋升"问题的专家。这个非常微妙复杂的观念，牵涉到如何替那些被征召入伍的公务员，估算他们的年资、升迁和调薪幅度。每次碰到这类问题，上司就会征询艾丽斯的看法，而且通常毫无保留地接受她的意见。当初，如果她专心从事这类行业，说不定她后来会成为一位医师、考古学家或修车技工。以前，学界普遍认为，莎士比亚刚出道时在戏院门口当马夫，替观众牵马。19世纪一位学者指出：果真如此，那么，这位大文豪照料起马匹来肯定比其他马夫在行。一位真正伟大的艺术家，只要专心致志，不论做什么事都会做得很好。艾丽斯自不例外。如果她有孩子，她肯定会比一般母亲更认真、更细心地照顾她的孩子，让他们有个快乐、健康的童年。可是这么一来，她就没有工夫写她那些小说了。

我可不敢夸口说，我是我们家中的厨师。事实上，当初我也是逼不得已才掌厨的。反正，我和艾丽斯都不讲究吃。重要的是，艾丽斯那时在工作——她在写作哪——而我决定不让她分心做别的事情。找东西吃容易得很。我们常到附近大马路旁一家酒馆，叫几个家常菜来吃，既经济又实惠。那是很久以前的事了。如今，英国人对吃愈来愈讲究——在我看来实在太过讲究。

40年前，充满法国风味的"新烹饪"还没开始在英国流行哩。

　　然而，有一回，艾丽斯却决定大显身手，好好表现一下她的厨艺，仿佛在媒体面前作秀一般。那是我们结婚之前的事；那时我已经死了心，不敢指望艾丽斯会嫁给我。有一天，她忽然决定邀请一对夫妻（就是我和艾丽斯刚认识时，邀请我们俩到他们家吃饭的那位律师和他太太）到她家吃晚餐。她还邀请另一位客人，但就是不邀请我。那时，她住在波蒙特街一栋公寓顶楼。屋里没有餐厅，而她那间坐落在阁楼上的厨房实在小得可怜，根本就不管用。没被邀请，我感到有点委屈。于是我就建议艾丽斯，如果她一定要请约翰逊夫妇吃饭，何不干脆请他们上馆子呢？她心平气和地告诉我，她不愿意这么做，因为他们既然邀请她到他们家吃过好几次饭，礼尚往来，至少，她也应该邀请他们到她家一次，尝尝她亲手烧的菜。我心里虽然不高兴，但不得不承认，艾丽斯对这种事情还是挺认真的。

　　为了张罗这顿晚餐，艾丽斯使出浑身解数。首先，她花了不少钱购置一只红色的搪瓷蒸锅，形状很像一艘船，上面有一个很紧密的盖子。这玩意儿很重。我猜，我和艾丽斯都是头一次见识到这种炊具。我抱着敬畏的心情，呆呆瞅着它，艾丽斯站在一旁，满脸骄傲，观赏她新近才取得的这件宝贝。她的一位具有希腊血统、平日挺讲究吃的朋友告诉她，这只蒸锅是用来烹调一种名叫 stifaclo 的雅典名菜。他宣称，如果烹调得当——这种机率不高——它肯定是全世界最美味可口的菜肴。艾丽斯的这位朋友是哲学家，生平最敬仰柏拉图，但他的真正兴趣是烹饪和电话。既然他是这道菜肴的催生者，很自然的，他就成为艾丽斯邀请的三位客人之一。

艾丽斯花了两天工夫准备这道菜。如今，我已经记不起里头到底有哪些东西（以后，我们再也没煮过这种菜），只记得艾丽斯从市场买回大批上等牛肉，此外还有橄榄油、茄子、香料、药草和西红柿糊。客人们吃了当然都赞不绝口。隔天，艾丽斯让我跟她一起把它吃完，虽然已经冷了，但我不得不承认，这是我生平吃过的最甜美可口的一道菜肴。

由此可见，艾丽斯真的会做菜，而且做得棒极了，就像她不管做什么事都会做得很好一样。然而，第二天我们俩一起吃饭时，尽管她安慰我说，这道菜冷了反而比较好吃，但我还是感到有点失望。不知怎的，我总觉得艾丽斯不像是那种会煮饭烧菜的女人，更让我讶异的是，她烧出来的菜居然好吃得让约翰逊夫妇吓了一大跳——他们早就认定，艾丽斯是一个超尘脱俗、性情虽古怪但却挺讨人喜欢的女人；在他们心目中，她是一位哲学家，同时也是一位前途颇为看好的小说家。约翰逊夫妇认为，他们早就摸清了艾丽斯的底细。面对这样的女人，他们觉得他们可以摆出一副高高在上的施恩态度。就是为了这个缘故，艾丽斯决定在他们面前露一手厨房绝活吗？如果真是这样，那么，我倒是满同情约翰逊夫妇的。身为朋友，艾丽斯应该谨守她那个已经被分配好的角色，绝不可逾越分寸，扮演不属于她的角色——尤其是对一个跟她相爱的人，而那个人就是我。

也许，艾丽斯自己也晓得这一点。也许，这就是为什么对我们俩来说,这是一桩非常奇特的经验。如今回想起来,这桩经验虽然显得很琐碎,不值得念兹在兹,但事实上它却一直困扰着我。今天,我对这件事的记忆还牵涉到一个问题:每次提起笔来记述以前那个艾丽斯,我就会碰到某种困难。这是不是因为现在每次想到艾丽斯,我想的总是今天的她,而对我来说,今天的她跟以前的她其实并没什么两样。无论如何,当你提笔描述一个人时,不管你有多爱她或他,你总难免会偏离这个人;这倒不是因为你的描述扭曲了这个人的"真面目"——不管那是什么——而是因为描述者本身对他所创造的图像,开始丧失信心。我知道,我笔下的艾丽斯,并不等于真正存在过的艾丽斯。记述她烧菜请客那一段往事时,我对那个一反常态、亲自下厨的艾丽斯的描述令我自己都难以置信。

至于艾丽斯花了不少钱购置的那只红色船形搪瓷蒸锅,以后我们几乎不曾再使用它。印象中,我只用过它一两次,煮一些连我自己都没什么信心的菜肴。记得,我好象曾经用它炖肉,但宾客吃了并没什么反应,除了一两位女客照例说几句话夸赞我一番。就像我们屋里的其他东西,这只蒸锅现在早就不知下落,但我记得,最后一次看到它是在橱柜里——那时,它身上沾满蜘蛛网,躺在橱柜下层,看起来破旧不堪:斑斑铁锈穿透过它身上那层红色搪瓷,怵目惊心地显露出来。然而,刚买回来时,它却曾经被用来炖煮全世界最美味可口的菜肴,而做这道菜的人,竟然是让大伙儿跌破眼镜的艾丽斯。

这儿,我还想记述艾丽斯这一生中的另一桩烹饪经验。老实说,每回一想起这件事,我心里就有气。记忆里,它是发生在我刚认识艾丽斯的时候,但也有可能是在认识她之前。她的两位朋友——一位是个性坚强独立、奉行"电话婚姻"制度的女哲学家;一位是国际知名的数理逻辑学家(他是个单身汉)——央求她把房间借给他们使用一天。那时,她住的房子只有一个轻便煤气炉和一只洗脸盆,此外就没什么东西了。这两个朋友向她借用房间,倒不是为了幽会,而是为了让那位数学家一展厨艺。他们为什么向艾丽斯借房子干这种勾当,至今我依然想不透,只知道这个房间对他们来说非常近便,而且他们信得过艾丽斯,知道她是个大好人,不会泄密。(艾丽斯确实是个大好人,但直到今天,每次想到这件事我都会气得咬牙切齿,尽管现在我的牙齿全都掉光了,嘴里装的是全套假牙。)我们这位在维也纳出生、祖先可能来自波罗的海地区的数学家,准备展现的厨艺是炖煮一锅鲱鱼汤——他夸下海口,这道菜肴经过他多次实验,现在已经接近完美的境界。女哲学家假装不相信。她发誓——顺便一提,这位女士具有一种淘气、调皮的幽默感——在任何情况下,他都不可能说服她尝一尝这种菜肴,不管他的厨艺有多高明。一想到鲱鱼,她就会反胃。于是乎,两人就打起赌来。

数学家赢啦。这锅鲱鱼汤炖得实在甜美可口。女哲学家宣布投降。这道菜肴她吃得津津有味,一扫而光。几天后艾丽斯回到住处,发现整个房间乱成一团,四处弥漫着刺鼻的鲱鱼味。女房东气得要死。公寓里的其他房客纷纷抱怨,艾丽斯房间里传出的气味和声音,怪异得让人受不了。艾丽斯·默多克小姐那原本完美无瑕的名誉,这下可全都毁啦。在女房东眼中,艾丽斯从此变成了一个堕落的女人,万劫不复:她竟然让外人在她房间里乱搞,而她自己肯定也参加了这场狂欢。没多久,艾丽斯就搬出去了,尽管这间公寓的地点和设备对她蛮适合的。后来,艾丽斯带着宽容、好玩的口气把这件事讲给我听。让我感到生气的倒不是房东的态度,而是那两个男女事后的表现。

事实上,艾丽斯一直——到现在还是如此——跟这两位朋友保持良好的交情,尽管他们从不曾向她说声对不起,甚至不觉得应该向她道歉。让我气恼的是,发生这种事情后,艾丽斯竟然还十分敬仰这两位学者,更让我气不过的是(为了某种原因,至今一想到这件事我仍然会感到心如刀割),艾丽斯最珍惜的一件东西被那两个男女扔到地面上,狠狠践踏。那是艾丽斯的母亲送给她的一件生日礼物:一条蓝色的雪纺丝巾。它被糟蹋得实在不成样子,以至于当艾丽斯把它拿到屋外垃圾桶去丢时,还得紧紧捏住鼻子。我们这位数理逻辑学家需要一个筛子过滤他炖煮的鲱鱼汤,于是,我们这位女哲学家就打开艾丽斯的抽屉,顺手拿出这条丝巾递给他,权充过滤器。

直到今天,一闭上眼睛,我就会想起这对男女的嘴脸:两个人站在一块儿,手里握着艾丽斯心爱的丝巾,使劲绞着,把最后一滴鱼汁给挤出来。这一生中,我只跟这两位学者见过几次面,但每回看见他们,我都只是冷冷打个招呼,不想理睬他们。

而今,艾丽斯罹患了阿兹海默氏症,我再向她提起这件陈年往事也没什么意义了。不过，我敢打赌，如果现在我跟她讲这件事，而她还听得懂，那她脸上肯定会流露出耶稣基督式的表情，充满宽容、笑意和悲悯（至于原谅，就更不必说了），一如当初她打开房门，看见她房间里那个可怕的景象时的反应。也许，这件事真正可怕的地方，在于它的转述——更精确地说，在于艾丽斯把这件事告诉我时所使用的方式和口气。如果我听从本能的驱使——至少现在我还是这么觉得——听到这件事后，我肯定会采取激烈的手段，对那两个男女展开反击。我会追杀他们，至少，也得带着一把锐利的刀子闯进他们家中，把他们的财物切割成碎片。然而，那时我并没这么做。聆听艾丽斯诉说这件事的当儿，我感动得恨不得立刻把这个纯真善良、宛如天使的女孩娶回家去当老婆，跟她白头偕老，厮守一生。

我想，这才是让我感到最生气的地方。这一切显得那么的不自然。至今我还是有这种感觉。那时的艾丽斯真的那么的纯真善良，就像天使一般吗？每次一想到这点，我就会更生气。我心里有一连串的疑问：在艾丽斯的内心深处，是不是渴望被她那两个朋友以这么可怕的方式糟蹋？在某种意义上，她是不是故意为自己招来这种肆无忌惮的侵犯？她顺从这两位逻辑和哲学大师，任由他们糟蹋作贱，是不是就像她当初顺从汉普斯德的神样怪物？[①]她是不是把自己当成一场祭典中的缺席牺牲者，就像她的小说所描写的那样？如果当时她在场，她会不会自愿

---

① 参见本书第3章。

投身这场祭典中，从容就义呢？

　　直到今天，每次一想到这些问题，我就会不寒而栗。跟我厮守终生的妻子，真的是这样的女人吗？然而，就算艾丽斯是这种女人，这些年来我似乎并不怎么在意，尽管每次想起当初我竟然一反常态，没有惩治那两个男女，我就会感到震惊，不相信自己竟然会轻易放过他们。有一点我倒是蛮确定的：艾丽斯一向不喜欢吃鱼，尤其是鲱鱼。公寓房间那桩事件发生之前，她也许只是不喜欢吃鱼；事件发生后，她一看见鲱鱼就反胃。

　　那么喜欢与水为伍的艾丽斯，对栖息在水中的生物怎么会毫无胃口呢？难道说，潜意识里她觉得她跟这些生物之间有某种伙伴情谊，所以不忍心吃它们？可是，现在她却愿意吃我做的咖喱沙丁鱼馅饼。这可是千真万确的事实。也许，她闻不出鱼味。当初她从房间地板上捡起那条脏兮兮的丝巾时，肯定晓得，它散发的恶臭是什么东西造成的。如果是我的话，我会把这条丝巾洗涤干净，收藏起来，像以往一样珍惜它。艾丽斯的做法却不一样。她高高兴兴地——至少表面看来如此——把她母亲送她的丝巾呈献到友谊的祭坛上，当作了牺牲品。

6. 香柏居岁月

　　根据旧地契的记载，我们买下的这处房地产被称为"香柏居"，但我们居住的房子却一年到头冷飕飕、湿漉漉的。大门口确实曾经矗立着一棵巨大的香柏树，但现在只剩下残株，变成一堆覆盖着泥土的腐烂木头。也许，以前的屋主为了取暖，把这棵大树砍掉，拿到屋里当木柴烧。搬进来后，我们自己也挖空心思，想出各种方法取暖。我们在屋里装上各式各样的保暖器具：我母亲赠送的一个老旧的"雷本牌"火炉、夜间保暖器、电热器等等。此外，我们还在前厅装了一种非常昂贵的暖气机，它的正面是用不锈钢制造的，刻有凹槽，非常精致美观，里头燃烧的是跟这台机器一样昂贵的无烟煤。花了那么多心思和金钱，这栋房子还是冷飕飕的。直到艾丽斯的一部小说被拍成电影，我们才在屋里装设局部的中央暖气系统，但一样不管用。问题究竟出在哪里呢？地心引力作怪、储油槽的位置不对、水管必须重新铺设……帮我们整修房子的派默尔先生过世后，他儿子继承衣钵，替我们解决问题。

　　但说也奇怪，我们一直不怎么在乎这间屋子的寒冷和潮湿；事实上，我们挺喜欢这种冷飕飕的感觉呢。至少，床上非常温暖——如今回想起来，每天我大半时间是在床上度过的。搬进来没多久，我就养成了在床上读书写作的习惯。记得，傍晚冒着风雪回到家里，我们俩手牵手奔跑在花园中，兴高采烈地叫嚷着，在洁白无瑕的雪地上留下一行足迹。冬天，阿斯顿尖塔村常常下雪——它的海拔比终年不下雪的牛津高出好几百英尺。床，也是这间房子里唯一让我感到安全、让我觉得舒适自在的地方。床是我的家。我老是怀疑，在这栋狭长的房屋里，另一端居住着一群我们不认识的人，而他们也许还没察觉到我们的存在。

有一回，艾丽斯出门一两天，把我一个人留在屋里。就在这个时候，我终于证实，屋子里的确居住着一群神秘的生物。我们从没听到什么不寻常的声音，但这从花园走进屋里，踩着那条阴暗狭窄的楼梯走上去的当口，我却看见前面有一个东西在走动。仔细一瞧，原来是一只大老鼠！它跑到楼梯顶端，回过头来，不慌不忙打量了我几眼，扑通一声，跳进地板上裂开的一条宽阔缝隙里，转眼消失无踪。它回家了。

这群老鼠可是一群绅士哪。之前，我们根本不知道它们就住在我们屋里。如今，它们的存在已经成为一个事实。最初并没给我们带来任何困扰，它们过它们的日子，我们过我们的生活，井水不犯河水。但自从我们发现它们住在屋里，而它们也察觉到我们知道它们住在屋里，双方的关系就开始发生变化。首先，它们的行为不再像以往那样审慎了。现在，时不时的，我们就会听见它们在地板下面那个坚固的、隐秘的地下世界里，不停地来回走动。这栋房子如今虽然十分老旧，但当年兴建时使用的是坚实的建材，地板下肯定存留有足够的空间，让鼠辈们栖息，也存留有足够的木头，供它们啃食。这群老鼠把啃咬木头当作一种夜间活动；有时，纯粹出于好玩，半夜一两点钟，成群的老鼠聚集在地板下那一条条隐秘的、长长的走廊里，互相追逐嬉戏。它们居住在这栋房子里，肯定有好几代了，早已习惯了这里的环境和生活方式。

我们不得不采取应对措施。我到村子里的药房买了一种特制的老鼠药——据说，鼠辈们吃到这种东西，不但死得毫无痛苦，而且还觉得这种老鼠药挺美味可口的呢——我们用汤匙把老鼠药一匙一匙倒进地板上的裂缝里。没多久，我们就听到地板下传出咂巴咂巴的声音；鼠辈们正在享受大餐。此后，每天晚上我们不但听到群鼠追逐嬉戏的声音，而且，时不时的，就会听见它们扯起嗓门，发出狂喜的尖叫。艾丽斯开始担忧了；她脸上显露出痛苦的神情。趁着还来得及，我们是不是应该停手，饶它们一命？我的意志开始动摇。所幸，鼠辈们帮我们解决了这个棘手的问题。一天晚上，喧闹声骤然终止。也许这群老鼠觉得，既然我们不想玩这场游戏，它们也决定不玩了——干脆搬家算了。艾丽斯脸上的表情更加沉痛了。我担心的是，没被掩埋的老鼠尸体会发出恶臭。但我们这样冷飕飕的老屋，却一直没传出什么不寻常的气味。看来，这群老鼠已经决定，饱餐一顿后就立刻搬家。

这样的猜想是有根据的。一旦察觉到对方的存在，肯定让这群老鼠感到很不安,迫使它们改变生活方式和习惯。以往,为了配合我们的作息,晚上它们到屋外活动,白天才回屋里睡觉。双方相安无事。我敢说,前任屋主——那位名叫布兰奇的老寡妇——从不曾打扰这群老鼠,而它们也从没骚扰过她。说不定,她一辈子都没察觉到它们的存在呢。(顺便一提,这位慈祥的老太太的姓氏是真实的,她来自一个充满传奇色彩的家族。)

现在,我们倒怀念起那群老鼠来了。艾丽斯脸上不再流露出痛苦的神情,而它们离开后,我们也不曾再提起它们,但有时半夜醒来,我们会竖起耳朵倾听地板下的声音,希望它们又会出现在我们家里。我可以感觉到它们现身在艾丽斯的小说中,几乎变成了她的伙伴——那几部作品,是艾丽斯坐在它们头顶上那张书桌前写出来的。当初,察觉到这群老鼠居住在我们家后,艾丽斯常告诉我,不论白昼或夜晚,她都会感觉到它们陪伴在她身边;在她看来,这群老鼠非常友善,甚至能够帮助她激发写作灵感。夏天来临时,屋里老鼠走动声会跟花园里传出的声音——黑鹂的啼鸣和燕子的啁啾——融合在一起。我们管这群燕子叫"惠特比"①;它们总是成群栖停在窗外的电话线上。

艾丽斯放弃在圣安妮学院的教职后,每天早晨大约9点开始写作,通常一直写到中午1点钟。如果那天我不在家,到牛津大学教书去了,她就自己弄东西吃,听收音机播报的新闻,然后到花园走走。事实上,她对园艺并没什么兴趣,但她喜欢在花园

---

① 参见本书第2章。

里添置一些东西。那年头，英国人的花园正流行栽种一种灌木玫瑰。这些花儿都有非常别致美妙的名字，诸如戴盖世公爵、约翰·英格兰姆船长、山林仙子的大腿和山林仙子伊缪儿的大腿。它们的花瓣看起来像化妆纸，味道闻起来像葡萄酒。白色的花瓣看起来跟冰块一样透明，中间却是翠绿色的，十分醒目——园艺手册把它称为"混乱的中心"；后来它变成了艾丽斯的口头禅。深紫色的花瓣乍看之下几乎是黑色的，就像我们花园里栽种的那几株"英格兰姆船长"。

这些玫瑰都是我们利用周末到附近一座玫瑰园买回来的。笨手笨脚地，我把它们移植到我们花园中。没多久，艾丽斯就开始在玫瑰丛中漫步，寻找写作灵感。在某种意义上，这些花儿全都变成了"私密的玫瑰"——艾丽斯一部小说的女主角芬妮·裴洛尼特肯定会喜欢的那种玫瑰。（顺便一提，这部小说的书名《私密的玫瑰》取自鲁伯特·布鲁克的一首诗，艾丽斯一直很喜欢它。）我们不懂得如何照料这些玫瑰，而这种花卉娇贵得很，需要细心照顾。没几天，它们就变得病恹恹的，叶子上满布黑斑。一位朋友走进花园一瞧，带着开玩笑的口吻对艾丽斯说，她给这些花儿建造了一座集中营。这句俏皮话可一点都不好笑。此后——至少在一段时间内——艾丽斯对这位朋友的态度明显地冷淡了下来。艾丽斯这个人，有时会神经过敏，但她不会记恨，没多久，她对这位朋友又笑脸相向了。我不认为，他那句话促使艾丽斯改变她对玫瑰的好感，但不管怎样，这些花儿绽放一阵子后，大部分全都枯萎了，而我们并没感到很难过。在我的记忆中，偌大的花园只有一株玫瑰存活下来，似乎不需要人们细心照料。它的叶子十分繁茂厚实，上面有很深的沟纹，看起来就像热带植物，而它那一颗颗殷红的果实长得非常硕大、光润，如同热带水果。印象里，它的名字叫"丹麦女王"。

也许是因为打理这栋房子耗费太多心血——我实在很想把它好好整治一番——劳累过度的结果是我染上了腺热。那时，我们搬来这儿还不满一年。就像维多利亚时代流行的一种疾病，腺热让病人感到浑身虚弱，整个人日渐憔悴，但却一点都不感到痛苦。隔三差五，它就发作一阵。第一次复元后，我常爬下床来，步履蹒跚，跟随艾丽斯穿梭过高耸的草丛，走到池塘边。她在塘子里游泳——应该说划水吧——溅泼起一团团乌黑的烂泥巴。我觉得我应该陪她下水，可是，我的身体实在太虚弱了，如果她在水里出了什么事情，我自顾不暇，哪还帮得上她的忙呢。幸好她没出事。我抱着病体坐在池塘边，看见她从柳荫中探出头来笑眯眯地望着我，心里感到很快乐。然后，我抱着感恩的心情，艰苦地爬回床上。

我没夸张。若想上我睡的那张床，得用爬的方式——这是一张宽阔、高耸的维多利亚式大床，有一个精工雕刻的橡木床架和一张柔软的、宛如海绵一般的巨大床垫。搬进这栋房子时，我们在牛津一场拍卖会上只花一英镑就买到这张大床。没有别人要它。当我鼓起勇气站起来出价时，拍卖官望了我一眼，脸上显露出痛苦的神色。"先生，您实在不应该出价。"他对我说，"这张床不值得买哦！可是既然没有别人出价，我也就只好卖给你啰。"那年夏天,这张床变成了我的家——真正的家。我在床上读书、吃喝、撰写书评。那时我还在替《旁观者》①写小说书评,因此床上四处散布着一本本刚出版的小说。

高高躺在这张安稳、坚固的大床中,不受外界侵扰,我觉得这就是理想中的婚姻生活。就在这样的梦幻氛围中,我拜读了帕梅拉·约翰逊的一部小说,并且写了一篇书评。这位 20 世纪 50 年代极为杰出的小说家,是科学家兼公关专家斯诺的妻子。斯诺自己也写小说,他最感兴趣的主题是权力——他的作品《大师们》(The Masters) 描写发生在一所学院里的权力斗争,可说是校园小说最早的、充满创意的典范。

但在我看来,斯诺的妻子写的小说比她丈夫的作品精致、微妙得多。我很喜欢她的这部小说。那是她创作的三部曲中的最后一部。前面那一部我没读过,但它的广告出现在这本书的封套上。它的书名取自邓恩②的一首诗:《这张床是你的中心》(This Bed Thy Centre)。我觉得那是个好兆头,尽管后来我发现,作者为她的书取这个名字是出于嘲讽。这部小说代表早期的女权主义者,对妇女在性爱和家庭生活中遭受压制的现象,提出严正的抗议和控诉。可对我来说,蛰居床上却是一种福气。

当然,艾丽斯绝不会把这张大床当作她的生活中心,而我

---

① 《旁观者》是 18 世纪初英国文坛名人约瑟夫·爱迪森和理察德·斯第尔合办的周刊,历久不衰。

② 邓恩(John Donne,1572~1631),17 世纪英国玄学派诗人。

也很高兴她有这样的想法。婚姻是共有的，但床则是属于我一个人所有。艾丽斯把大麦汤和橘子汁(我那溃烂的喉咙唯一能够忍受的食物)端进房间时，总会在床边小坐片刻。我身体好些时，几乎每餐她都陪我吃水煮荷包蛋。在这方面，艾丽斯渐渐练出了一身好本领，让我羡慕不已。我煮的荷包蛋永远没她煮的那么棒——在我心目中，煮蛋变成了厨艺的终极考验。

同样让我感到欣慰的是，身为我的妻子，艾丽斯从不曾刻意在我面前摆出贤淑的形象。她可不是南丁格尔①。我生病时，她会待在我身边照顾我，但从她脸上的神情我看得出来，她的心并不在我身上——这当口，她心里正在思索一部小说的情节。我病了，她依旧写作不辍，并不会因此感到愧疚。事实上她后来告诉我，那部小说的构思，就是她趁着我生病时进行的，因为那阵子我们家里非常宁静。我听了很感动，以至于立刻又病倒了。

我的腺热第二次发作，情况比头一次严重得多。我们的医生个子矮小，上了年纪却喜欢装扮得很时髦(他的西装外套翻领上总是插着一朵玫瑰花)。我看得出来，他对我的病情有点担忧，但表面上却装出一副笑嘻嘻的模样，就像维多利亚时代的大夫在病人面前所表现的那样。看到医生脸上的神情，我心里很感动;看到艾丽斯那副满不在乎的模样儿，我感到很欣慰。不

---

① 南丁格尔(公元 1820~1910 年)，英国社会改革家，现代护理制度创始人。

知为什么,她早就看出我不会有事,没啥好担心。帮我验血后,医生兴冲冲跑来向我们宣布:验血结果显示我患的确实是腺热,而不是其他更严重的病症。为了表示礼貌,艾丽斯也装出一副很高兴的样子。这位态度亲切、医术也许很高明的老医生,每回到我们家时,总会睁着他那双湛蓝的眼睛,满脸狐疑地打量我和艾丽斯,我猜,他心里一定在想:这两个行为怪异却蛮可爱的男女,怎么会一起居住在这间屋子里,假装成夫妻。我生病那段日子里,他老人家每天从好几英里外的布拉登镇赶到阿斯顿尖塔村,探视我的病情。那时,英国政府国民卫生保健体系开始运作还没多久。我们这位贝文医师——他的姓氏跟那位负责推动成立国民卫生保健体系的部长相同,但彼此并没有亲戚关系——在国家医院服务,平日私底下并不替人看病,但他却把我们当成他个人的病人,把我们照顾得无微不至,一点都不嫌麻烦。

尽管贝文医师每次到我们家,都会忍不住偷瞄我们几眼,把我们看成两个古怪的小孩而不是一对夫妻,但那年夏天,我生病时,却更加体会到我们的婚姻给我带来的快乐——它满足了我对空间、距离和独立生活的需求。新学期开始时,我向牛津大学请病假,我尽情享受这种妻子工作、而我却躺在床上养病的生活。那时,艾丽斯每天埋首书桌前,写作她那部即将完成的小说。我那张大床也以某种方式,激发我的写作灵感。就在这张床上,我开始构思我那部后来以《爱情人物》(The Characters of Love)为书名出版的著作。在这本书中,我详细分析、比较三个文本——一首诗、一个舞台剧本和一部长篇小说。在我看来,这三个作品颇能作为例证,反映我在跟艾丽斯交往的过程中所体验到的爱情。如今回想起来,这个主题未免太过单纯,近乎天真,但我对乔叟的长篇叙事诗《特洛伊鲁斯与克丽赛德》、莎士比亚的《奥赛罗》和亨利·詹姆斯的小说《金碗》所作的一些评论,现在重读,依旧觉得相当深刻独到。这样的文学批评论著在当时很流行,《爱情人物》因此销路颇佳,但我不以为,今天那些浸淫于新派文学理论的学者,愿意或有能力阅读这本书。它所使用的批评词汇和评价方法,跟今天流行的那一套东西,毕竟有很大的差别。

撰写这本书,最让我感到满足的是,在写作过程中,艾丽斯愿意阅读我的初稿,而且她的反应出乎我意料之外的热烈。这可不是装出来的,在我面前,她不必假装对老公的工作感兴趣,以显示她对丈夫忠心耿耿,就像她不必在我的病榻前,刻意摆出一副贤妻良母的模样。我们俩一天到晚谈论这本书,但一如往常,我们之间从不进行理性的、正经八百的讨论,就像艾丽斯面对学生、朋友和同事时那样。我们的婚姻关系,那时已经进入托尔斯泰在《战争与和平》中所描写的那个阶段:结婚后的皮尔和娜塔莎,不必刻意把话讲得有条有理,就能够互相了解对方的意思。后来,我很惊讶地发现,我们俩一块谈论过的许多看法和感受,竟然出现在艾丽斯那两本极具影响力、堪称划时代之作的散文集中。《对抗干旱》(Against Dryness)和《善的主权》(The Sovereignty of Good)绝对不是思路混乱、支离破碎的作品。这两本书不是"混乱的中心",而是经过蒸馏、淬炼的智慧结晶,宛如一颗颗晶莹剔透的露珠。然而,在这两部散文集中,我却看到了我们俩以独特的方式、通过各自的和共同的努力一起体验到的东西。

毫无疑问,艾丽斯是我生平遇到过的——甚至是我所能想象的——最谦虚的人,而她那种谦虚是发自内心的,非常真诚。通常,谦虚是人们无意识地表现出来的东西;每个人以各自的方式为自己打造一套盔甲,把它穿戴在身上,然后以这副面貌面对世界,希望别人会以为这就是他们的真面目。艾丽斯从不会为她的谦虚感到骄傲;我甚至觉得,她根本就不知道她是个谦虚的人。已经成名的作家总会为他们的地位和未来感到焦虑——说得白一点,他们关心的是如何保住目前的成就——但在艾丽斯身上,我们却丝毫看不到这种焦虑。如今,罹患了阿兹海默氏症,艾丽斯把这一切全都给忘掉了,不过,她目前的失忆状态,倒使我想起她以前对名利的一贯态度:漠然以对。前后的态度竟是如此相似,实在让我觉得有点诡异。成名后,她依旧保持她一贯的低调作风,默默写作,从不跟别人谈论她的作品,从不拿自己的小说跟别人的作品比较,从不阅读书评(甚至根本不想知道批评家对她的作品有什么看法),也从不需要朋友、读者和媒体一再给她加油打气——这可都是其他作家需要的东西,否则他们就会丧失自信心,再也混不下去了。

然而,话说回来,身为"出版过作品的作家",他们所表现出来的这种对身份地位、对外界的鼓励、对感情的正常需要,其实也有它可爱的一面。它所反映出的通常是一种真正的谦虚——作家对自己的写作能力的一种精确、诚实的评估。芭芭拉·皮姆就是这样的一位小说家。我很喜欢她的小说，反复研究，就像我喜欢雷蒙德·钱德勒、福雷斯特、安东尼·鲍威尔和其他一两位小说家的作品。他们的小说令我百读不厌，简直就像上了瘾似的。

我曾向艾丽斯推荐芭芭拉·皮姆的小说。尽管我把皮姆的几部作品摆放在她一眼就看得到的地方，但根据我的观察，她从不曾翻阅这些书。她几乎从不看当代小说，但是，如果一位写作的朋友或朋友的朋友把作品寄给她，征询她的看法，那她一定会认认真真地、一字不漏地把整本书看一遍。读完这样的作品，她的反应通常非常热烈，对它赞美有加；有时，如果我碰巧也读过这本书，我会觉得她的赞美有点过分。我认为，她之所以会有这样的反应，不只是因为她对朋友一向很忠诚，而且也是出于一种无知：她根本就不知道今天的小说是什么样子，因此，读到一本当代小说家的作品时，她会忍不住拍案叫绝，啧啧称奇——其实，说穿了，这位作者只不过是拾人牙慧，模仿时下流行的写作方式而已。据我所知，认识我之前，艾丽斯只阅读（应该说吸收）伟大的古典小说；刚跟她交往的那段日子，我发现她翻来覆去一再拜读陀思妥耶夫斯基和狄更斯的作品，偶尔也看看普鲁斯特①的小说。结婚后，我们养成边吃午餐边看书的习

---

① 普鲁斯特 (1817～1922)，法国小说家，代表作是《追忆似水年华》。

惯:我们手里各自捧着一本书,聚精会神地阅读,但她从不介意我偶尔打断她,跟她讨论我正在阅读、觉得非常有趣的那本书。

她蛮能享受午餐时刻的这种娱乐节目。我迷上芭芭拉·皮姆的那段日子里,有时她会央求我,高声诵读书中的一些滑稽有趣的场景给她听,每次她都会笑得很开心,但我怀疑,那是因为我自己一面朗诵一面哈哈大笑,以至于她不好意思不陪我笑几声。把书中滑稽有趣的情节朗诵给别人听——比如说,朗诵沃德豪斯的作品——可是一件累死人的差事,因为你怎能在这一时片刻间,掌握一段文字的精髓,将它蕴涵的喜感和奇趣完整传达出来呢?但是,跟简·奥斯汀一样,皮姆作品中的一些简短片段,朗诵的效果还是满好的。我和艾丽斯只跟她见过一次面;陪伴她来看我们的朋友,是我以前的一个学生。这次会面很短促,加上英国人不善于跟陌生人交谈,以致于气氛并不很好,但我们对皮姆和陪同她前来的一个姊妹,还是留下非常好的印象。记忆中,她个头很高。后来,我们在她死后出版的日记中发现她寄给作家菲利普·拉金的一封信,觉得非常有意思。信中她说,她觉得她"似乎超越了艾丽斯(当然,只是在身高上而已)"。

芭芭拉·皮姆的谦虚,跟她的自嘲一样真诚,而在这两方面,她的个性和作风都跟艾丽斯迥然不同——这点我们在她的日记中可以看出来。艾丽斯不必时时刻刻提醒自己,她是一位作家,但在芭芭拉的日记中,我们却看到一则非常耐人寻味、非常可爱的记述:她想象自己——显然她常常做这样的白日梦,就像你我——走在街上,被一群可能听说过她的名字的路人盯着;然后她听到一个路人说:"瞧,这就是芭芭拉·皮姆。她可是一位作家哦。"

☆　☆　☆

有一种文坛人物,被德国人尊称为"大师"[1]。这种人身份地位极为崇高,备受徒众膜拜;对此辈而言,谦虚、形象、矫饰这类问题根本就不会发生。这群大师中,有一位我曾经提到过[2]。跟他见面是在我刚认识艾丽斯的时候。那时,我管他叫"汉普斯德怪物"(他的一个女徒弟曾以这类怪物为题材,写过一部小说)。耄耋之年,这位文坛巨擘终于赢得诺贝尔文学奖。他广受各地读者崇敬,尤其是在德国——他以德文和拉汀语[3]写作——尽管小时候他住在曼彻斯特附近,成年后大部分时光在伦敦度过。

我跟大师见过几次面,但只有一回,在文艺界的一场聚会中,我有幸跟他交谈几句。他问我对莎翁名剧《李尔王》的看法。这种问题不容易回答。我在牛津大学"教"这个剧本,但这方面的经验并不能帮助我回答大师的问题。因此,我只好胡诌几句,没想到大师倒很认真聆听,让我不免感到受宠若惊。"您的看法

---

① 德文中的 Dichter,通常译为诗人,但它真正的意思是"大师"。关于 Dichter 一字的精确涵意,本书第三章曾有颇为详尽的讨论,读者可径行参阅。

② 本书第 2 章。

③ 拉汀语 (Ladin) 是瑞士东部葛里森斯州因河流域居民所使用的一种罗曼什方言。

呢？"面对大师那双炯炯有神的目光，沉默了半晌，我终于开腔，请教他老人家对《李尔王》的高见。

大师继续保持缄默。过了好半天，他终于吭声："朋友告诉我，我的作品令人难以忍受。"幸好我知道大师指的是他的长篇小说《幻觉》(Die Blendung)，于是我就赶紧板起脸，严肃地点点头。接着，我们俩又陷入沉默中。"《李尔王》也令人难以忍受！"经过深思熟虑之后，他终于宣布。

我垂下头来。大师的评语，想必是莎翁和他那部杰作迄今为止所获得的最大恭维。我眼前的这个魔法师的确有两手，刹那间，我们那个小角落的肃穆气氛变得令人难以忍受。所幸，就在这当口，一个傲慢自大、但却装出一脸笑容的年轻人闯进来，打断我和大师的交谈，让我大大松了口气。这个小伙子最近写了一本书，探讨现代人的苦闷，评价极佳，畅销一时。

"大师，您对拙作有什么看法呢？"他故作轻松地说。显然，他有充分信心，这位文坛大师肯定拜读过他最近出版的那部杰作。

大师相貌堂堂，见过他的人都会留下深刻的印象。他身材矮胖，乍看活像一个侏儒，但他脖子上那颗头颅却奇大无比，加上一头浓密的黑发，使他整个人看起来像一个腰部被斩断的巨人——德国人管这种人叫 Sitzriese（"坐着的巨人"）。这会儿，他脸上露出慈蔼的笑容，睁起眼睛，抬起头来呆呆望着眼前这个年轻人；显然，他并不了解这小子刚才提出的问题，甚至根本就不知道他究竟在讲什么（尽管大师从小就学英文，讲起英语来比讲德语还要流利)。好一会儿,大伙儿没吭声。年轻人只顾站在一旁等待大师的回答,脸上的表情愈来愈尴尬。

大师终于开腔啦。他的口气充满疑惑,但却十分平稳,丝毫不带嘲讽或刻意强调的意味。"你是不是在问我——我——有没有看过你的作品?"他重复"我"这个代名词,唯一的目的是澄清一个可能发生的误解。也许,这个年轻人以为他在跟一个普通人交谈?接着,双方又陷入沉默中。大师脸上依旧保持着笑容,好一会儿只管抬起头来瞅着眼前这个小伙子。最后,年轻人终于开腔,含含糊糊向大师道个歉,然后悄悄开溜。

我站在一旁观看,对大师的表现既感到万分钦佩,但同时却也觉得无比厌恶。天人交战的结果,厌恶战胜了钦佩——往后在其他场合遇见这个怪物或魔法师,我心里都会有这种感觉。然而,有趣的是,不管面对任何人,他不但能够堆出一脸和蔼可亲的笑容,而且可以同时装出一副羞答答、怯生生的模样儿——这一切,都是为你一个人而做的哦。难怪大家都很崇敬他。第一次见到大师,连我自己都被他迷住了。我悄悄跟随在他身边,看他如何跟其他宾客打交道。我发觉,他对参加聚会的作家、学者和大人物不理不睬,就当他们不存在似的。这种作风迫使别人对他敬而远之。跟那个年轻人接触后,大师独个儿在会场上四处走动,好一副逍遥自适的样子——没人敢主动上前攀谈,而他也不理别人。也许大伙儿决定故意冷落他老人家,给他一点颜色看;果真如此,那么,在大师眼中他们的做法只会显得小气、好笑。我看见他老人家走过去跟另一个小伙子攀谈。这个年轻人孤伶伶站在会场边缘,显然不认识在场的任何人。没多久,老少两个就有说有笑,谈得颇为投契。我悄悄走上前,仔细一瞧,发现这个獐头鼠目、一脸滑稽相的小伙子,竟然是一位经常在 B 级警匪片中出现的演员(那时我最爱看这类电影)。灵机一动,我就以此为话题,上前跟他攀谈。我告诉他,我很欣赏他在银幕上的表演。听我这么一说,他显得很开心,但他告诉我,至今他还没机会扮演黑道大哥;这阵子他一直在演大哥身边的小弟。就在这当口,他的一位刚赶到会场的朋友(看来也是演员)向他打招呼。哥俩一块儿走开去了。大师对这个小伙子似乎很有好感,向我打听他的身份。"偌大的一场聚会,只有这个年轻人言语有点趣味。"他老人家微微一笑,感叹道。

我知道自己也被大师包含在言语无味的人里头,正想找个借口开溜,碰巧,这个时候女主人走过来,把大师带走了。演警匪片的小伙子这时也回到我身旁。他问我,那个模样怪怪的老家伙是谁。"了不起!"他惊叹起来,"这个人挺风趣的。看来他很喜欢我哦。"说着,他竟然兴奋得比手画脚,当场秀一段演技给我观赏。"我们刚才在谈钓鱼的事。我最喜欢钓鱼了——那是我唯一真的嗜好。我不知道他怎么晓得我喜欢钓鱼,可他看起来……"

牛津大学的一位重量级人物以赛亚·伯林,不论在哪一方面都跟这位魔法师式的"大师"形成鲜明的对比——比如说,他待人真的和蔼可亲,一点都不造作——但这两位大人物具有一个共同点:他们几乎能够吸引任何一个人,而他们的诀窍是,不管跟谁交谈,都会表现出浓厚的兴趣和真诚的关心。他曾经告诉我，他喜欢跟无趣的人交谈，而且觉得他们非常有趣。他可没夸张。根据我的观察，凭着他那发自内心的、俄国式的豪情，他很快就能够跟他遇见的每一个人混得很熟，亲热得不得了，不管对方是谁——害羞的教授夫人、世故的宴会女主人、科学家、文人、哲学家或音乐界人士。他的平民作风让某些人觉得很不以为然。这帮人暗示，以赛亚·伯林的名声几乎全都建立在他的社交能力上，而不是因为他的学术成就或独到的学术创见。

伯林最喜欢的作家是俄国传记作家赫尔岑——伯林把他的作品奉为圣经——和小说家屠格涅夫。在风格、气质和个性上，他们都跟伯林很接近，尽管伯林自己从不曾这么说过。至于上面提到的那位"大师"，他的阅读兴趣可就神秘得多（显然这是刻意的）。他会向徒众们宣示，某一个文本是必读之书，但他老人家从不跟大伙儿讨论这本书，也不屑解释他凭什么把这本书捧得那么高。有一回，他以这种神秘兮兮、神谕一般的口吻，要求他的门徒细读《金瓶梅》——17世纪中国的一部冗长、复杂的小说。他的每一个徒弟（包括艾丽斯）赶紧找这部小说的英译本来看，但细读了半天，却没有一个人能够弄清楚《金瓶梅》了不起的地方究竟在哪里。难道说，它是某种知识之钥——就像亨利·詹姆斯所说的"地毯上的图案"——透过这把钥匙，我们可以了解"大师"之所以伟大的原因？赫尔岑和屠格涅夫的作品，跟以赛亚·伯林本人一样的开朗、灿烂、迷人，而《金瓶梅》或"大师"认可的（包括他自己创作的）其他作品，它们了不起的地方又在哪里呢？没有人能够回答这个问题。"神秘"毕竟是魔法师的注册商标。

至少在我看来，艾丽斯的小说是真正的神秘，一如莎士比亚的作品。我从不怀疑她是一位伟大的小说家，尽管在先天个性上，她并不具备，也从不需要群众魅力，而这种魅力是成为一位哲人或魔法师的必备条件。她的小说创造一个新世界，但这个世界本质上是一个寻常的、现实的世界，尽管它经过艺术的处理和升华。这些小说不会成为作者的工具，以达成文学以外的其他目的；它们从不装腔作势、标新立异。它们不会被作者用来蛊惑他的读者。虽然有些读者也许会觉得，某些人物或事件只会出现在艾丽斯·默多克的小说中，但这并不意味，作者是一个特立独行、喜欢搞怪的人。

艾丽斯在这方面所表现的谦卑，显得非常真诚，一点都不造作，不像那些故作谦卑的作家。她从不刻意跟别人保持距离；她信任人，相信他们讲的每一句话，照单全收。我常常被她吓一跳，因为——至少在我看来——她竟然那么容易受骗。她从不觉得有必要"摸清"别人的底细，看透他们的心思，发掘他们的弱点。拿破仑曾说，在仆从心目中，没有一个人是英雄。哲学家黑格尔针对这点评论说，拿破仑的看法没错，但那并不是因为他所说的英雄不是英雄，而是因为他所说的仆从毕竟只是个仆从。狗改不了吃屎。对艾丽斯来说，她遇见的每一个人都可说是英雄，除非他们的所作所为证明他们不是英雄。这辈子，我还没遇见过像艾丽斯那样天生不爱批评别人、不爱吹毛求疵的人。偶尔，私底下她会针对某些人或某个事件作出评论，但这纯属个人的言谈,她从不会公开宣扬。

这样的个性,在学术界和知识分子圈中是那么的罕见,以至于有时我不免怀疑,那些个性比较活泼、天生喜欢讲闲话的人会觉得跟艾丽斯交谈很无聊、没趣,尽管他们继续对她保持尊敬。信教的人,尤其是她的学生,很容易受她吸引,喜欢跟她亲近。但据我所知,她从不跟他们讨论宗教信仰的问题,而他们也不会找她谈这种事情。他们相处的时候,"性灵"仿佛弥漫在周遭的空气中,被视为当然,不需要特别关注。当年,诗人奥登前来牛津大学艾丽斯任教的学院演讲时,她跟他见过一次面。后来,奥登到牛津来住几个月,艾丽斯在不同的场合碰到他。"他喜欢谈祈祷的事。"艾丽斯笑嘻嘻告诉我。我问她,奥登有没有跟她讨论如何祈祷才会获得上帝的响应。她回答:"哦,没有!我们两人平日都不祈祷。但他开玩笑说,如果他祈祷的话,他肯定知道怎么做。"

虽然艾丽斯当年曾经是一位研究柏拉图哲学的学者,而她日后创作的小说中,也弥漫着一股哲学气息,但根据我的观察,柏拉图哲学在她的日常生活中,并未扮演重要的角色,一如任何一种形式的组织化宗教。她和佛教的关系也不例外。透过她的好朋友彼得·康拉德和詹姆士·奥尼尔这两位身体力行的佛教徒,艾丽斯对佛教有相当深的了解。在我看来,"身体力行"这种说法毫无意义,就像你说某人是一位"虔诚的"或"认真的"佛教徒。(有人把艾丽斯这个人跟作家这种行业做某种模拟,让我感到非常讶异:在我看来,把她描述为一位"身体力行的"小说家,或甚至一位"认真的"小说家,实在没什么意义嘛。这使我想起,有人把莎士比亚称为"认真的"戏剧家,这究竟是什么意思呢?)据我所知,艾丽斯从不曾像她那两位朋友彼得和詹姆士那样,从事修行、打坐。她对事物的认知方式跟他们不同,但说来有趣,她一看到他们那只名叫"云儿"的牧羊犬,就立刻喜欢上了它。这是多年前的事了。后来,这只皮毛灰白、眼珠湛蓝的漂亮狗儿,出现在艾丽斯的小说《绿骑士》(*The Green Knight*)中,名字叫阿纳克斯。这部晚年写的小说,是艾丽斯生平作品中的倒数第二部。

艾丽斯以前是(现在依旧是)天生的基督徒——拥有宗教信仰但不隶属任何宗教。她从不曾把艺术当成宗教看待,但是,比起其他形式的性灵产物,包括文学和哲学,绘画作品对她的影响显然更加深远。前文提到,当年蜜月旅行时,我们曾经在意大利小镇圣西波克罗,观览过皮埃罗·弗兰切斯卡的杰作《耶稣复活》①;机缘巧合,五六年后在加拿大,我们遇到了一位深受弗兰切斯卡影响的画家亚历克斯·柯维尔(Alex Colville)。这是我和艾丽斯第一次结伴探访新大陆。(我们结婚后一两年,艾丽斯曾以访问学人身份在耶鲁大学待了一个月——她原本不想一个人去,但到了耶鲁后却觉得很开心,简直乐不思蜀。)直到最近,对艾丽斯来说,访问美国仍然是一件很困难的事,因为美

---

① 参见本书第4章。那时,作者和新婚妻子艾丽斯正在法国和意大利度蜜月。

国有一项法律,严格限制签发入境证给任何一位加入过共产党的人。在牛津大学念书时,艾丽斯曾经是"共青团"团员;第二次世界大战爆发前,她就已经退出英国共产党,但由于她那耿直的个性,在向美国领事馆申请签证时,她不肯仿效她在牛津结识的那群政治朋友,假装忘掉这个事实。结果,美国领事馆发给她单次签证,而且限制她只能从事学术活动。

抵达加拿大后(在这儿艾丽斯的行动不受任何限制),我们发觉,美国的那项法律对我们的行动造成极大的不便。负责接待我们的麦克玛斯特大学早就计划好,派人带我们穿越美加边界,到水牛城参观艾尔布莱特—诺斯美术馆,顺便观赏美国那一边的尼亚加拉大瀑布。这段游览行程,艾丽斯必须放弃,因为回英国时我们计划到芝加哥走一趟。艾丽斯准备在那儿举行的学术会议上,发表一篇哲学论文,顺道参观她向往已久的芝加哥艺术研究所——上次在耶鲁大学担任访问学人,她曾想办法前往华盛顿特区,参观国家画廊。这回,如果她跟随我们前往水牛城,她就会用掉她那珍贵的美国签证,再也去不成芝加哥了。因此,她决定独个儿留在加拿大,让我跟随其他团员进入美国,到水牛城一游。第二天,为了补偿艾丽斯,我们带她去斯特拉特福德镇①参观那儿举行的莎士比亚节。我是大会邀请的嘉宾,准备在节会中发表一场演说,讨论演出的莎翁作品。我们绕道前

---

① 斯特拉特福德是加拿大安大略省东南部一座小镇,城内有一座举世闻名的莎士比亚剧院,每年都会举行莎士比亚节。

往休伦湖一游,痛痛快快在湖里游泳一番。说也奇异,休伦湖的湖水感觉上像海水,但尝起来却丝毫不带盐味。

斯特拉特福德之行,让我们留下深刻印象的倒不是节庆中上演的莎翁名剧,而是我们趁便观赏的一出歌剧《天皇》[①]——这场演出实在精彩,令人难忘。但我们在这趟加拿大之旅所获得的真正启发,却是来自画家亚历克斯·柯维尔的作品。这位个性沉静的艺术家,隐居在新布伦兹维克省圣约翰镇,每年最多只画两幅油画而已。他的作品极为讲究细节和构图,笔触十分精致细腻,而这份精确跟他笔下的人物所呈现的那种宛如雕像的坚实感,恰恰形成尖锐的对比。他的人物气势雄浑,充满神秘意味,一如皮埃罗·弗兰切斯卡笔下的耶稣基督,但却沉浸在现代生活的日常活动中。有如中魔一般,艾丽斯立刻被他们吸引住了。她和柯维尔一见如故。柯维尔拿出他带来的所有画册,请艾丽斯观赏。那时,他受邀参加一场名为"艺术往何处去?"的研讨会——对一般作家和学者来说,参加这类研究会可说是家常便饭,稀松平常,但主办单位却得花费好一番唇舌,才说服柯维尔参加。这类活动固然枯燥乏味,但也还蛮好玩。柯维尔的出现给这场研究会增添一种突如其来的、充满个性的色彩。我和艾丽斯跟他谈得很投契。刹那间,我们整个人融入了他在作品中

---

① 《天皇》(The Mikado)是英国戏剧家兼诗人威廉·吉伯特爵士(公元 1836~1911 年)和作曲家亚瑟·沙利文爵士(公元 1842~1900 年)合作的一出以日本为故事背景的歌剧。

创造的世界——瞧，一个男子(也许是某个女人的丈夫)浑身赤条条，伫立在打开的冰箱前，在朦胧的灯光照射下呆呆望着冰箱里头的东西；瞧，一位表情无比深沉神秘、如同皮耶罗笔下人物的妇女，打开车门，站在门旁让她的子女上车。

我们盼望能够常常见到亚历克斯·柯维尔，跟他畅谈艺术人士，但他很少到欧洲来。有一次，他前往荷兰海牙，修补他的作品《为牛群停车》(Stop for Cows)，途中停留在伦敦跟我们见个面。由于美术馆处理不当，在运送过程中，这幅画的一个角落有一小块油彩被刮破了，馆方出钱请柯维尔前来修补，设法使它恢复原貌。他们显然非常重视这幅作品。它的确是一幅杰作：画中一位身材丰满、脸颊圆润的女郎，转过身子面对一辆迎面驶来、但未在画面中出现的汽车，庄严地举起一只手臂，要求它停下来；她前方是一群黑白两色的奥尔德尼乳牛①和一片辽阔的天空，显示附近就是大海——乳牛背向观者，显露出肥硕的臀部和粗大的尾巴。在某一个层面上，这幅画看起来充满荷兰风情：非常健康，非常肉感，甚至带着些许幽默，让人看了觉得挺温馨的。但它同时也洋溢着一股奇异的、近乎魔幻的气氛，跟表面的现象形成尖锐的对比。柯维尔如何办到这点——他怎样构想和设计一个画面以呈现这样的对比——对我来说永远是个谜团，但是，艾丽斯一看就在内心引起共鸣，觉得这种表现方式非常熟悉。她常坐在书桌前，捧着她那本柯维尔画册，一看

---

① 奥尔德尼乳牛，原产地是英吉利海峡中的奥尔德尼岛，故名。

就是个把钟头。如今罹患了阿兹海默氏症，艾丽斯丧失了专注力，对绘画作品不再感兴趣，但如果我把柯维尔画册翻寻出来，摊开在她眼前，霎时间，她脸上会显露出以往的那种着迷神情。

柯维尔的画作之所以能够吸引艾丽斯，其中一个原因显然是：他从不追求时尚。在我看来，没有一位现代画家像柯维尔那样不屑赶流行，投一般人之所好。就像我们的老朋友、英国画家雷诺兹·斯通以山林为题材的水彩画作，柯维尔的油画独树一帜，根本不在乎社会的反应，尤其是那一小撮自命时髦的人。而这也正是艾丽斯的一贯作风。她从不探究，到底是哪些"要素"使一部作品既叫好又叫座。针对她在小说中呈现的社会场景，你也许可以这么批评：她的社会意识简直就不存在，不仅仅是天真无知而已。艾丽斯的小说世界欠缺人间烟火味。身为小说家，她具备敏锐的眼光，能够洞察人们在现实生活中的行为和反应，然后将观察所得，以细腻的笔触呈现在作品中，但这并不是一种刻意的社会批判。她对人生的感受和认知，跟通达人情世故、熟悉民间疾苦的金斯利·艾米斯①大相径庭，尽管她认识这位小说家和他那个才华横溢的儿子马汀，而且非常喜欢他们父子俩的作品。

像艾丽斯这样超尘脱俗、不食人间烟火的小说家，在现代西方文坛还真少见。直到临死时，托尔斯泰仍然保持他对上流社会的迷恋。自称已经弃绝肉体诱惑的托翁，依旧念念不忘女

---

① 金斯利·艾米斯(1922~)，当代英国小说家。

孩们现在时兴穿什么衣裳、社交界流行哪一种交际舞。现代西方作家中，那些自命清高的道德主义者——那些在社会和政治上表现"正确"的作家——私底下往往跟普鲁斯特笔下的魏尔特杜兰夫人一样爱出风头、恬不知耻。那种传统的、粗糙的势利谄媚，今天也许不流行了，但一般作家还是觉得他们应该顺应时代潮流（这种需求，本身就是民主政治的虚伪所造成的），正如最近兴起的反对猎狐①运动，如今已经流为一种形式，就像猎狐运动本身也曾经流为一种形式。艾丽斯被英王册封为"大英帝国女爵士"时，她的朋友和同辈作家纷纷提出质疑和谴责。他们声称，基于民主政治原则，艾丽斯不应该接受这项荣誉，但我怀疑真正的原因是，他们觉得这种头衔已经落伍了，今天的作家都不屑接受它。艾丽斯才不在乎这项荣誉究竟是不是时髦的玩意儿，对她来说，最重要的是她的母亲为此感到非常开心，而她的好朋友也觉得与有荣焉。

柯维尔在加拿大肯定待得很愉快，因为那儿没有人会骚扰他，更没有人会讥笑他落伍，然而，他却是一位国际知名的艺术家，他的每幅画都以天文数字的价钱卖出。"我喜欢当个乡巴佬。"有一回，他板着脸孔一本正经地告诉艾丽斯，"基于这个理由，我一开始就很喜欢你的作品；现在看到你本人，更觉得跟你

---

① 猎狐，指一大群人骑马，带着几十只猎狐犬猎捕狐狸。这是18世纪以来英国贵族和大地主最热衷的户外活动。生态和环保意识兴起后，猎狐运动遭受愈来愈强烈的质疑和反对。

很投缘。我这样说,你不会介意吧?你和我一样从不想打进伦敦上流社会。你懂我的意思吧?"说这番话的当儿,柯维尔脸上的表情显得那么的滑稽,我忍不住打趣说,当然,只有乡巴佬画家才会在伦敦费雪画廊开画展,也才会投宿在布朗氏饭店——这可是柯维尔亲口告诉我们的事实哦。

事实上,艾丽斯和柯维尔是文艺界少数不想打进上流社会的人。他们两人都不具任何社会意识,更不想藉社会意识捞取任何好处。柯维尔说他是个乡巴佬,那是他跟一位时髦的纽约客和他那个更时髦的妻子——夫妻俩都是艺评家——见面后所引发的自嘲。在那场讨论会上,这一对自命不凡的艺评家态度咄咄逼人,目空一切。散会后,柯维尔悄悄告诉我们,他差点被这两个男女"搞疯了"。于是我们结伴搭便车到汉密尔顿①,在一间酒吧痛痛快快喝几杯。

然而,据我所知,艾丽斯从不曾因为别人的虚夸造作而嫌弃他们。杰克·普里斯特利②常在她面前卖弄学问,态度十分恶劣,但艾丽斯总是面带笑容静静聆听,不置一词。不管普里斯特利费尽多少心机——他的手法既狡猾又笨拙——试图诱使艾丽斯跟他辩论有关柏拉图哲学、宗教、政治或女性主义的问题,艾丽斯也只是响应几句,敷衍一番。普里斯特利管她叫"宝贝"(ducky),她也不以为忤。每次艾丽斯针对他的高论提出理性

---

① 汉密尔顿是加拿大东南部一城市,濒临安大略湖。
② 普里斯特利(1894~1984),当代英国小说家。

的、明智的响应，他就会假装很生气。他常向艾丽斯吹嘘，如果他活在前一个世代（那时，畅销作家赚的版税还不会被国税局抽光），他会出钱赞助一支探险队到南极考察，或在牛津或剑桥成立一个研究所。"剑桥不会感激你的！"他的妻子贾桂妲·霍克斯冷冷地说，"杰克，你相信我好了。"

这是一对看起来并不相配、但却很吸引人的夫妻。他们的婚姻生活看来还挺快乐，让我联想起《仲夏夜之梦》中的泰妲妮亚女王和波托姆。他们两个人，艾丽斯都很喜欢。我跟杰克相处得还不坏，但面对贾桂妲这个女人时，却总是感到一种莫名的敬畏——她总是让我想起一位老先生讲的话：在牛津大学，他们在你面前笑眯眯，背后捅你一刀，在剑桥大学，他们板着脸孔帮你的忙。贾桂妲不会板着面孔，不过她脸上那副笑容固然友善，但总让人觉得有点冷冰冰。她父亲是一位杰出的生物学家，曾在剑桥任教，这个女儿得自他的科学遗传，能够以一种科学家式的冷静，向别人倾吐心事。她曾告诉我，有一回，她从剑桥大学一栋楼房的窗口跳出去，试图以此要挟她那个傲慢自大的男朋友，结果却弄伤了自己的子宫。又有一回，她对我说："你蛮有女人缘的哦！"听她的口气，仿佛她告诉我的是一个连最要好的朋友也不会跟我讲的机密。这样我心里感到很不安。为了补偿，在另一个场合她以同样超然、冷静的口气和态度告诉我说，艾丽斯是她唯一不会嫉妒的女人，因为她不必担心艾丽斯会勾引她老公杰克。刹那间，泰妲妮亚女王变成了一个感情脆弱、人性十足的女人。

Elegy for Iris

杰克的虚浮夸张口气和态度,隐藏类似的脆弱。有一回,他带着无限向往的神情,问我认不认识"英国学院"的人。他想知道,他怎样才能够成为一位院士。我说我不清楚,但他一口咬定,身为学术界人士我应该知道这些事情。又有一回,他告诉我,只要他能够像伊夫林·沃①那样居住在上流社会,跟时髦人士交往,他愿意付出任何代价。说来诡异,在他心目中,只要置身在"上流社会",你对英国社会、政治和女性主义就会有正确的看法。杰克确实有能力处理这些议题;他会受到他们的重视,但若想让他们把他当作自己人,他就必须打入上流社会,成为他们的一分子。这种想法让我感到迷惑、不安,而我猜艾丽斯也有同样的感觉,尽管她从不曾显露出来。她懂得如何应付杰克这种人,她只跟他谈论他对人生的看法。每次一触及这个话题,他就会打开话匣子,滔滔不绝讲个没完没了。艾丽斯有一项独门绝活:她懂得如何诱导对方谈论他们的事情,而她却从不跟别人谈她自己的事情。记得,一位前来访问她的记者曾经抱怨,一场访谈下来,艾丽斯把他的底细摸得清清楚楚,而他对艾丽斯·默多克这位小说家的内心世界却依旧一无所知。

　　艾丽斯对杰克·普里斯特利的敬爱,一如女儿对父亲。他过世后,艾丽斯一直很怀念他老人家。

　　她对杰克的敬爱与日俱增,但她有时也会跟陌生人一见如

---

①　伊夫林·沃(1903~1966),当代英国小说家及传记作家。

故,立刻成为朋友。尽管得了阿兹海默氏症,这样的个性直到今天仍然保持着。前些天,一位修道士从爱尔兰一所修道院打电话到我们家。他一直非常欣赏艾丽斯的作品,曾经跟她通过信(艾丽斯得病后,她跟读者的书信往返转而由我处理)。这位修道士说,他即将从利默里克①动身,到英格兰接一位同道到爱尔兰,想顺道探访艾丽斯。这位修道士个头很高,身上穿着一套深色西装,举止温文儒雅,带着一股难以形容的气质,让人联想起那些平日经常出入上流社会、结交权贵的僧侣。(一看见他,我就想到托尔斯泰、杰克·普里斯特利和伊芙琳·沃!)他告诉我们,艾伯康公爵夫人向我们问好。她似乎还记得,我跟她在某地举行的"普希金节"上曾经见过一次面。

初见面时难免有点尴尬,可是一等到艾丽斯和这位身材高大的修道士坐下来,气氛骤然间改变了。宾主相谈甚欢——艾丽斯讲话虽然结结巴巴,支离破碎,但修道士一听就明白她到底想说什么。每次交谈中断时,他都会利用职业性的慈蔼笑容填补这个空白。但他脸上的神情看起来真的改变了;过了一会,艾丽斯脸上的神情也跟着改变了。见面没多久,修道士就跟艾丽斯谈起他的童年来。他告诉艾丽斯,当初他为什么会决定加入修道会,接着向她说明,他打算在格连斯达尔修道院定期举办研讨会,专门讨论艾丽斯·默多克的作品。他宣称,当初是在艾丽斯的两部小说《圣经与修士团》(*The Book and the*

---

① 利默里克,爱尔兰西南的一个郡。

Brotherhood）和《好学徒》(*The Good Apprentice*) 感召下，他们才决定成立格连斯达尔修道院。根据他的说法，艾丽斯的作品也深深影响这所修道院的运营方式。修道士这番话，让艾丽斯听得一脸茫然。也许，她察觉到，修道士的谈话带着爱尔兰人讲话时惯有的夸张；也许，她搞不清楚，修道士提到的两部小说究竟是什么东西。但她没有探询，只是一再问他——已经问过三四次了——现在他居住在什么地方？在哪里出生？有没有去过都柏林？

融洽的气氛维持不了多久。很快的，修道士的热诚开始冷却下来，尽管他脸上依旧流露出一般神职人员惯常带着的亲切笑容。艾丽斯也渐渐沉默下来，脸上又出现茫然的神情；这会儿，她只管睁着眼睛，呆呆望着眼前这位身材颀长、相貌英俊、身上穿着很不相称的城市服装的教士。经验丰富的修道士一看艾丽斯脸上的表情，就知道现在应该告辞了，于是他霍地站起身来，祝福艾丽斯，转身走出门口。这次前来英国，他一路开着厢型车从爱尔兰利默里克郡出发，渡过海峡，经由霍利黑德镇①抵达威尔斯，然后横越威尔斯，驱车直奔牛津。这会儿，他那辆小厢型车就停放在我们家门前马路边。我告诉他，当年我和艾丽斯曾经开着这款汽车环游爱尔兰一周，但他似乎不感兴趣。我看得出来，这位修道士已经摸清我的分量和底细，不屑再跟

----

① 霍利黑德镇是威尔斯西北方圣岛上的一个港口，隔着海峡与爱尔兰遥遥相望。

我这种读书人打交道——这倒不是因为他比我聪明,而是因为经验告诉他,读书人其实都很愚蠢,对人生最重大的课题反应非常迟钝。现在,他得开车去接他那位本笃会同道。临别时我告诉他,我听说本笃会修道士非常有学问。"你最好别相信哦!"他哈哈大笑,脸上流露出轻蔑的神色,让我感到羞愧不已。

回到屋里,我发现艾丽斯的神态又变得轻松活泼起来——显然,修道士的来访让她相当开心。她知道这位访客是爱尔兰人,但搞不清楚他到底是干啥的。我试图提醒她,若干年前,她曾在都柏林城外那间规模庞大的天主教神学院"梅努斯"演讲。那时,北爱尔兰动乱正值高潮。在演讲会中,主持人提到被英国政府拘留的爱尔兰共和军(IRA)成员——在南方的爱尔兰共和国,人们把这群政治犯称为"身系牢笼的同胞"。当着艾丽斯的面,主持人以夸张的语气问道:"我们永远跟身系牢笼的同胞站在一起,不是吗?"在座的教士们纷纷点头表示同意。听主持人这么一说,艾丽斯顿时气得满脸涨红。后来她告诉我,她差点控制不了自己的情绪,当场做出失礼的事情来。我猜,这群天主教神职人员做梦也没想到,短短一句话竟然会在艾丽斯心中激起这么强烈的反应;他们以为,就像伦敦那帮知识分子,艾丽斯对爱尔兰统一的问题,应该会采取"正确"的、顺应时代潮流的立场。不料,艾丽斯根本不吃这一套。每次一谈起这个敏感的政治议题,艾丽斯的祖先——他们是一群居住在北爱尔兰的基督教长老会信徒——就会通过隔代遗传的方式,操控艾丽斯的心灵,促使她做出激烈的反应。

以前，我常向艾丽斯提起打字员在她一篇文章中打错的字，逗逗她。这位打字员不太会辨认艾丽斯的字体，因此，看到文章中出现 reason（理智）这个字时，她就自作主张，打它打成 Pearson（皮尔逊），以为这是艾丽斯经常提的一位哲学家的姓氏。如此一来，艾丽斯这篇大作中就出现许多奇怪的句子："皮尔逊要求……"、"一如皮尔逊所显示的……"等等。从此，皮尔逊这位仁兄就变成了我们夫妻俩私底下交谈时经常出现的人物。然而，每次跟朋友谈起北爱尔兰的前途，艾丽斯就会把皮尔逊（理智）抛诸脑后。她会尽力克制自己的情绪，保持缄默，但撑到最后她总会忍不住爆发出来。有一回，我试图充当和事老，调解双方的争执；于是我就以戏谑的口吻谈起皮尔逊这位仁兄，意思是要艾丽斯保持理智。不料，艾丽斯却板起脸孔把我训斥一顿，要我闭嘴。她引述休谟①的名言："理智应该为激情服务。"一句话封住了我的嘴巴。可是在别的场合，她却从不曾提到休谟的这个观点。

其实，艾丽斯平常的书写字体并不那么难辨认；事实上她的字写得蛮漂亮，别具一格。以前，居住在阿斯顿尖塔村的那段日子里，每天早晨，我常趁着帮她倒咖啡时，走进她的房间，看她在一张张活页纸上书写不停。有时她写字的速度会突然加快，以至于字迹变得十分潦草，让打字员难以解读。手稿完成后，得用打字机誊一遍。这份工作通常是 Chatto 出版社常务董

---

① 休谟（1711～1776），苏格兰哲学家及历史学家。

事诺拉·史莫尔伍德安排的。诺拉是有名的小气财神，但对待艾丽斯却非常宽厚、体恤，简直就像慈母一般。诺拉没有孩子。她平日对待手下那群年轻的女职员虽然很严厉，但每次她们遇到困难或被她骂哭，她就会像母亲一样哄慰她们，帮她们解决困难。

每次我端着咖啡走进她的房间，正在写作的艾丽斯总会停下笔来跟我聊聊天，似乎并不在意我打断她的思路。我可没这种能耐和器量。躺在床上打字时，如果有人闯进来，我的思路就会即刻被打断，好不容易才构思好的文句就会乱成一团，只好重新来过，但有时会忘掉刚才想好的句子。因此，每次艾丽斯把头伸进我的房门，问我一些琐事时，我就会忍不住扯起嗓门，向她咆哮一番，但艾丽斯却一点都不在乎——她笑眯眯站在门口，温柔地哄慰我，然后蹑手蹑脚离开。患阿兹海默氏症后，艾丽斯总是一天到晚跟在我屁股后面，寸步不离，如影随形，生怕我把她甩掉似的；每次躺在床上看书，一抬头，我就会看见她站在房门口瞅着我。

她得病前，有一次我站在她身旁看她写作，抬头一望，看见一只狐狸漫步走过我们家门前的草坪。我伸出手来，指给艾丽斯看。她看到这只野生动物，感到十分开心，尽管这群狐狸经常在我们面前出现，跟我们亲近得就像一家人似的——它们就住在我们那座野草丛生的花园的一个角落，可说是这儿的老房客，就像当初栖息在我们屋子里的那群老鼠。我们邻居饲养的那些猫儿，也常来我们家串门子。这会儿，我们看见一只猫走过草坪。几秒钟后，我们就听到一阵刺耳的尖叫声。望出窗外，我们看见那只狐狸绕着猫儿蹦跳，猫儿转过身子面对它，一面尖叫，一面吐口水。最初，我们看不出狐狸究竟打什么主意——准备发动攻击，把猫儿活活吞进肚子里，或者只是陪猫儿玩玩（我们会这么想，因为狐狸在猫儿身旁跳着跳着会突然停下来，躺在地上，把它的嘴巴和鼻子放在两只前爪之间）。最后，狐狸似乎玩累了，懒洋洋走开去，不再理睬猫儿。双方展开对峙之际，我费尽唇舌，才说服艾丽斯不要冲下楼去——她本想跑到狐狸和猫儿中间，阻止它们打架，就像当年萨宾族妇人①站在她们的罗马丈夫和萨宾亲人中间，不让他们发生冲突。兴致勃勃，我很想知道这场对峙最后究竟如何收场，尽管艾丽斯心急如焚，一个劲儿催促我："哦，赶快去把它们俩分开来！我们一定要阻止它们互相残杀。"

艾丽斯天性爱好和平——她不愿看到动物互相残杀，就像她讨厌杀生的人。有一回，本地的猎人在我们家附近的田野捕杀一只狐狸。艾丽斯听到这个消息，怒不可遏，立刻跑到田野上，当面训斥那位彬彬有礼、满脸迷惑的猎人。这位老兄坐在马背上，一个劲儿向艾丽斯道歉："哦，默多克小姐，非常对不起！可是，您当初不是赞成我们猎狐吗？"这话没错。艾丽斯并不反对把猎狐当作一种乡间娱乐活动，但如果你捕杀的是她的狐狸

---

① 萨宾人，是居住在意大利中部亚平宁山区的古代民族，公元前290年被罗马征服。

（她确定那是她的狐狸，因为它是在我们家附近被杀的），而这只狐狸又是她从小看着长大的，那么，对不起，这下她可就要大发雷霆、兴师问罪了。如果你蹑手蹑脚，悄悄走近我们花园中那堵石墙旁的隐秘角落——那儿丛生着野蔷薇和接骨木，中间隆起一座座神秘的小土墩——你常会看到一张小脸探伸出来，睁着两只迷蒙的淡蓝眼睛，静静打量你。一只母狐狸每年总会生下五六个孩子。

艾丽斯把这群狐狸看成我们这个家庭的成员。对我来说，如同以前在我们屋子里居住过的那群老鼠，花园里的狐群是一个信号，它提醒我们，这个地方并不属于我们所有——我和艾丽斯是在它们默许下才得以居住在这里的。这点，艾丽斯倒是看得很开。反正她常常出门，到伦敦访友或探望母亲。在她心目中，财产乃是身外之物，不足挂怀。有一回她告诉我，她不会把财物看得比自己的生命还重要。我懂得她的意思，但却也知道她讲的并不全然是事实。有一些东西是她心爱的，就像心肝宝贝一般，比如她收集的那些石头、玫瑰花瓣和图画，但说也奇怪，她却从不曾照料它们、擦拭它们，把它们弄干净，就像勤劳的家庭主妇每天都会擦拭家中的银器和瓷器。她的要求很简单：让它们存放在屋子里，别把它们拿走或扔掉。结果，整栋房子看起来脏兮兮，就像被人遗弃似的，一如我们在伦敦的南肯辛顿区买的那张小小的坐垫。那时我们刚替艾丽斯的母亲找到一位室友。这一来，她老人家住在伦敦公寓里，就不必担心没人照顾了。

每次坐在这张伦敦垫子上，我就会感到浑身不自在，就像居住在阿斯顿尖塔村这栋房子里，经过那么多年，我还是觉得不习惯——但说也奇怪，每次艾丽斯出门，我一个人待在家里就会感到自在些，开始有一点家的感觉。1980年，艾丽斯跟随一个阵容强大的英国代表团前往中国，晋见中国共产党最高领导人邓小平。我趁着她不在家，开始认真打扫房子。那时学校正好放假，我不必到牛津大学教书。于是，每天早晨我专心研究莎士比亚，下午打扫和清理房屋。一时间，仿佛又回复了单身汉的生涯。每天我兴致勃勃过日子，因为我知道这样的生活不会永远持续下去。

　　从中国回来，看见房子被我打扫得焕然一新，艾丽斯深受感动。我猜她也感到些许愧疚吧，因为她以为我喜欢这样的家庭生活。她可想错啦。事实上，我根本弄不清楚我心中想要的究竟是怎样的生活；只要她待在家里，陪伴在我身边，我就感到满足了。只是，由于她对居住的地方缺少一种认同感，她在家的时候，我并没有很强烈的家的感觉。她的小说——她笔耕不辍创造的世界——才是她真正居住的地方。就这样，趁着老婆出门，重温短暂的单身汉生涯后，我又心满意足地回归到那懒洋洋、邋里邋遢的婚姻生活中。

　　不过话说回来，艾丽斯还是蛮喜欢我们居住的这栋名为"香柏居"的房子——甚至比我还要喜欢——只是她爱它的方式跟我不同。我们搬走后，她拒绝再回到那儿（我倒很想再回去凭吊一番，以满足我的某种近乎病态的心理需求）。在内心深处,她把香柏居当成她的"卡米洛"①。当初就在这栋房子里,她憧憬未来的婚姻生活:她总是幻想一群野獾闯进屋子里,把她吓一跳,慌忙跑出来告诉下班回家的丈夫。也许,这就是她对婚姻生活唯一的憧憬和期许吧。这份憧憬随着香柏居的出售消散后,她就不想再回去了。有一回,我逗她说,闯进屋子里来的并不是野獾,而是狐狸,但她说两者根本不能相提并论。说来诡异,以前有一次我真的曾经在那儿看见过一只活生生的野獾,尽管我怀疑,莫非我一时眼花,看错了。那是一只苍老邋遢的动物,但显然是一只野獾。那时我正坐在山坡下的草堆里,它拖着脚步,慢吞吞走过我面前,好像是迷了路,不愿让人察觉似的。一般说来,野獾是一种夜行动物,只在晚上出来活动。

我告诉艾丽斯,我遇见了一只活生生的野獾,但她的反应并不很热烈。她对动物的情感毕竟是柏拉图式的——她在意的是观念,而不是动物本身。前阵子,幽浮事件喧腾一时,艾丽斯立刻宣称,她相信外星人的飞碟确实曾经造访地球。同时,她也相信"尼斯湖水怪"②确实存在。但在我看来,它只不过是英国新闻媒体炒热的玩意儿（甚至很可能是记者们捏造出来的）。据说,它栖息在深不可测的湖底,偶尔钻出水面,让本地猎人和运气够好的游客观赏一番。有一回,我们到苏格兰高地探访朋友

① 卡米洛,是传说中英国亚瑟王宫廷所在的都城。圆桌武士在这儿聚集,发展出一连串可歌可泣的传奇故事。
② 尼斯湖,位于苏格兰西北方。传说湖中居住着一只类似古生物蛇颈龙的水栖动物,体型十分庞大。当地人管它叫"尼斯湖水怪"。

Elegy for Iris

约翰和佩西·葛瑞格夫妇。艾丽斯不听我劝导，在湖畔石南丛中一坐就是好几个钟头，只顾呆呆瞪着湖面。虽然白等了一整天，但她并没感到很失望。

从小，我就很喜欢潜水艇和飞机，但从不曾为它们着迷过。有一回，艾丽斯替我订购一套杂志丛书，里头刊载有关两次世界大战的文章，附有大量图片，介绍战场上使用的各式潜水艇和飞机。她自己从不阅读这类书籍，但她喜欢坐在一旁，看我翻阅我的"飞机书"（这是我们对这套丛书的称呼），然后央求我为她解说一番。那时，她迷上的是比利时漫画家埃尔热创造的人物丁丁——趾高气扬、自信满满的比利时"少年记者"。埃尔热在报纸上连载的漫画充满现实色彩，反映当代社会风貌，让人联想起早期佛兰德画家们的作品①。把《丁丁历险记》推荐给艾丽斯的人，就是曾经教她烹调雅典名菜的那位希腊朋友②。我们俩一看就迷上了。吸引我们的是漫画中的法文对白——机锋毕露，一针见血，但不容易翻译成恰当的英文。在丁丁漫画集中，我学到很多法文，尤其是现在已经不流行的成语；一有机会，我和艾丽斯就把这些法国成语搬出来，卖弄一番。记得，在这套漫画里，有一回那帮坏人雇用蛙人，把一枚水雷粘贴在好人搭乘的那艘轮船的船身上。蛙人正在装置这玩意的时候，一只铁锚

---

① 佛兰德人，是讲法兰德斯语的比利时人。佛兰德以前是欧洲一个国家，位于北海沿岸，现在分属比利时和法国。

② 参见本书第 5 章。

正巧抛落下来，打在他头顶上，把他和水雷一齐推送到海底。"Fichu métier!"他戴着潜水面具，感叹一声。这句充满哲学意味的法文十分简洁有力，就像诗一般，无法翻译成另一种语言。

艾丽斯曾以读者身份写一封信给埃尔热。回信中，埃尔热提到他即将前往伦敦，在汉姆莱玩具店为读者签名。(这间店铺原本坐落在摄政街中段，现在已经搬走了。)那天我们特地赶去跟埃尔热见面。艾丽斯跟这位伟大漫画家相谈甚欢。她告诉埃尔热，战后她曾经在布鲁塞尔"联合国善后救济总署"(UNRRA)工作。这件事，她从没告诉过别人。埃尔热身材瘦长，配上一头淡褐色的头发，乍看就像一位童子军队长(这是我和艾丽斯对他的共同印象)。他的英语讲得挺好的。在埃尔热漫画中，少年记者丁丁有一个年纪比他大些、平日喜欢喝两杯的好朋友阿道克上尉。这使得艾丽斯相信，他们的创造者埃尔热肯定是一个"同志"。在我看来，这只是艾丽斯个人一厢情愿的想法，因为她对同性恋男人有一种奇特的、浪漫的憧憬，有时难免会看错人。我怀疑，这回她对《丁丁历险记》的作者，可是看走了眼。果然，最近我偶然在报纸上看到一则讣闻，里头提到，埃尔热生前婚姻生活美满，而且他本人还是个挺有女人缘的男人呢。

我永远记得跟埃尔热相见的日子，因为就在这一天我们买了一台留声机。当然，那时我们家还没有电视，而直到好几年后我们才购置一架收音机。我们购买的第一张LP唱片①，是俄国

---

① LP(long-playing)是一种每分钟33⅓回转的长时间演奏唱片。

作曲家穆索尔斯基所作的、对我们来说相当陌生的曲子《图画展览会》。直到今天,每次在收音机上听到这首曲子(我们那台留声机和那张LP唱片早就遗失了),我就会回味第一次跟艾丽斯聆听时的那种心移神驰、欣喜若狂的感觉。那天黄昏,我们一边吃意大利面、喝红酒,一边欣赏"基辅大门"这个乐章,情调美好极了。有时,音乐和食物会交互激荡,产生和谐的共鸣。后来我们开始收集成套的LP唱片,大部分是苏格兰和爱尔兰民谣,加上早期的"披头士"。我们俩常聚在一块,合唱一首我们自己想象出来的流行歌曲——它的歌词不知怎的突然从我嘴里冒出来。它的最早版本是这样的:

水鸟,水鸟,我爱你;
水鸟,水鸟,呼呼呼。

我猜,是那群在我们家池塘上出没的红松鸡发出的低沉啼叫声,激发我们的灵感,促使我们创作这首曲子。后来艾丽斯把它(我指的是这首歌,而不是池塘)整理一番,收录在她的一部小说中。

家里有了收音机后,我们常收听一出名为《阿契家族》的广播剧。这出愈演愈旺、欲罢不能的肥皂剧,每天在中午1点40分播出。那正好是我们的午餐时间。我们俩都放下书本,竖起耳朵聆听。然后,我们就开始讨论剧中人物和他们的冒险经历(有时剧情实在乏善可陈,但我们还是会兴致勃勃讨论一番)。我喜欢这出戏描写的浪漫爱情,而艾丽斯则迷上了剧中那帮坏人——说也奇怪，在这出连续剧里，坏人讲起英文来总是带着纯正的英国广播公司(BBC)腔调，而好人嘴里说出来的，却往往是南腔北调的乡下方言。今天，《阿契家族》还在播出，但我没兴趣收听了，因为自从艾丽斯患上阿兹海默氏症后，她再也不能陪我一块儿收听了；她弄不清楚剧中人物的身份和关系，也搞不懂他们到底在干啥。她最迷收音机广播的时候，是在好几年前。那时，每天傍晚从5点到6点，英国广播公司国内部(现在名称已经改变了)播出一出漫长的广播剧。艾丽斯最喜欢的那一出，名叫《恐怖之家》，女主角是一位身材苗条、头发乌黑的年轻姑娘玛丽·麦卡斯凯贝尔。也许，女主角的姓氏让艾丽斯怀想起她的故乡北爱尔兰。每天黄昏，她一定会坐在收音机旁，聚精会神地聆听剧情的发展，每次都听得毛骨悚然，胆战心惊。我喜欢坐在一旁，观看她脸上的表情。

我常在想，身为小说家，艾丽斯的创作心灵究竟是如何运作的。这是个非常耐人寻味的问题。对所谓的"高深文学"，她似乎不怎么感兴趣，尽管她很喜欢看狄更斯、陀思妥耶夫斯基、卡夫卡这一类小说家的作品。但她最迷的还是那些简单易懂、能够吸引普罗大众的故事。这些故事一旦进入她的心灵，不知不觉间就会蜕变成某种创作素材，供艾丽斯写作小说时使用。但说来有趣，艾丽斯从不阅读以书籍形式出版的通俗小说；她总是透过收音机，聆听这类故事。这使我想起，陀思妥耶夫斯基平日喜欢阅读报纸上的社会新闻；那一则则阴森可怕、令人毛骨悚然的报道，到头来，总会以某种形式出现在他的小说中。

7. 在荒芜的花园里

　　我总觉得香柏居这栋房子以某种方式要求我们搬走。那是将近 15 年前的事了。住在那儿的时候，我们曾经进行过好几次整修，其中规模最大的一次，是将一座内墙打掉，然后把那座狭窄阴暗的楼梯的下半截改建成宽阔的台阶——也许太过宽阔了——直接通到底下的厅堂。年轻的营建商派默尔先生带着他的助手，颤颤巍巍站在梯子上，试图把一根巨大的钢梁架设在新砌的方柱顶端。由于当初计算错误，这根钢梁表面上看起来虽然够庞大，但长度只够勉强跨越两座砖柱之间的差距。架设完成后，派默尔先生在钢梁上涂抹一层油漆和灰泥。往后，每次走下楼梯，我都会胆战心惊地抬起头来，望着头顶上的那根钢梁，担心它会突然坍塌下来，压在我们身上，就像当年参孙①把神殿的柱子推倒，压死非力士人。

　　多年后的今天，钢梁仍然好好地架设在楼梯上方，而香柏居的房子也依旧矗立在阿斯顿尖塔村。看来，当初派默尔先生

――――――

　　① 参孙是《圣经·旧约全书》中一位力大无比的勇士，为以色列士师之一。据说，他被爱人大利拉蒙骗，变成盲人，落入非力士人手中，受尽折磨。

向我作出的保证，并不是信口雌黄。不过，我总觉得，香柏居的守护灵不喜欢这种激烈的变更。改建后，这栋房子并不如我们预期的变得更加坚实、宽敞，反而让我们觉得冷飕飕，因为楼下新建的厅堂实在太宽阔，冬天保暖更加不容易。我们搬走后，新屋主又把整栋房子彻底整修一番，花了不少钱，把它改造成一幢豪宅，让它出现在《家园》(House and Garden)杂志上，着实出了一阵子风头。然而，就像人类一样，房子会丧失原有的个性，但一时间却又来不及形成新的个性。难怪，搬走后艾丽斯就不想再回香柏居，看这栋房子一眼。

住在香柏居的时候，我很想为艾丽斯建造一个水池，让她四季都能游泳，或至少让她有个地方玩玩水。于是我跟派默尔先生商量，在花园那间荒废的温室里建造一座游泳池。这个池子小得可怜，只有数英尺见方，但深达 5 英尺，足够让一个人在里头划个两三下。我们用合成树脂材料，给这座游泳池搭建一座顶篷，注满水后，我们就用屋顶流下的雨水让它永远保持盈满。褐色的池水渐渐变得清澈起来，散发出河流的气味；混凝土打造的池壁摸起来光溜溜、粘答答，感觉挺好。雨水特有的那种清柔，是你在寻常游泳池感受不到的，而且，它经常保持纯净，让人惊喜。这座游泳池从不曾使用清洁剂。我把几条小鱼——绿色的丁鱼和鲤鱼——放进池里饲养，看见它们在阴暗的池底游来游去，似乎很开心。游泳池四周，环绕着一间间荒废的、但却长满绿油油植物的温室。酷暑天，在这儿泡水简直就像神仙一般快活。朋友们把这个伊甸园般的池塘称为"艾丽斯的水坑"。

为了让艾丽斯一年四季都能够在这儿游泳，我想出了一个会让电机工人心惊肉跳、头皮发麻的点子。(所以我没雇用电工，自己动手安装这玩意。)游泳池所在的那间温室原本就装有电线，跟一些老旧的暖气管连接，由于插座并未损坏，还可以使用，我就在这儿安装几台专门供家庭锅炉使用的浸入式加热器。我把它放置在池底。激活时，它就会冒出一颗颗水泡来，穿过褐色的池水浮现在池面上。我在池畔树立一座告示牌，上面画着骷髅圆形，提醒使用游泳池的人，下水前切记先关掉电源。这个基本的防范措施显然是多余的，因为没有人会笨到把一根手指头伸入电壶，存心把自己电死，而我装置的这几台电热器，一看就知道是浸泡式的，只有在水中才能运转。电缆倒是可能出问题。我可不愿看到艾丽斯的身体漂浮在池面上，昏迷不醒，但她似乎并未察觉到这些危险，每次都兴高采烈地跳入池中，游得很开心。加热器每次激活时，我都会待在池畔看着艾丽斯，以防万一。

就像我的许多伟大创见和发明，这一项装置也注定维持不了多久。它的确运作得很好，但艾丽斯的关节炎却变得愈来愈严重(说来不可思议，它现在却好多了)，因此，她实在不想冒着严寒，走到已经加热的游泳池。不论如何，它注定成为我在香柏居实施的最后一项整修和改善工程。往后，我就撒手不管了，任由它颓败下去。每次我展开一项修缮工程，艾丽斯就会给我加油打气，但我知道她并不真的关心。香柏居和它的花园从不曾出现在艾丽斯的作品里。也许，她对这栋房子太熟悉了，反而无

在荒芜的花园里　　197.

法让它进入她的想象世界。

屋前草坪上的草长得愈来愈高,四处丛生,但我现在也懒得去割它。刚搬来时,屋前那一排黄杨木修剪得十分整齐、清爽,而今却长得十分高大,枝叶芜蔓,几乎遮盖住我们这栋房子的门面。香柏居坐南朝北,屋前终年阴凉,屋后倒是阳光普照,景致优美得多(我们就是从那边走下去,进入花园)。"别管它,随它去吧!"这是我们以前只在潜意识里奉行的人生哲学,现在却变成了一股公开的、积极主导我们生活的力量。香柏居似乎正在等待它的下一任房客——它总是慈蔼地、不慌不忙地守候他们的来临。它已经以某种方式向我们表明,我和艾丽斯并不适合住在这个地方。我们不是牛津郡的居民,更不是乡下老百姓。我们也不属于新近崛起、充满朝气和活力的一个族群:那些在伦敦或伯明翰上班、周末才回到村子里整理庭园的通勤族。

尽管如此,香柏居还是有很多值得我们怀念的地方。记得,池畔曾经聚居着一群翠鸟。有一天,我走进园中一看,只见一群刚出生的小翠鸟穿梭在柳树间,扯起细嫩的嗓门,尖叫不停,它们那翠绿和朱红色的身子出没在柳丛中,乍看就像一群小精灵。看来,它们刚从满布鱼骨头的坑洞中爬出来(它们是在那儿出生的),现在还没学会飞翔呢。另一回,二月的某一天,天气就像夏季一般闷热,我们看见几只黑白两色的啄木鸟在树身上钻洞,准备筑巢。那株树距离我们的客厅窗子,只不过数码之遥。

记忆固然美好,但我们终究还是必须离开。记得,当年苏格兰女王玛丽①被斩首前告诉她的侍女们：现在该走啦。我们不妨想象这个场景：玛丽女王举起她那只包裹在黑色衣袖里的胳臂，看看手表，喃喃自语：我们可不能让伊丽莎白女王和她的刽子手等候太久哦。(这当然只是一种时空错乱的幻想，不能当真。)对我和艾丽斯来说，当时也该走了，但我们不知道要上哪儿去。在乡下另找一间房子？这个问题毫无意义，因为我们早已经体验过美好的乡间生活了。那么，搬回牛津去吧？看来我们没有其他的选择。我仍旧在牛津大学教书。那时，艾丽斯正在展开迄今为止她所从事过的最漫长、最艰辛的一项工作——担任爱丁堡大学神学与哲学系吉福德讲座教授。后来，她把这些讲稿结集出版，书名为《形而上学为道德之纲领》(*Metaphysics as a Guide to Morals*)。

　　如今回想起来，约莫就在这个时候，我们似乎变成了"缺席者"，经常逗留在外，不住在自己家里，就像《樱桃园》②里的那群寓公。这帮人长年居住在德国的度假胜地，对祖国俄罗斯的家园怀着深沉、浓郁的乡愁。对我和艾丽斯来说，香柏居依旧是我们的家，但我们待在那儿的时候却愈来愈少了。不知不觉间，我们愈来愈喜欢待在朋友家里，而他们似乎把我们看成两个迷

----

　　① 玛丽·斯图亚特 (Mary Stuart，1542~1587)，苏格兰女王，1542~1567 年间在位，因图谋刺杀英格兰女王伊丽莎白一世被斩首处死。
　　② 《樱桃园》(*The Cherry Orchard*) 是俄国剧作家安东·契诃夫 (Anton Chekhov，1860~1904) 的作品。

途的、无家可归的流浪儿，需要的是一个家，而不是一个收容所。就这样，我们常常到克兰邦村跟我以前的导师——后来成为我的同学——大卫·西塞尔共度周末。他的妻子雷切尔前不久才过世。（我的第一部小说就是献给她的。）我们的朋友珍尼特·斯通当时丈夫才刚过世，一个人居住在索尔兹伯里①教堂围墙外河畔一条老街上。她常去探访大卫，与他共进下午茶。从她家那座小小的花园，我们可以走进河中洗澡。一座古老的石桥横亘在我们头顶上——公路穿过这座桥梁，一直延伸到索尔兹伯里平原，经过索尔兹伯里大教堂，抵达海滨。我对这座鼎鼎有名的大教堂并不怎么感兴趣，但不知怎的，它总是让我想起哈代那篇令人难忘的小说《在西部巡回法庭上》②。艾丽斯患阿兹海默氏症后，每次心情寥落，我又会回味起哈代在这篇作品中讲述的故事。

珍尼特家客厅的窗口面对埃文河。我和艾丽斯常站在窗前，喂那成群出没在河中的大鹬、野鸭和天鹅。我们在河里洗澡时，珍尼特总会站在窗前观看，她那张美丽端庄的脸庞虽然显得安详宁静，但却也不时流露出一股哀愁。丈夫雷诺兹的猝逝，让她哀痛不已，而我猜她一辈子也忘不了以前居住的里顿·契尼村，以及那间坐落在杜塞特山脚下、他们夫妻俩共度过无数

---

① 索尔兹伯里 (Salisbury) 是英格兰南部一城市，城内有一座闻名遐迩的天主教堂。

② 参见本书第 2 章。

Elegy for Iris

日子的牧师住宅。她天生好客、喜爱摄影,应该居住在人群中,跟大伙儿热热闹闹生活在一起。寡居实在不适合她。在她的指导下,艾丽斯学会了大针刺绣(这项手艺虽然简单,但艾丽斯患阿兹海默氏症后,再也无法进行了)。逝世时,珍尼特躺在她家那张巨大的四柱卧床上,神态显得十分宁谧安详,乍看之下,宛似一幅伸展在陵墓上的中古时期圣徒肖像。

这段日子里,我和艾丽斯经常出国旅游,但这回不像年轻时那样,夫妻俩结伴儿自助旅行,而是在两个好朋友——波理士和欧娣·魏勒斯夫妇——陪伴和照顾下游山玩水。(艾丽斯把她的一部小说献给这对夫妻。)波理士是混血儿,拥有俄罗斯、犹太和波兰血统。欧娣是挪威人,曾经当过旅行团导游,但后来得了严重的气喘病,因此,她丈夫为她在加那利群岛中的兰萨洛特岛①内地建造一幢小巧可爱的屋子。这座火山岛上的空气——至少在我们感觉中——特别干燥、纯净。坐落在山上的屋子,四周环绕着黑色的丘陵和一畦畦由火山熔岩形成的田地,上面栽种着全世界最甜美可口的大蒜和洋葱。这简直有点不可思议,因为这儿从不下雨,而除了大蒜和洋葱,岛上唯一的植物就是那几株看起来病恹恹、憔悴不堪的无花果树和棕榈。如果你避开那黑鸦鸦、布满火山熔岩、挤满德国和英国观光客的海滩,兰萨洛特岛倒是个旅游的好地方。欧娣常带我们在岛

① 加那利群岛位于非洲西北海岸附近,为西班牙属地,兰萨洛特是其中一个岛屿。

上的小港口游泳；轮船就是从这儿开出，前往下一个岛屿。有相当多的鱼栖息在港中。其中有一只不时出现在深蓝色海底的非常漂亮的紫色鱼，却给我带来了一场苦恼。有一回，我戴着玻璃面罩潜入海底，看见它骤然出现在眼前，兴奋之余，我竟然吞下一大口海水，结果，一时粗心，把假牙的下半部连同海水一起吐出来。那一整天，我望着美味可口的西班牙开胃菜和又香又脆的甲壳类海鲜，只能直流口水，无从下口。连味道温和的加那利洋葱，我都吃得很辛苦。那种感觉，就像使用一把只剩下半边的剪刀剪东西。说来令人啼笑皆非，回到英国后，我们发现我的牙医师到加那利群岛度假去了。度完假回来，听到我出了这种事情，他感到又好气又好玩。他警告我：戴假牙的时候，千万要提防狗儿。据他所知，他的一个病人的全副假牙，不知怎的被他饲养的那只万能梗犬①找到，结果被它吞进肚子里。不过，他也安慰我说：假牙所蕴含的压克力材质是全世界最不容易腐烂的东西；事实上，它是火葬场上最后才焚毁的物质。我那副假牙，肯定会留存在兰萨洛特岛港口海底烂泥堆里，永远都不会腐烂。

然而，兰萨洛特港口那桩事件并没让我学乖。两三年后，在意大利北部科摩湖游泳时，我早已经把牙医师的警告抛到九霄云外。我们受邀参加一场学术会议，我再次重蹈覆辙。这回的罪魁祸首，是一群展露着身上的漂亮花纹、穿梭悠游在湖中水草

---

① 万能梗犬(Airedale, 又作 Airedale terrier)是一种粗毛、棕色带黑斑点的大型猎犬，原产于英格兰约克郡。

间的河鲈。面对认为只有英国人才会闹出的这桩意外事件,参加会议的一群意大利哲学教授乐不可支,一个个笑弯了腰。听到我出了这种糗事,我们居住的那幢别墅的餐厅女服务生扯起嗓门,笑得花枝乱颤,活像歌剧舞台上的一位女高音。"英国教授的牙齿全都掉光了啰!"她四处宣扬,快活得什么似的。只有艾丽斯对我表示同情。她自告奋勇,戴着我的潜水面罩,就像鸭子那样潜入湖中,搜寻我那副遗失在沙洲上的假牙。

波理士和欧娣夫妇喜欢到意大利旅行,常常带我和艾丽斯一块去。由于他们也很喜爱绘画作品,我们又去观赏了一次皮埃罗·佛兰切斯卡的壁画《耶稣复活》。没多久,我们就把收藏在意大利各地偏僻教堂里的壁画全都看遍了,几乎变成了这方面的专家。过去当过导游的欧娣曾经带旅行团游览意大利南部卡普里岛和阿玛菲半岛;现在她决定带我们去游览一番。我一向不喜欢凑热闹,旅行时总是避开热门观光景点。但欧娣说:"别急,你等着瞧吧!"说着,她咧开嘴巴笑起来——她那灿烂的笑靥总是让我联想起女神弗蕾亚①。就像前几次一样,这回又被她说中了。艾丽斯迷了上索伦托港②,也许是因为这一带的海岸充满古雅风味,使她怀想起都柏林,尤其是她童年时代的金斯敦海港——当年,她父亲常带她到这儿洗海水澡,教她游泳。

---

① 弗蕾亚 (Freya) 是北欧神话中的爱情与生殖女神。
② 索伦托 (Sorrento) 是意大利中南部一个海港,位于那不勒斯湾畔,城内有一间大教堂和许多古迹与废墟,是欧洲有名的度假胜地。

从我们居住的那间索伦托旅馆窗口望下去，我们看到一群群进行日光浴、皮肤早已晒成古铜色的游客。然而，在我们抵达索伦托的第一个早晨，窗口下突然出现一位身材高挑的女郎——看起来超过 6 英尺——头发乌黑，皮肤却十分白晳。她身上穿着一套深紫色的比基尼泳装，看起来非常高贵，凛然不可侵犯，但却也流露出一股莫名的邪气，就像一位死亡女神，到索伦托来收取某一个人的魂魄。我看呆了，好一会儿才伸出手来，指着这位女郎，叫艾丽斯看一看。她对这个女人的看法却一点都不罗曼蒂克；她一口咬定，这女的肯定是毒贩。我太了解艾丽斯的创作习惯：现实生活中的事件不太能够激发她的写作灵感。但我还是希望，窗口下的这幅情景，经过艺术的转化，有一天会变成艾丽斯小说中的情节。没想到，她竟然朝窗下的女郎点个头，对我说："你为什么不干脆自己动手，写一篇以她为主角的小说呢？"

波理士和欧娣夫妇从他们房间的阳台，也瞥见了这个幽灵一般的女人。吃早餐时，大伙儿把她当作一个有趣的话题，谈笑一番。那是 1992 年的事。在大伙儿鼓励下，我开始构想故事情节，结果演变成一部长篇小说《爱丽丝》(Alice)。这是将近 40 年来我写的第一部小说。之后，我又写了一部续集《怪船长》(The Queer Captain)，加上后来写作的《乔治的巢穴》(George's Lair)，形成一个三部曲。

虽然，在那两三年后，艾丽斯身上才出现明显的阿兹海默氏症征候，但有时我心里会这么想：在索伦托时，艾丽斯是不是已经知道,她的小说创作生涯快要结束了,因此,她才鼓励我重新开始写小说?尽管风景十分优美,索伦托对我们来说是一个伤心地。它也是——唉——波理士的最后一个假期。几个月后,他就与世长辞。欧娣非常想念她的丈夫,她继续居住在兰萨洛特岛上,而我们也常去探望她,一如从前。丈夫过世后,有一回她带我们去海牙参观荷兰画家维米尔画展。这一趟旅程又激发了我的写作灵感。现场人潮汹涌,让人很难静下心来仔细观赏展出的作品,但《戴红帽的女孩》(The Girl with the Red Hat)这幅画出现在每一张海报和门票上,我们随时都可以看到。灵机一动,我想到了一个故事。就在海牙城内一家别致的小餐馆——它也出现在小说情节中——我把心中构想的故事告诉欧娣和艾丽斯。

我的这部小说《红帽》(The Red Hat)的结局,发生在我和艾丽斯非常熟悉的一个地方。我们的朋友史帝芬和娜塔莎·史班德夫妇,在法国东南部的普罗旺斯地区购买了一间已经荒废的古老石造农舍。这些年来,为了整修这栋房屋,娜塔莎不知花费了多少心血。它孤零零坐落在满布石灰石的艾尔皮勒斯高原上,邻近圣雷米镇。最初,屋子附近没有水井。在那儿做客的时候,我和艾丽斯总是高高兴兴地拎着水罐子,到最近的村庄汲取井水。7月天,顶着毒热的大日头,我们跳进冰冷的"农渠"中——那是一条古老的灌溉运河,蜿蜒穿梭过陡峭险峻的丘陵,然后形成一股急流,流淌在荒废的杏园和橄榄园外那一丛丛苍翠蓊郁的甘蔗、迷迭香和柏树间。被遗弃的杏园和橄榄园,一片荒芜。6月——甚至7月——成群夜莺聚集在那儿唱歌。有一回，我们在灌木丛生的山腰找到一条隧道。这个发现激发了艾丽斯的灵感，从而使她的小说《修女与兵士》(*Nuns and Soldiers*)增添了一段精彩万分、扣人心弦的情节。我们看得到隧道尽头的天光；于是我们鼓起勇气涉水前进，终于走到尽头。小说的男主角陷身在一条地下溪流中，展开一段惊险刺激的旅程。透过艾丽斯的笔触呈现出来，这个地方的景色历历如绘，美妙极了：中午时分，艳阳下，灰色的阿尔卑斯山泉水不知从哪里冒出来，蜿蜒穿梭过荒芜的田野，潺潺流淌，展开它那神秘的旅程。

有一天，一位水源探测师来到史班德家的小农舍。他很客气地向我们讲解寻找地下水的方法。我们双手握住他带来的那根柳枝，能够感觉到它的颤动，非常奇妙。一连好几分钟，艾丽斯只顾呆呆握着柳枝，站在那儿一动不动。探测师终于走过来把柳枝从她手里拿走，彬彬有礼地对她说一声："对不起，夫人。"他果然找到了水源，但距离地面很深（后来建成的那口水井深达100多英尺）。这口井解决了农庄的供水问题，但我和艾丽斯很怀念那段手牵手、结伴儿到村中广场那口水井旁汲水的日子——感觉上，我们仿佛又变成一对年轻的情侣。中午时分，到冰冷的灌溉沟渠里洗澡的经验，更让我们俩念念不忘。

住在圣杰洛米村的那段日子里，每天晚上我们都会玩拼字游戏——史帝芬和娜塔莎夫妇可是这方面的专家。屋外，暖洋洋的黑夜中，一群树蛙扯起嗓门竞相鸣叫，犹如在合唱一首催眠曲。每当在拼字盘上巧妙地拼凑出一个稀奇古怪的英文字，史帝芬脸上就会绽现出天真、狡黠的笑靥。有一回，我拿起7个英文字母，灵机一动，把它们拼成 bunfish 这个词①，哄骗大家说，这是一种真实的海洋生物，可惜没有人上当。后来这个字就变成我们的口头禅。每次有人试图要把戏哄骗大家，我们就会说："瞧，他又在玩 bunfish 了。"

在史班德家度完假，我们回到牛津，开车在街上兜来兜去，察看街边树立的"吉屋出售"牌子。我好想找一间小屋。艾丽斯却喜欢大房子，街上看不见大房子出售的广告牌，这让她感到很失望，反而让我松了一口气。我们决定不找新房子了，还是乖乖回香柏居去吧，但一进屋里却发现，这栋房子正期待我们搬走，而且要求我们，把我们居住在这儿那么多年所制造的垃圾也一块儿带走。我们感到有点恐慌。两个人站在屋里面面相觑，一时不知如何是好。没想到我们竟然变成神人同形同性论者②。这实在太离谱了。毕竟，房子只是房子而已，并不能对人类发号施令，要求我们做什么事。

但说来诡异，在我们感觉中，香柏居这栋房子确实已经下令，要求我们搬走。艾丽斯到伦敦暂住。我回到牛津大学教书，

---

①　这是作者捏造出来的英文字。现有的英文词汇中并没有 bunfish 一词。

②　神人同形同性论 (anthropomorphism) 主张，神或动植物等世间万物在形状和性情上与人类相似。换言之，神人同性论者认为，万物都具有人性。

上完课就立刻去拜访房屋中介商,从他那儿拿到一大堆资料。我开车到第一栋房子察看。它坐落在牛津北方一个浓荫密布、名叫"夏日镇"的郊区。我沿着一条长长的、笔直的街道行驶,一抬头就看见它伫立在街角。好一栋小巧可爱的砖屋!我只看一眼就喜欢上它了,当即决定把它买下来。从此,我们再也不必厚着脸皮,赖在香柏居那栋栖息着其他生灵的房子了。这些生灵才是香柏居的真正主人。

我懒得去看其他房子。心急火燎,我立刻开车回到房屋中介商那儿,我得赶在别人看上这间小屋之前,抢先买下来,这一带的房子非常抢手。我央求中介商,让我立刻付钱买下这栋房子。他说,他得跟屋主商量一下,但他愿意先收下我的定金。嘿,像我这么天真无知的购屋者,这位仁兄肯定是生平头一次遇到的。机不可失,他当然不会放过我这只肥羊。于是,他带着遗憾的口气告诉我,已经有好多人看上哈特利路54号的房屋,一等到抵押贷款手续办妥,就立刻成交。听到这么多人抢购这栋房子,我心里就更急了。

隔天一早,趁着艾丽斯还在伦敦,我驱车直奔夏日镇。屋主上班去了。他们的小女儿正在吃早餐,然后去上学。看见我闯进来,她显得有点惊慌,但还是让我在屋里四处走走看看。这个女孩儿挺可爱,活像一首城市田园诗里的人物。屋里那一个个纤尘不染、阳光普照的小房间,散发出一股清新的香味。一只金丝雀在笼子里唱歌;一只猫儿躺在梳妆台上打盹。一个崭新的、充满创意的、在多年婚姻生活中我从不曾尝试过的生活方式,如今乍然展现在我眼前,羞答答风情万种,朝我直招手。我敢打赌,专门歌颂城市郊区生活的诗人约翰·贝杰曼肯定会喜欢这栋房子和居住在里头的人。目眩神驰,我几乎看见自己正坐在煤气炉旁看书,艾丽斯则待在楼上房间里写作,然后,我们俩一块漫步在街道,到店铺里买一些东西当晚餐。我们现在居住的阿斯顿尖塔村,连一间店铺都没有;除了我们家那座荒芜的花园,我们想找个地方散散步还真不容易呢。

艾丽斯坦然接受我选择的房子。她看得出来,我已经被这间梦中小屋迷惑住了,这个时候跟我争论是没有用的。这个崭新的白日梦,已经占据我的心灵。事实上,作为一种幻想,我这个白日梦并不算过分。它只不过是配合我对生活的本能需求(这点,我们以前的生活方式并不能做到),而这种本能多年来一直潜伏在我心灵中,伺机而起。显然,艾丽斯不但看出这点,而且还感到些许的愧疚。看到我那间梦中小屋时,艾丽斯脸上闪现出一丝痛苦的神情,但她立刻装出笑容,勇敢地投身进我这场白日梦中,就像一位古罗马妇人把手伸进火堆里。她表现得跟我一样热心,就好像她也喜欢上了这栋房子。

当然,我看得出来她的热忱是假装的。但我一意孤行——结婚这么多年,一向都是我听她的,这回为什么不能让她听我一次呢?然而,旧房子还没卖掉、新房子还没成交之前,我的白日梦就已经开始破灭了。我发觉——我们俩发觉——我们犯了一个严重的错误。但这项错误似乎是无可避免的。它是我们在乡间居住那么多年(总共三十多年啊)、快乐地追求艾丽斯的梦想所必须付出的代价。我们可以这么说：艾丽斯梦想中的那群野獾，现在终于闯进屋里来了。旧房子被我们弄得乱七八糟，搬走时还堆满各式各样的垃圾。但是，其中一大部分垃圾，包括这些年来艾丽斯收藏的、如今已经沾满灰尘的各种石头，都得搬到我们的新房子。可怜的艾丽斯，这阵子她对我那么的温柔体贴，怎能拒绝让她把那堆烂石头移到新居呢？

　　果然，一如预期的，"哈特利路54号"变成了我们的一场挥之不去的梦魇，但是，我对这栋房子依旧忠心耿耿，死心塌地，尽管邻家的孩子们终日吵闹不休，而那群在社区中活动的小偷，每隔几天就摸黑上门来光顾我们一次。我们咬紧牙关硬撑了3年，终于还是撑不下去了，决定走人。1989年，我的一位同事把他那间宁静舒适的小屋卖给我们。说来不可思议，艾丽斯一生中最重要、最成功的作品，有一部分是在哈特利路的房子完成的，包括上文提到过的爱丁堡大学"吉福特讲座"论文集。在这儿，她天天写作，几乎到了废寝忘食的地步，也许是因为她在这间屋子里待得很不自在的缘故吧。不用说，我们俩从不曾像我当初梦想的那样，手牵手漫步踱到社区中的店铺买东西；如今回想起来，我似乎也不曾像诗人济慈在写给朋友的一封信中所描述的那样，手里捧着一本书，暖洋洋坐在煤气炉前，看起来"像一幅温馨的寒冬夜读图"。

　　把房子卖给我们的那位同事（她在牛津大学教经济史）询问我们，是否愿意让肖斯塔科维奇太太每周到我们家两天，代我们打扫房子。她是一位很称职的清洁女工，值得向我们推荐，而且她在这栋房子里工作多年，打扫起来驾轻就熟。她的丈夫是波兰退伍军人，姓"肖斯塔科维奇"。见了面，我们发现原籍爱尔兰的肖斯塔科维奇太太待人和蔼可亲，但态度有点专横跋扈；才见面几秒钟，她就摸清了我们的底细，一眼就看出我们并不是一对严谨持家、认真过日子的夫妻。她告诉我们，下星期一她可以开始上班，经过她彻底打扫一番后，我们就可以安心住下来，啥都不用操心。我们唯唯诺诺，不敢吭一声。恭恭敬敬把肖斯塔科维奇太太送出门后，我们立刻通知我那位同事说，我们另有安排，不必麻烦她推荐的那位女士了。熬过了33年的婚姻生活，我们可不想被一个清洁女工欺凌、摆布。这位太太竟然把我们的房屋看成她自个儿的财产。

我们自己所作的安排很简单，一点都不费事。摆脱那个霸道的爱尔兰婆娘，我和艾丽斯大大松了一口气。1989年8月我们搬进去时，诺布里路7号的房子焕然一新，纤尘不染，可没多久，它就加入了我们以前居住过的那几栋房子所组成的俱乐部——脏兮兮，邋里邋遢，但看起来（我衷心希望）还算体面的。各种各样的垃圾，从旧房子搬运到我们的新居。此外，还有一堆堆书籍和几张堆积着40年灰尘的破旧扶椅。我感觉得出来，我们的新房子并不排斥这些旧家当，因为它自己也并不真的那么干净。瞧，墙上斑斑点点，沾着看起来像是固定剂的东西——那肯定是前任屋主的小儿子张贴海报和图画所遗留下来的痕迹；不知怎的，肖斯塔科维奇太太并没把它清除掉。我试图把墙上这些斑点刮掉，以便挂上我们自己的图画，但艾丽斯却阻止我。

她说,这些污痕属于这栋房屋所有,而不久之后,我们从旧房子搬来的东西也会变成它的一部分。

诺布里路 7 号的前庭花园空荡荡的,只有两株高耸的大树,几乎把屋子的正面全都遮盖住了。艾丽斯一眼就爱上了它们。在 1925 年这栋房屋兴建时,它们只是两棵小树苗,被当作观赏植物栽种在前庭花园,那时,没人预料到,这款新近传入英国、拉丁学名为 *Metasequoia glyptostroboides* 的中国红杉,是一种高大的半针叶树,能够长到一百英尺高,尽管比起它们那高耸入云、威风八面的表兄弟——真正的美洲杉——这两株中国红杉只能算是小巫见大巫。如今,每回刮风,那满树微红色的嫩枝和一些较大的树枝就会洒落下来,纷纷飞飞,宛如下雨一般,使我们这座园子看起来就像古木参天、浓荫密布的坦能堡①。一个俄国学生来我们家,向艾丽斯请教问题(她的毕业论文探讨艾丽斯的小说)。一看到这座园子,她脸上顿时流露出肃然起敬的神情,嘴里喃喃地说:Diky sad(这句俄文意思是“好一座荒芜的花园”)。就像一个典型的俄国人,本能地,她开始弯下腰来,寻找那一颗颗从地上铺满的褐色针叶中冒出头来的野生蘑菇。

我们家后园也是浓荫密布,其中有三株树是古老的、身上

---

① 坦能堡 (Tannenburg) 是东普鲁士 (East Prussia) 的一座村庄,位于今天的波兰北部。1914 年,第一次世界大战爆发时,德军曾在此击溃俄军。

长满疬瘤的日本李树。夏天，枝叶繁茂，宛如一座翠绿色的凉亭，春天，蓝紫色的枝叶中绽现出一朵朵白色的花儿，乍看就像英国的银莲花，到夏秋之间，满树叶子逐渐转变成暗红色。每年1月到5月，这三株树下就会冒出一簇簇蓝铃花和一种名叫"安妮女王的蕾丝花边"的花儿，使我们这座小小的园子变成了《仲夏夜之梦》中那座广袤无垠、魔幻神奇的森林。当初搬进来时，我拿出一张笨重的柚木椅子，放在花园里让艾丽斯坐一坐。结婚多年，我第一次看见她在晴朗的日子里坐在屋外写作。我感觉得出来，艾丽斯把写作的速度放慢了，开始用比较悠闲的态度生活，然而，每次站在窗口，望见她静静坐在花园里，手里握着笔，一动不动，我心里就会感到莫名的疑惧和不安。我不敢说这是一种不祥的预感，我只能这么说：那时候艾丽斯喜欢待在花园中（至今依然如此），而我们住在阿斯顿尖塔村里，写作的时候，她从不曾抬起头来眺望窗外的花园一眼。屋后墙边有一株苍翠的无花果树，叶子大得足够裁制《圣经》中常见的那种缠腰布。我任教的那间学院的园丁告诫我，千万不要给无花果树施肥，否则它准会长出一大堆叶子，却结不出一颗果实。以前我不知道有这个忌讳，拼命用骨粉①喂养我们这株无花果树，结果每年一到夏天，它就变成一片浓荫，把我们窗外的视野全都遮盖起来。我们的客厅布满它洒下的尘土，变成一座阴暗、蓊郁的亭子。园丁那番告诫，一言惊醒梦中人，我赶紧停止施肥。果然，

---

① 骨粉（bone meal）是一种饲料，可当肥料用。

第二年我们这株无花果树就结出满树果实来。温驯得就像猫儿的黑鹂鸟，吃饱后栖息在枝叶间打盹，偶尔伸出嘴巴，啄一啄身边树上悬挂的累累果实。鸟儿吃剩的无花果，足够我和艾丽斯大嚼一顿。虽然已经停止施肥，但这株树的叶子依旧长得非常硕大，我们家的客厅在它遮蔽下还是跟以往一样阴凉。

就在这株无花果树下，我安放艾丽斯的半身铜像。那是小说家托尔金①的媳妇费丝·托尔金在1963年制作的。鸟儿并不懂得尊敬这位当代英国大小说家，只顾在她头上撒野，但艾丽斯依旧保持安详宁静的面容，并不以为忤。费丝·托尔金也曾为她公公制作一尊半身铜像，模样儿看起来就像他笔下的那位魔戒之主。如今，这尊铜像被安放在牛津大学英文系图书馆的一块基石上，满脸慈祥，俯瞰来来往往的学子。

---

① 参见本书第 3 章译注。

8. 生命渐渐流失

1994 年,我和艾丽斯应邀前往以色列,参加在内盖夫大学举行的一场国际性庆典——如果我没记错,这场聚会是为了庆祝内盖夫大学创校以来的成长和成就。我准备宣读一篇题为《小说面面观》(*Aspects of the Novel*) 或《今天的小说》(*The Novel Today*) 的论文。(主办单位设想周到,刻意定下这类模糊含混、充满弹性的题目,以减轻主讲人和听众的压力。) 艾丽斯不想在会上发表论文,但她愿意参加一场座谈会,回答听众针对她的小说作品或哲学著作提出的问题。以往,她经常参加这种讨论,而且每次都获得热烈的回响,因为她有一项过人的本事:不管人们向她提出什么样的问题,她都会认真聆听,然后以非常友善、诚恳的态度跟大家一齐讨论这个问题所蕴涵的意义。这种态度和回答问题的方式,总是让听众觉得很舒心。

可是,这一回不知怎的却出了差错。座谈会主持人很有耐心,但后来看到艾丽斯结结巴巴、辞不达意,脸色开始变得凝重起来。艾丽斯在公开场合发言,一向都是慢条斯理、深思熟虑的,甚至偶尔有点口吃,因此看见她今天在台上的表现,最初我一点都不以为意——我有信心,只需几分钟时间她就会进入情况,恢复常态。当时,艾丽斯究竟有没有察觉她的表达能力出了问题呢? 这很难说。我发觉她愈讲愈糟,简直不知所云,满场听众都听得呆了,后来连她自己都愣在台上。所幸听众很有礼貌,没人起哄,但他们脸上原有的兴奋和好奇表情渐渐消失了,取而代之的是尴尬和疑惑。以色列人的反应一向很直接。好几个人霍地站起身来,大步走出会场。

我原本以为,事后艾丽斯会告诉我,她自己也觉得很难过,只是不知怎的,今天突然表演失常。不料,她却不把它当作一回事。我小心翼翼不让心中的焦虑显露出来——我不想让艾丽斯觉得,她今天出了一次洋相。座谈会结束后,主持人和其他一两位来宾走过来,向艾丽斯致意。她跟他们谈笑一番,看起来挺开心的。其中一位跟她说起她的上一部作品《绿骑士》,并拿出一本请艾丽斯签名。就在这当口,我忽然想起几个月前,艾丽斯告诉我, 她在写作上遭遇了困难——她指的是那时她正在撰写、隔年出版的小说《杰克森的困境》(*Jackson's Dilemma*) 以前,艾丽斯常向我抱怨 (有时是因为我问她,有时是她自己主动向我诉苦) ,她在写作上遭遇到瓶颈,实在写不下去了,看来只好放弃她正在撰写的这部小说。每次听到她发牢骚,我就会安慰她,给她加油打气。我知道这种情况早晚会过去,根本不值得担心,几天后,当我们俩坐在厨房桌子旁吃饭时,她会突然抓起纸笔,把心里突然想到的东西记录下来。这时我就会问她:"现在好些了吧?"她总会点点头告诉我说:"好多啦。"

但这回情况不同。"这部小说的主角杰克森让我伤透了脑筋！"有一天,艾丽斯忽然告诉我。那时她脸上的神情虽然有点焦虑,但依旧保持惯有的冷静、超然。"我一直想不透他到底是怎样的一个人物,甚至搞不清楚他究竟是干什么的。"我觉得这点蛮有趣,因为艾丽斯以前从不曾跟我谈论她正在写作的小说中的人物。"说不定,这个杰克森到后来会变成一个女人哦！"我说。以前我每讲一个笑话,即使是不好笑的笑话,艾丽斯总会陪我嬉笑一番,但这次她却板起面孔,一脸严肃。"杰克森现在还没诞生呢！"她告诉我。

　　结婚久了,你再也懒得仔细观察配偶的表情和反应,因为一切都变得那么的"自动"、那么的理所当然。这回,艾丽斯说出了一些充满玄机、耐人寻味的话,但听在我耳中,却跟她平常讲的话没啥两样。"别操心！时候到了,你的杰克森自然会诞生的。"我心不在焉地安慰她。但她脸上的表情依然显得焦虑不安。"我想放弃这部小说。以后我不想再写小说了！"她的口气仍旧是那么的冷静、超然。以前,她常常讲这样的话,尽管脸上的表情不像这时候那样焦虑。根据以往的经验,我知道这只是她一时的心情,早晚会过去的;这次她的言谈虽然有点怪异,但我相信它肯定不会持久。事实上,我也只能这样想。而今,置身在以色列内盖夫沙漠那干燥的、尘土飞扬的阳光下,使劲眨着眼睛,头一次我突然领悟到,艾丽斯身上可能出了严重的问题了。

　　我虽然"领悟"这点,但并不感到惊慌,因为不知怎的,我总是相信一切都会恢复正常,就像以往那样。就某种角度来说,我的看法是对的。阿兹海默氏症病人一旦丧失时间意识,时间似乎也丧失了它的前瞻和回顾意义。当然,这是对病人的伴侣来说的。我知道艾丽斯永远都是这个样子,不会有任何改变,因此我觉得,当我跟她谈论"杰克森"这个小说人物时,我在她的举止言谈察觉到的些许怪异现象,以前肯定也曾经出现过,以后也肯定会再显露出来,实在不值得大惊小怪。不管艾丽斯做什么,无论她身上发生什么事情,艾丽斯都不会改变。跟艾丽斯一块儿伫立在内盖夫沙漠的艳阳下,我让这件事情飘出我的心灵,随风而逝。阿兹海默氏症开始时的诡异感觉,却也让人觉得安心。我内心有两个声音在争论:一个要求我开始认真考虑未来的问题;另一个却认为,未来和过去都不重要。听听西德尼·史密斯牧师的劝告,别想太多吧。①

可是,就在隔天,那位对我们非常友善的以色列小说家艾摩斯·奥兹走过来跟我攀谈时,那股焦虑不安的感觉登时又涌上我心头。他没提到艾丽斯,但从他的眼神我察觉得出来,他已经知道艾丽斯究竟出了什么事。也许,这是因为他是艾丽斯的同行,比一般人更了解她的情况——他可是一位眼光敏锐、见多识广的小说家啊。

他以聊天的口气对我说:他居住在内盖夫沙漠地区,距离这儿不远,希望我们能赏光,到他家住几天。只要我们喜欢,住多久都没关系。我搞不清楚这个人的动机:究是出于纯粹的善意,还是因为他感到孤独,希望能找个人作伴,甚或是因为他看

---

① 参见本书第 2 章。

上了艾丽斯,想找个机会向她示爱。但也说不定,身为小说家,他想趁机观察、研究另一位小说家身心失衡的过程。但是,奥兹那张年轻英俊的脸庞(在我看来,还真有点像"阿拉伯的劳伦斯"),显得那么的自然、尊贵,怎么想都跟上述动机连接不到一起。他是诚心诚意邀请我们到他家小住几天。有时我会后悔,当初没接受这位像天使一般纯真的年轻小说家的邀约,但现在懊恼也来不及了。我一直很欣赏他的作品。如今回想起来,奥兹说不定是一位沙漠天使——就像《圣经》中现身在雅各眼前的那位①。

那是1994年的事,时值春天,"光明之城、铜与金之城"耶路撒冷看起来格外的壮观、美丽。机缘巧合,那年秋天我们又受邀到遥远的异国访问。突然间,这类邀约纷至沓来——为了某些理由,我们已经好几年没出国参加学术活动了——而偏偏就在这个时候,艾丽斯在这类场合的表现开始失常,频频出糗。这回,我们应邀参加在曼谷举行的"东南亚作家会议"颁奖典礼。所幸一切顺利,没出什么差错。也许是由于泰国、新加坡、马来亚和菲律宾的作家平日跟欧洲作家很少打交道,对他们不甚了解,因此与会人士并未察觉到,艾丽斯(颁奖典礼上唯一来自西方的作家)表现怪异。这阵子,她不但在写作上遭遇瓶颈,站在台上讲起话来也结结巴巴、辞不达意,状况百出。

一般作家谈起自己的事情,诸如写作计划啦,创作方法啦,

---

① 见《旧约·创世纪》第28章第10~17节,以及第32章第22~32节。

总是口若悬河滔滔不绝,但在这方面,艾丽斯却出奇的沉默。这群健谈的亚洲作家, 也许把艾丽斯的沉默寡言看成一种谦虚吧。但也说不定,他们早就注意到艾丽斯行为反常,只不过基于礼貌假装没看见。泰国皇太子颁奖时,与会嘉宾都得上台讲话。艾丽斯撑过了这一关。我把她应该讲的话用大写字母记下来,作为一种提示,要她事先演练一番。根据大会规章,每一位参加颁奖典礼的作家步上讲台时,都必须向皇太子呈献他或她的一部作品。艾丽斯呈献的是"企鹅"出版的《网下》。皇太子接过后,看也不看一眼,顺手就递给蹲伏在他身后的廷臣。后者立刻把书交给身后的另一个臣子。这本书就这么传来传去,乍看就像一群橄榄球员在玩传球游戏。最后,它终于被传到队伍尽头,消失在一个门洞中。我很想知道这些书的下落:究竟是被保藏在皇家图书馆呢,还是被运送到某一座偏远的皇家围场,悄悄放一把火烧掉。

曼谷之行,更让我感到安心的是,一位替《南华时报》①工作的英国人,一有空就会来找我们玩。这个人很有意思,跟艾丽斯很谈得来。他告诉我们,在曼谷他感到非常孤单,心情总是很郁闷。这也难怪他。连我们自己也觉得,在这儿只待几天,就被远东地区特有的一种忧郁症压得透不过气来。这跟气候没什么关系;季风带来的霪雨,绵绵不绝,天气十分潮湿闷热,但对身

---

① 应该是《南华早报》(South China Morning Post),香港出版的一份英文报纸。

为过客的欧洲人来说，这未尝不是一桩崭新的、值得享受的经验。宽阔的大河滔滔流淌过旅馆的前庭，就像一杯从碟子中流溢出来的茶。我们常站在河畔，观赏河上风光。不时的，我们看见一根根被蔓藤缠绕的巨大树枝，漂荡过我们眼前，速度非常之快，有如风驰电掣一般。我和艾丽斯都看呆了。但河上四处流窜出没的一艘艘细长的船只，在树枝间穿梭行驶，却一点都不担心会被撞翻。这些船舶都装有一台马力强大的引擎，后面附着一支看起来像鸡蛋搅拌器的螺旋桨。就像高速火车一般，从早到晚，成群船只在曼谷市内纵横交错的运河上穿梭追逐，咆哮不停。我们宁可冒雨站在屋外，因为旅馆的冷气房间冷得就像冰窟，让人直打哆嗦。我们那间装饰华丽的套房，洋溢着浓郁的殖民地气息——据说，当年英国小说家毛姆每次到远东旅行，都指定这间套房作为落脚的地方。直到今天，我们仍然能够感受到他那冷峻的脸庞和傲岸的身影，宛如幽灵一般，不时浮现在旅馆的各个角落。

艾丽斯的小说《杰克森的困境》终于完成了。她却感到很沮丧，但我并不担心，因为以前每次写完一部小说，她都会有一种深沉的失落感。头一回，我主动问她，下一部小说准备写什么样的题材。她告诉我，她有好几个构想，但这些点子乱成一团，现在还整理不出一个头绪来。她说，那种感觉就像试图抓住一只动物的尾巴，而它却机灵得很，一味东闪西躲，偏偏不让她逮到。艾丽斯的口气听起来很无奈，仿佛认命一般。我终于感到不对劲了。每天我都追问她、催促她："情况好些了吗？开始动笔了吧？你一定要继续写下去！"每次被我纠缠得怕了，她就会哇的一声哭出来，然后我就会停止催促她，叫她不要急，慢慢来。我安慰艾丽斯，每一个作家偶尔都会遭遇到写作的瓶颈。但从泰国回来后，每次对艾丽斯讲这种话，我心里就会浮现出毛姆那张阴森森、总是带着冷笑的脸庞（他亲笔签名的照片挂满旅馆房间）。他好像在对我们说：嘿，我毛姆从不会遭遇什么写作瓶颈。

事实上，艾丽斯现在遭遇的并不是写作瓶颈。这点，我们很快就察觉到了。阿兹海默氏症就像一场悄然出现的大雾——最初你根本不会注意到它的来临，等你察觉时，周围的一切都已经笼罩在浓雾中，再也看不见了。之后，你不会再相信大雾外面还有一个世界存在。我带艾丽斯去看的第一位大夫，是我们的家庭医生。这位态度和善、满脸倦容的全科医师询问艾丽斯，她知不知道现任英国首相是谁。艾丽斯答不出来，于是她笑嘻嘻地对大夫说，不知道首相是谁也不犯法呀。大夫立刻作出安排，让艾丽斯到一间大医院接受一位老人医学专家检查。在那儿，艾丽斯接受脑部扫描。某报记者针对这位知名小说家的病情，写了一篇报导。文章刊出后，英国医学会属下的剑桥大学研究小组立刻安排，让艾丽斯接受一连串繁复、彻底的检验，以测试她的记忆和语言功能。艾丽斯非常合作。她跟研究人员相处得很好。《杰克森的困境》终于出版，好评如潮。我把书评念给艾丽斯听。以前我从不曾这么做过，因为她根本不想知道书评家对她的作品的看法。这回，她却很有耐心地聆听，但从她脸上的表情我看得出来，她根本搞不清楚我到底在念什么东西。

艾丽斯并不因此感到困窘。她甚至不认为这种现象值得大惊小怪。我没告诉她,有好几位读者写信来,针对书评作出响应。他们指出,《杰克森的困境》一书的叙述和描写有一些小错误和前后不一致的地方。这些人显然是艾丽斯的忠实读者。他们不敢相信,他们心爱的作家竟然会犯这种错误。在这期间,我四处打听,有没有一种药能够减轻艾丽斯的症状。艾丽斯有一位瑞典籍老朋友和读者,是自闭症专家。他送来一些药丸,让艾丽斯试试。据他说,这种药性温和的兴奋剂能够刺激病人的智力。然而,英国医生却不赞成使用这种仍在实验中的药品。显然,他们的看法是正确的,因为证据显示,这种兴奋剂所产生的有效期非常短暂,而且,在药力发作期间,常常会让使用者感到惶惑不安,甚至受到惊吓。服用这种药物,笼罩病人的那片浓雾会骤然消散,让他们看到脚跟前的峭壁悬崖。

　　书写艾丽斯罹患阿兹海默氏症的过程时,我很难记住事件发生的顺序——什么事情在什么时候发生、以哪一种次序进行,诸如此类的问题。随着我的书写,阿兹海默氏症的征候似乎渐渐渗透入我的叙述,使我不由自主地一再重复我讲过的事情,一再提出相同的询问,就像一个罹患这种疾病的人。我把这种困扰告诉彼得·康拉德①。这位后来替艾丽斯撰写传记的学者,那时已经成为我们生活中的一根支柱,提供我亟需的友情、

---

　　① 本书第6章对彼得·康拉德和吉姆·奥尼尔跟艾丽斯之间的交情,有颇为详尽的描述。

支持和鼓励。他和他的伴侣吉姆·奥尼尔跟艾丽斯结交多年——得病前，艾丽斯常常到克拉彭镇探访他们。彼得是艾丽斯的忠实读者，熟读她写的每一部小说。更重要的是，他欣赏艾丽斯的为人和生活方式。他了解艾丽斯心里的想法。这两人可说意气相投。吉姆对艾丽斯的感情也一样深厚。他的关怀，让病中的艾丽斯感到格外温馨。吉姆也熟读艾丽斯的作品。他是一位眼光敏锐、重实践而不尚空谈的批评家。

　　艾丽斯最爱逗他们那只眼睛湛蓝、名字叫"云儿"的牧羊犬玩。得病前，她很喜欢跟这对相敬如宾、在外人面前表现得很自在的同性恋情侣谈论文学作品、哲学和佛教。上文提到[①]，他们两位都是身体力行的佛教徒。说来让人钦佩，他们有办法在忙碌的日常工作中，抽出时间打禅、静修、接待从西藏和不丹来访的高僧。吉姆是精神治疗师，彼得是文学教授。在我们住在阿斯顿尖塔村和牛津郊外哈特利路的时候，艾丽斯常去探访他们；回家时，她总是一路回味着她跟他们之间的谈话，尤其是他们津津乐道的那栋坐落在威尔斯、由校舍改建成的小屋。他们告诉艾丽斯，他们在小屋下方的田野挖掘一个池塘，成群翠鸟和水獭常到那儿玩耍。

　　彼得和吉姆一再劝我们，找个时间到威尔斯小坐几天。最后我们终于成行，但那时艾丽斯已经患上阿兹海默氏症，更需要这两位老朋友的照顾和扶持了。1995 年，《杰克森的困境》出

---

　　①　参见本书第 6 章。

版,接下来的 18 个月,艾丽斯的病情每况愈下。就像一个明明知道早晚都要面对残酷的现实,但却尽量拖延的人,我那时还不想寻求专业医疗照顾。我不愿意雇人照料艾丽斯的生活起居,我婉拒社工人员的探访,我甚至拒绝朋友的好心帮忙。我知道这一切迟早会来临,但能拖则拖,到了不能拖的时候再说吧。如果艾丽斯觉得,朋友或社工人员的来访是为了陪伴和照顾她,免得我不在家时她会出事,那她就会变得焦躁不安,甚至会感到很困窘。事实上,我很少出门而把艾丽斯一个人撇在家里,因此我们暂时还不需要帮手。我们感到很幸运,因为我们夫妻俩现在还能够依照往日的生活方式,继续过我们的日子。

在这方面,彼得和吉姆帮了很大的忙。他们不在乎我们家的地毯有多脏;对我们家玻璃杯上沾着的污痕,他们也视若无睹——尽管他们自己的家和那间坐落在威尔斯的小屋,总是打扫得十分干净,简直一尘不染。一有空,他们就开车到我们家,带我们去威尔斯小住几天。

生命渐渐流失了
前往威尔斯还有什么用?

坐在汽车后座,有时我和艾丽斯会兴高采烈地吟诵奥登的这两句诗。我们知道这是个笑话。连牧羊犬"云儿"也知道这是个笑话。瞧,它张开嘴巴,只管笑嘻嘻瞅着我和艾丽斯,那双湛蓝的眼睛闪烁着期待的光彩。

第二部　现在

最近这些年来，

我们的心灵确实愈来愈贴近了。

我们没有选择的余地。

以往，艾丽斯常发出细微的、老鼠般的叫声，

显得非常凄凉、孤独；

如今她依旧会发出这种叫声，

要求回到我身边，但听起来自然、单纯多了。

她不再孤零零航向黑暗。航程已经结束了。

在阿兹海默氏症的护送下，

我们夫妻俩已经抵达一个港口。

Elegy for Iris

9. 仿佛航过黑暗

1997 年 1 月 1 日

　　牧羊犬云儿一听到"玛格丽特·撒切尔"这个名字,就会扯起嗓门吠起来。这位英国首相常说,世界上根本就没有"社会"这种东西。当然,使用这个名词时她并没有加上引号。她知道她到底在说什么。在我看来,这种说法不太正确。她应该说:世界上根本就没有"人民"这种东西。今天,使用这个名词时,即使我们把它放置在——不论是刻意的还是无意的——一个特定的语境里,它也只能产生某种含糊的意义。事实上,"人民"是一个虚构的群体,被政客们挂在嘴皮上,以民主政治之名哗众取宠。相反的,"社会"现在仍然是一个中性的、描述的字眼,放置在任何上下文里,它都会产生明确的意义。只有一个方法,能够把"人民"放置在适当的上下文里,让它产生比较明确的意义,那就是把它当成"普通的人民"使用。在电视上向全英国民众发表新年贺辞时,坎特伯雷大主教就曾使用过这个纯粹感性的措辞。事实上,每一个"普通人"都不普通,各有个性,有时还会显得非常怪异呢。

听完大主教的演讲后，我一边给艾丽斯调一杯酒，一边思考这些问题。如今，调酒是我们日常作息挺重要的一部分。每天中午 12 点左右，我就得给艾丽斯准备一杯酒。说是调酒，未免有点夸张。我只是在杯中倒一小滴白酒，加上一些安哥斯杜拉配料^①、橘子汁和大量开水，就算大功告成了。艾丽斯喜欢喝这种饮料。每次喝完一杯，她就会乖乖坐在客厅里看电视；否则的话，她准会站起身来，背对电视机，不停把玩她搜集的各种小玩意：树枝、小石头、泥巴、破烂的银箔纸、我们出外散步时她从人行道上捡起来的死虫。这时她也会把水——有时把她那杯酒——倒在窗旁那几株盆栽植物上（可怜这些植物，被艾丽斯这么一伺候，如今早已枯萎啦）。但她从不用真正的酒——酒精含量相当高的那种酒——款待这些植物。她毕竟是个通情达理的女人。年轻时她爱逛酒吧。那时养成的好习惯，到现在还派得上用场。

1997 年 2 月 20 日

"天线宝宝"^②。这是我们每天早晨必看的电视节目。对我来说，它简直就像一场定期仪式一般，千万不能错过。我得强迫艾

---

① 安哥斯杜拉 (Angostura) 是从一种南美洲树木的坚硬外皮提炼出来的苦汁，用来调配鸡尾酒。

② 参见本书第 3 章。

丽斯观看这个节目,因为随着阿兹海默氏症的进展,病人愈来愈不喜欢定时的、规律化的作息。凭着本能,我们也许都会知道,规律化的生活习惯能够帮助我们保持心智健全。

每天早晨10点钟,天线宝宝就会出现在荧光屏上。这个由英国广播公司第二台制作、播出的儿童影集,是我们俩能够一起坐下来、共同观赏的唯一节目。"瞧,兔宝宝们出场啦!"每次一看见它们露面,我就会兴奋得叫嚷起来。这个不同凡响的儿童节目有个迷人的特色:它的背景几乎是写实的——阳光普照的真实草地上,绽放着一簇簇人造花儿;一群真实的兔子在花丛中蹦跳追逐。白云朵朵的天空看起来也是真实的,蓝得很自然,一点也不刺眼。天线宝宝居住在地下一栋房子里,屋顶是用草铺成的。一支潜望镜从屋顶凸伸出来,天空中蓦然出现婴儿的脸庞(真实的哦),我向它做个鬼脸。艾丽斯每次看到这张笑嘻嘻的小脸儿,就会开心地笑起来。

天线宝宝出现了,总共有4个,身上穿着不同颜色的游戏服。这些怪物究竟是怎样操作的,让它们看起来像真实的一样?它们那胖嘟嘟、圆鼓鼓的身体里头到底隐藏着什么东西?瞧,它们在草地上嬉笑蹦跳的模样儿,看起来是多么的真实啊——真实到有点怪诞,一如它们说话的腔调(那可是成年男子的声音哦)。它们的名字也很别致:狄西、丁丁、小波①……一整天它们

---

①　原英文名为 Twiggy、Winky 和 Poo,此处依照台湾引进本节目后所取中文名。(编注)

只顾在草地上蹦蹦跳跳,无所事事,但只要它们出现在电视上,艾丽斯就会显得很开心,目不转睛地盯着荧光屏。

这种童真接近真实。当年,我和艾丽斯曾展现出一种更真实、更自然的童真。结婚前夕,我接到一张明信片,上面印着一只天真烂漫、好奇地把鼻子伸进门里的小猫咪。它有个挺合适的名字"小淘气"。艾丽斯把这张明信片寄给我。她在正面画一个气球,里头写着两个字:"来了。"她变成了我的小淘气,但后来她又改个绰号叫"嘎嘎"。

前几天,我逗她说,将来我写自传,我一定会把第一部取名为"被嘎嘎追求"。她听了笑了起来——显然,她喜欢我用这种方式跟她讲话,但我看得出来,她早已忘掉这个绰号的来历和含意了。

不知怎的,每次看完电视上的天线宝宝,我心里总是很渴望到魏善姆路走一趟,看看沿路盛开的蓝铃花。自从搬到牛津市居住、发现这个风景宜人的地点后,我们每一年都会抽空去看看这些花儿。艳阳下,遍地开放的蓝铃花具有一种奇异的、似幻似真的美,使人联想起荧光屏上的天线宝宝世界。这些花儿是真实的吗? 它们真的存在于这个世界吗? 它们生长在林中深处那一株株浓密幽暗、往山脚一路延伸的针叶树下。退隐在阴暗的树林中,蓝铃花的色彩反而显得更加鲜艳夺目。渐渐地,它们在我们眼前消失了,仿佛遁入一个奇幻的国度——那儿依稀可见一个狭长的、望不见尽头的深蓝湖泊。但你若低下头来看看脚跟前的一簇簇蓝铃花,你会发觉,其实它们长得很平凡——

花瓣灰扑扑的带着点儿紫色。

我们伫立林中，观赏蓝铃花。去年5月艾丽斯站在这儿，脸上开始出现茫然的神色，仿佛不明白为什么我带她来看这些花儿。

路旁矗立着真正的树木，其中有两株槭树长得十分高大浓密，乍看就像一座阴森幽暗的大教堂。如今，艾丽斯一看到大树就会感到非常害怕，因此，我只好加紧脚步，赶快带她穿过树林。当下我就作出决定，以后再也不带艾丽斯来这里了。

钻进车子后，我拼命安慰她："别怕！咱们马上回家去看天线宝宝哦。"但从她脸上的表情我看得出来，她根本就记不得天线宝宝是啥玩意。那当口，我恨不得自己也能够忘掉天线宝宝。

察觉别人的心灵。如今，我才意识到它的存在——通常我们总是把别人的心灵视为当然，并不需要特别关注。有时我很想知道，艾丽斯心里是不是偷偷思考这个问题：我能不能逃出去？我应该怎么办才好？以前，从事写作和思考时，艾丽斯是活在她的心灵里头。患阿兹海默氏症后，有没有东西取代她那原本十分活跃的心灵呢？不知怎的，我竟然衷心期望答案是否定的。

1997年3月1日

当年，艾丽斯的母亲被送到精神病院时，我们并没告诉她，我们打算带她到什么地方。我哄骗她老人家。那段车程感觉上十分漫长，无休无止。护士把她带走时，她一路回过头来望着我和艾丽斯，一脸茫然，但从她的表情我们看得出来，她并不责怪我们。

如今，每次我离家一个钟头，出门去跟一位朋友相聚，艾丽斯脸上就会流露出跟她母亲相似的神情。

就像小时候被母亲抛弃在学校那样。如果小时候没有这种经验，心灵从未受过这种创伤，那么，今天遭逢类似的情况时，也许心里就不会感到那么痛苦。

小时候，被送到学校时，我心里知道我要去什么地方。但是，被母亲留在那儿时，我脸上也会流露出像艾丽斯和她母亲那样的神情。事实上，她母亲在精神病院待了几个星期后，我们就把她老人家接回家来。后来，又把她送回去。就像小时候上学那样。

那种表情总是会勾起我心中的记忆，使我想起小时候被母亲留在学校里时，我认识的第一位同学。这个小男孩长得像老头子，脸孔干枯皱缩，但皮肤却十分苍白，乍看就像一个麻风病人。我老是躲着他，因为不知怎的他对我特别亲热，喜欢跟我讲悄悄话儿。他对我说："我把我爸告诉我的话跟你讲好吗？我爸说，这是全世界最重要的一件事哦。他说：'男人和女人根本没有差别。什么差别都没有！'"

每次看到这个小男孩，我都会感到非常害怕。刚进学堂读书的我，把这位同学看成一个崭新的、梦魇似的世界的一分子。他告诉我的那番话，在我当时的感觉中，是全世界最可怕的一句话。

《伦敦评论》(London Review)刊出一篇长文，评论艾丽斯的散文集《存在主义者与神秘主义者》(Existentialists and

Mystics)。这位批评家花了很大的篇幅,比较艾丽斯的小说理论和实践。他指出:在理论上,艾丽斯强调小说家必须创造具有个性的人物,赋与他们自由、独立的生命,但在实践上,她非但不让她的人物拥有"自由的、充分实现的生命,反而想尽办法束缚他们,把他们变成一群受到宠爱的囚徒"。这个论点,我一直很感兴趣。就某种意义来说,这位批评家的看法显然是正确的,但从另一个更重要的角度来看,这种观点实在有点琐碎,无关宏旨。毕竟,艾丽斯在作品中创造的是一个自由的世界,而这个世界对读者来说,具有充分的说服力,因为它跟别的世界——其他作家创造的世界——都不一样。这才是重点所在,而这也是为什么各种各样的读者会被艾丽斯的世界吸引,深深着迷。

谈论小说中的"自由",肯定会成为修辞学上所讲的"无谓之重复"(tautology)。在一部小说中,只有作者才拥有充分的自由,爱干什么就干什么。普希金和追随他的托尔斯泰总是喜欢强调,他们让他们的人物"负责";他们声称,他们的人物在小说中的行为和遭遇,有时会让身为作者的他们感到惊讶。这种观点当然也有几分道理,但在实际运作上却是行不通的。那只是小说家发明的、一再重复的陈腔滥调。真正要紧的是,小说家在作品中创造的世界究竟是不是既可信、但同时却又非常独特。当然,在这方面,普希金和托尔斯泰是顶尖的高手,但跟他们相比,艾丽斯可也毫不逊色,尽管她创造小说世界的方式跟他们不尽相同。

记得,多年前,当我正在撰写一部探讨托尔斯泰作品的论著时,我和艾丽斯经常聚在一块儿,讨论伟大小说家的作品所引发出的那些复杂、微妙的问题。我常向艾丽斯指出:托尔斯泰最大的、但也是最被忽视的长处——姑且称之为"自由"吧——是他在创造人物时,善于使用各种不同的小说技巧,将它们融会贯通,不着痕迹。因此我们发现,他的人物一会儿看起来像"小说中的角色"(仿佛这是他们刻意表现出来的行为),但不久之后,我们就会看到,他们突然变得很像我们认识的那些人——变得跟现实世界的人同样平凡、同样微不足道。一会儿,这些人物看起来像典型的小说角色,拥有他们自己的一套行为模式和准则;一会儿,他们的所作所为却又变得跟我们一样,让我们感到毛骨悚然,以至于有些读者忍不住要问:这位小说家怎么会那样了解我呢?

托尔斯泰笔下的人物同时具备独特的个性和普遍的人性。印象中,每次谈到这点,艾丽斯脸上就会显露出沉思的神情。身为哲学家,她总是认为我的论点过于含糊笼统,不够清晰。我却总觉得,小说创作所必须具备的那种率真的、甚至有点迷乱的自由,跟哲学思考截然不同,两者之间也许存在着一道难以跨越的鸿沟。在我看来,托尔斯泰的脑筋根本不清楚;创作一部小说时,他总是随兴之所至,想到什么就写什么。柏拉图肯定不会赞同这种写作方式,更不会欣赏托尔斯泰的作品——甚至,连一部小说他都看不上眼呢。

我常告诉艾丽斯,她的人物经常遭逢意外,因为她知道现实人生中有太多的偶发事件,而在某种程度上,小说必须反映现实人生。然而,有些小说家处理偶发事件的方式却跟艾丽斯不同。在他们的作品中,除了作为一种噱头花招,吊吊读者的胃口,这些偶发事件根本毫无作用。这种情况实在有点滑稽,就像出现在《维洛纳二绅士》①中的那只狗儿。

"《维洛纳二绅士》这出戏里真的有一只狗儿吗?"艾丽斯质问我。

"有啊! 唔,也许我记错了。反正,不管怎样,我的意思你应该明白吧?"

每次听我这么一问,艾丽斯总会赶紧回答说,她了解我的意思,其实她根本就是有听没有懂。吃饭或喝酒时,我们夫妻俩喜欢一边聆听留声机播放的音乐,一边讨论这类问题,但每次只持续几分钟。当时觉得挺好玩的。不过,让我感到惊讶的是,我们讨论过的那些问题和观点,经过艾丽斯整理、修饰后,有一大部分进入了她的散文集《存在主义者和神秘主义者》中。这本书的编者彼得·康拉德告诉我,艾丽斯的散文集中有许多论点,跟我在《爱情人物》和《托尔斯泰与长篇小说》(Tolstoy and the Novel)这两本著作中提出的看法,非常相似。以前,我倒没想到这点,因为我一直把这些讨论当作夫妻间私底下的闲聊,从没想到它会分别出现在我们的著作中。但是,到现在我还是搞不懂,像我们这样一对个性和思维方式迥然不同的夫妻——她头

---

① 《维洛纳二绅士》(Two Gentleman of Verona)是莎士比亚所作的一出喜剧。

脑清晰,我思路混乱——谈起这些问题来,怎么会那么投契呢。

今天,我们夫妻俩还是可以像以往那样聊天,但不再能够讨论严肃的、有意义的问题了。我不再能够像以往那样回答艾丽斯的问题,只能以她现在跟我谈话的方式回答她。通常,我会胡诌一通,或讲个笑话逗她一笑。因此,表面看来,我们俩平日聊天还是显得非常投契。

1997 年 3 月 30 日

这阵子,我心中有一股可怕的、难以克制的欲望和冲动,想让艾丽斯知道情况究竟有多糟。我恨不得强迫她跟我一起面对这个事实,以疏解我内心感受到的孤单。

今天,我终于爆发出来了。我板起脸孔没好气地告诉艾丽斯,将来的日子可真难熬哦,我们俩不如死了算了。艾丽斯松了口气,脸庞上忽然闪现出智慧的光彩。她告诉我:"可是,我爱你啊。"

我们一边听收音机广播,一边吃午餐——吐司、奶酪、甜菜根和莴苣沙拉。艾丽斯突然问我:"为什么他不停地谈'教育'啊?"她的口气显得焦躁不安。这阵子,焦虑和激动已经变成她日常语言的一部分了,就像她那无休无止的询问:"我们什么时候走啊?"但通常吃午饭和晚餐时,她都会保持安静。我尽量让我们的生活规律化,按时作息,以稳定艾丽斯的心情。然而,今天中午收音机传出的某种讯息,却让艾丽斯感到惶惑不安。政府部长在谈论国家大政时,嘴里不停地冒出"教育"这个字眼。它原本是一个让人听得很爽的名词,尽管内涵空空洞洞,无啥意义。

我忽然领悟,艾丽斯担心的,是这个字眼现在可能具有一种崭新的、她无法理解的意涵。当然,在某种意义上,艾丽斯的感觉是正确的。这年头,"教育"指的是如何让年轻人学会使用计算机这类时髦的、我们老人家搞不懂的玩意儿。但是,根据我的观察,真正让艾丽斯感到不安的是"教育"这个名词在政客们演讲中出现的频率。喋喋不休,啰哩啰嗦,就像她自己平日不停地向我提出的一连串毫无意义的询问。

我试图向她解释教育的重要性;我告诉她,每一个国民都必须接受充分的教育。艾丽斯脸上依旧显露出焦虑的神色。"现在的学生还读书吗?"她问我。连我自己也搞不清楚,现在的"教育"指的还是不是"读书",就像艾丽斯当年在学校念书时那样。谈起这个问题,她的脑筋忽然变得清晰起来。这让我感到有点不安。罹患阿兹海默氏症后,艾丽斯平日讲起话来结结巴巴,辞不达意,往往一句话还没讲完,她就突然僵住,过了好一会才又重新开始。唯一的例外,就是她平日向我提出的一连串焦虑的询问,而今天她针对"教育"所提出的问题,显然就是这样的一种询问。我想起,大夫曾告诉我,从外界传来的一个字眼,能够舒缓阿兹海默氏症患者的语言焦虑,帮助他们——我们也许可以这么说——打通电路。于是我告诉艾丽斯:"'教育'现在指的还是'学习'，就像以前那样。"听我这么一说，艾丽斯立刻眉开眼笑。这年头，"学习"(learning) 并不是一个时髦的字眼；我们更难得听人们谈到"书本学习"(book learning)。"教育"已经取而代之。然而不管怎样，"学习"依旧是——或曾经是——最恰当、最明确的字眼。

> 土地卖光，千金散尽；
>
> 凭着学识，安身立命。

这则古老的英国格言，如今又回响在我的脑海中——它能不能经由艾丽斯脑子里那条神奇的、而今却发生故障的电路，传送到她的心灵呢？

☆　☆　☆

"我们什么时候走啊？"

"该走的时候，我会告诉你！"

每次我用开玩笑的口气跟艾丽斯说话，她总会很开心地响应。但是，我总不能一天到晚用戏谑的口气跟她说话呀。有时心情不好，我会忍不住板起脸孔，叱责她一顿："拜托，别老是问我什么时候走！"就在不久前 (感觉上那仿佛是昨天的事)，艾丽斯会把我这种态度看成"发脾气"，而她脑子里那条电路会立刻自行调整，以幽默、宽容和完全的谅解响应我的怒气。这可是多年婚姻生活熬炼出来的近乎自动的、让对方看了会觉得很舒心的反应。我注意到,一般妇女响应在公开场合(毫无疑问,私底下也是如此)对她们发脾气的丈夫时,总会采取一种"甜蜜但却又十分严峻的从容态度"——这是弥尔顿①描述《圣经》中的夏娃时所使用的极为传神的措辞。但这并不是谅解哦。人类历史上,夏娃是第一个敢公开数落丈夫的女人。

但是,艾丽斯却从不曾数落我。她以前难得动气,现在更不必说了。以往,每次我发脾气,艾丽斯都会用她那独特的温柔态度安抚我——她会向我暗示,我是全世界最可爱、跟她最亲近的人,尽管这会儿我正在生气,像个傻瓜,让她觉得厌烦。

而今,一看到我发脾气,她就会立刻沉下脸孔,哇的一声哭出来。我赶紧趋前安慰她,而她通常也会接受我的安抚。自从她罹患阿兹海默氏症以来,我们夫妻俩拥抱和亲嘴的次数,比以前显著增加。

今天,艾丽斯讲的某一句话,或一再重复的某一个字眼,往往会在我心中引发出一连串支离破碎的联想和记忆。记得,艾丽斯的母亲刚患阿兹海默氏症时(那时还没被诊断出来),平日总喜欢以一种让人看了很心疼、很感动的方式,再三重复某一个字眼,仿佛把它当成一种符咒或征兆似的。比如,听到有人说"旅途"或"拜伦坊"——那是她当时居住的地方——这类字眼,

---

① 约翰·弥尔顿(John Milton,1608~1674),17 世纪英国诗人、史诗《失乐园》(Paradise Lost)作者。

每隔一段时间，她就会重复说一次；听到有人说"珊蒂酒"
(shandy)或"火腿芝士"，她的反应也是如此。心灵一旦开始遵
从这种不知不觉间养成的习惯，它就会变成一种有意识的行
为。最近我察觉到，"学习"这个字眼时不时就会在我心灵中冒
出来，而每次它出现，我都会漫不经心地玩味它的含意。

也许，在某些方面，"学习"充满竞争的意味。一个有学问的
人显得格外出众，宛如鹤立鸡群，而一个受过教育的人却不一
定会那么引人瞩目。因此，"教育"这个字眼比较能够被一般人
接受；它是人人都可以拥有的东西，只要政府能够好好推动国
民教育。以前，卖弄学问是挺正常的事——你读过别人没读过
的书，朗朗上口，随时都可以引述一番，但别人并不会因此嫌恶
你、嫉妒你。如果我没记错的话，20世纪30年代有一位伯肯黑
德伯爵曾经在牛津说：这所大学仍然有"很多光彩夺目的奖牌，
等待有识之士去争取"。诗人奥登以反讽的方式，把伯肯黑德伯
爵的名言加以窜改，纳入他那首题为《牛津》的诗中。看来，人们
对这种事情的态度确实已经改变了。今天如果要颁奖的话，那
就得人人有奖，皆大欢喜——至少理论上是如此。

从某种角度来看，我们应该庆幸，人们对这种事情的态度
已经改变了。"学习"很容易让人感到疲倦、厌烦。连我一向敬爱
的小说家芭芭拉·皮姆①，年轻时也让人感到畏惧，因为她和她

---

① 小说家芭芭拉·皮姆跟作者和艾丽斯之间的结缘和交往过程，
参见本书第6章。

那帮朋友总爱在别人面前耍嘴皮,引经据典地卖弄学问。这种习性表现在她早期的作品中,确实显得颇为天真可爱,但在现实生活里,它肯定会让人感到厌烦。那年头在社交场合中,每个人都得铆足劲儿,表现自己的学识。

艾丽斯不来这一套。年轻时她就已经是公认的才女,学问渊博,但她从不在人家面前炫耀。也许,那个时候在牛津大学,正经的女人在公开场合卖弄学问,是会被人耻笑的。男教师倒是一天到晚招摇卖弄,乐此不疲,简直就像比赛一般。记得,那时我很不喜欢这种无谓的炫耀,但又不得不参一脚。今天,教员休息室里的谈话可就轻松多了。不过,话说回来,"学问"难道不需要某种公开的展示,就像鸟儿的羽毛,以显示在今天的社会,它依然(或应该)是非常重要的东西吗?宣布新政府的施政方针时,布莱尔首相如果使用"学习、学习、再学习"这样的口号,而不是"教育、教育、再教育",英国民众肯定会觉得很奇怪。尽管具有竞争本质,理想中的"学习"本身就是一种目的。没有一个政府会鼓励这种活动,更不必说用纳税人的钱资助它。

1997 年 4 月 15 日

从一个阶段进展到另一个阶段。阿兹海默氏症究竟有几个阶段呢?将来,我们还得熬过多少个阶段?我最怕艾丽斯睡醒的那一刻,因为这时她的症状会显露得格外鲜明、强烈,整个过程至少会持续一两分钟。我赶忙安抚她,尽可能让她的情绪稳定下来。然后她就会继续睡觉，而我会坐在她床边，写作或读书。打字机的声音会让她觉得安心。艾丽斯一向贪睡，每天早晨——以前如此，现在依旧这样——都得睡到日上三竿才起床。其实，这样的睡眠习惯对夫妻俩都有莫大的好处。这会儿，艾丽斯躺在我身旁，看起来就像在一场接力赛中刚把棒子交给队友的运动员。她在人生的接力赛中所扮演的角色，我没有能力扮演，但这一生中我也做了一些事情。

我知道这并不是一个恰当的比喻。更准确地说，她并未察觉到我究竟在做些什么事情，而这点，说实在的，倒是让我觉得很安心。如果她像以前那样对我的工作表示出兴趣和关心，我肯定会抓狂。这些年来，我们夫妻俩从不过问对方的工作；罹患阿兹海默氏症后，艾丽斯根本就搞不清楚我每天到底在忙些什么事情，但这反而让我乐得逍遥自在。我们的感情需求愈简单、愈原始（就像婴儿对母亲那样），感觉起来也就愈稳当、踏实。今天，艾丽斯喜欢跟随我在屋里走动，亦步亦趋，就像跟屁虫似的。有时我固然会感到恼怒，但我心里知道，我需要——甚至渴望——她跟随在我身边。以前，如果她刻意回避我，或"识趣地"躲到一旁，不骚扰我工作，我会焦急地四处寻找她，就像她现在四处寻找我一样，尽管我不会像她那样把自己变成一个跟屁虫。每次在店里买东西，待了 10 分钟后走回车子时，我就会发现艾丽斯焦急地等候我；一看见我走出店门，她的眼睛登时一亮，整张脸庞刹那间灿亮了起来。虽然那一刻我不会感到特别激动，但是，午夜梦回，我会忽然想起艾丽斯这张灿亮的脸庞，然后我就会悄悄伸出手来，摸摸躺在身旁的她。记得，每次艾丽斯的母亲看见女儿来探望她，她那张阴沉、木无表情、阿兹海默氏症患者特有的"狮子脸"，就会突然变得容光焕发起来。这并不是说，患阿兹海默氏症后，艾丽斯的脸庞也变得像她母亲一样呆滞，没有表情，坐在车子里等我的时候，她看起来还挺机灵、友善，路过的陌生人都会笑眯眯向她打招呼。

谢天谢地，艾丽斯终于度过了阿兹海默氏症的一个很难熬的阶段：每天早晨一觉醒来，她就会感到莫名的恐慌。现在睡醒后，她会咯咯笑几声，然后回过头来瞅着我，脸上的表情看起来就像电视上那个出现在"天线宝宝"节目里的蔚蓝天空中的娃娃。她不再像以往那样，焦急地询问我什么时候走。我们夫妻俩躺在床上，聊聊天，胡扯一番，然后她又合上眼皮继续睡觉。阿兹海默氏症这种疾病，病情愈恶化，病人和家属就愈好受。每次从你身上拿走一些东西，它就会立刻补偿你。这点，我们应该感激它。

今天，对我们来说，旅行可是一件苦事。艾丽斯本来就喜欢旅行，患阿兹海默氏症后，她这方面的欲望变得更加强烈。我本来就不喜欢出门——以往我总是开车送她到车站，挥挥手，祝她一路平安，然后独个儿回到家里——但现在我却得一天到晚忙着张罗旅行的事：叫出租车、买车票、查看火车时刻表。艾丽斯从不操心这些事情。就像一位俄国农妇，她来到火车站后就坐在候车室，耐心等待下一班火车。

活在英国的俄国农妇！多不搭调啊。虽然艾丽斯每次都兴冲冲"出门"——只要能出外旅行，不管到哪里都好——可是一到车站，她就会像我那样感到紧张不安，尽管表现方式不同。她不停地责问我："你为什么不告诉我，今天我们要出门旅行？"我已经告诉她一百次了。现在我又得扯起嗓门，没好气地再跟她讲一次——我发觉自己也变得跟她一样絮叨了。候车室里的乘客纷纷回过头来，望着我们夫妻俩。我掏出皮夹，查看车票。搜索了好半天，我只找到一张回程车票。英国铁路局那帮人真是混蛋！他们只要给我们两张双程车票就行了，为什么一定要给四张，把来回车票分开呢？怎么找，我都找不到另一张回程车票。我拔起腿来冲到售票口，发现窗前早已排列出一条长龙，乘客们挨挤在两条绳索之间，等待购票。售票员拉下窗帘，不知溜到哪里去了。另一个售票口前只站着一名乘客。这位老兄好像是购买环球车票，这会儿正在跟售票员讨论细节，神态看起来悠闲得很。艾丽斯伸出手来，焦急地抓住我，催促我赶快去搭那一列刚进站的火车。我心里祈祷：但愿这不是我们要搭的班车。好不容易，终于等到那位购买环球车票的老兄走开。我赶紧掏出收据和那几张残缺不全的车票，塞进售票口。售票员说，抱歉，他不能帮我的忙，因为那几张车票并不是他卖出的。我垂头丧气地走开。我们干脆回家算了。

艾丽斯不明白到底出了什么问题，只顾催促我，赶快去搭那一班刚进站的火车。就在这当口，一位男士朝我们走过来，手里挥舞着一张车票。定睛一看，我发现他就是刚才把车票卖给我的那位售票员！这会儿他走出柜台，整个人看起来光溜溜，就像没穿衣服似的，害我差点儿认不出他来。他没向我们解释这究竟是怎么回事，只把车票交给我，然后诡秘地向我们笑了笑，回身钻进售票窗口去了。

在火车上，我不停地点数车票。坐在我们对面的那对老夫妇带着同情的眼光，望着艾丽斯。显然，在他们眼中，一切问题都是我造成的。

筋疲力竭，汗流浃背，我只觉得自己那颗心扑扑乱跳。而这都是为了芝麻绿豆般的一件小事情。显然，阿兹海默氏症的魔爪已经伸进我的心灵。它控制了每一个人：我、售票员、艾丽斯，以及周遭的那些人。

难道说，照顾阿兹海默氏症患者的人，也会不由自主地沾染上这种疾病的症状吗？别人我不知道，但我确定自己已经沾染上一些症状了。

浑身疲惫、奄奄一息地坐在车厢里，我忽然想起一件滑稽可笑的往事。那时，她多多少少已经决定要嫁给我。有一回，她返回母校主持颁奖典礼或什么的，要我陪伴她前往。典礼结束后，我跟她去探访已经退休的老校长。这位赫赫有名、满头银发的女校长，当时居住在校园内的一栋房子里。她虽然不苟言笑，但对待我们却非常和蔼可亲——在她心目中，艾丽斯这个学生是她皇冠上最璀璨的一颗明珠。艾丽斯把我介绍给她老人家。几分钟后，我独个儿溜出来，让艾丽斯跟她的老校长相聚、谈心。艾丽斯出来时，脸上带着诡异的神情。"你想知道我的老校长对你的看法吗?"她问我。基于好奇,我当然想知道。"唔,她老人家刚才说:'他看起来不很强壮哦。'"

那时,我对健身运动根本没兴趣。而今,我必须锻练身体了,但我知道无论怎么健身,艾丽斯的老校长都会嫌我不够强壮。住在同一条街上的好朋友,准备在星期天早晨举行一个派对,邀请街坊邻里来喝几杯,聚一聚。以前,每逢星期天早晨,我总喜欢待在家里,悠闲地吃早餐,翻开星期天的报纸①,心里头没有任何牵挂,不必老是想着今天应该做的事情(那个时候,艾丽斯正在楼上写作)。当时,我总会找个借口婉拒朋友的邀请,不去他们家参加派对,而艾丽斯总会顺从我的意思。其实,她心里很想参加,但她知道说什么我都不会去的。而今,星期天的派对却变成了我最期盼的活动——我想藉这个机会散散心、解解闷。直到上午 11 点钟,我才告诉艾丽斯,我们要出门啰。如果我提前告诉她,她肯定会惊慌起来,责怪我为什么不早些告诉她。患阿兹海默氏症后,她再也无法区分她想做的事情和正在发生的事情。

"我们今天去伦敦啊?"

"不,我们只是到邻家坐一坐。到了那儿,你就知道他们是谁啦。这些人很好,你一定会喜欢他们。"

我知道我说的是事实,但听我这么一说,艾丽斯脸上就会

---

① 英国报纸每逢星期天都会出版专刊,厚厚的一叠,内容包罗万象,十分丰富。

出现一种奇特的表情——我管它叫"裤子鬼脸"。每天晚上，我们夫妻俩都得为裤子争斗一番。艾丽斯喜欢穿着衣服睡觉，包括她身上那条长裤。半真半假地，我向她发动攻击，试图脱掉她身上的衣裳，而她则下定决心，全力固守。有时我打赢这场战争，把她身上那条长裤硬生生给剥下来。艾丽斯宣布投降。这时，她就会做出一个可怕的鬼脸。这个表情，我以前从不曾在她脸上看见过，它让我感到毛骨悚然。这阵子在其他场合，她也会做出这样的鬼脸，而且愈来愈频繁了。

我倒不是在乎她是不是穿着长裤睡觉。我们俩的生活习惯本来就不那么讲究卫生，然而，为了建立一套规律化的作息习惯，以稳定艾丽斯的病情，我们不得不严格区分白昼和夜晚。每天两回——上午 10 点和下午 5 点——我们会感到特别空虚和恐慌。这倒不是因为我们有事情要做；相反的，我们感到恐慌，是因为我们俩在那一刻都无事可做。在这种情况下，我只好宣布开饭，提早吃午饭或晚餐；有时我会提议先喝杯酒。

我不在她身边时，艾丽斯会感到非常恐慌。她害怕陌生人，因此，我实在不忍心雇人"陪伴她"，或把她送到医院老人病科接受治疗。这种事情得慢慢来。当务之急，是帮她装扮一番，然后带她出门去参加派对。我有信心，到了朋友家里她一定会觉得很开心——小时候，爸妈不是常常这样告诉我们吗？

艾丽斯果然玩得很开心。今天这个派对还蛮有意思的。在这种场合，我总喜欢站在一旁，观察宾客们如何扮演他们的角色，乐在其中。瞧，这两个人面对面站着，一面闲聊，一面保持眼神接触。那副模样看起来挺老练、但却又战战兢兢——手里握着一杯酒和一份饭前菜,必须格外谨慎小心嘛。这样的情景总是让我想起纳尔逊时代①的海战:战舰对战舰,帆桁对帆桁。硝烟弥漫、炮声隆隆的海面上蓦然出现另一艘战舰。这个时候你应该怎么办呢? 转移目标,还是加强火力攻击眼前的敌人? 在战斗的过程中,你必须冷酷无情,保持绝对的专心。没有人愿意让他的船舰像没头苍蝇那样在海上漂流,偃旗息鼓,临阵脱逃……

最让我印象深刻的是,艾丽斯也能够将她的大炮瞄准敌舰,展开反击,就像派对上的每一位宾客。如果我不知道她有这个能耐,我就不会带她来参加派对啰。跟宾客们接触、交谈的当儿,她的表情和举止会变得活泼起来,她不再做"裤子鬼脸"了。就像大伙儿一样,她也在扮演她身为宾客应该扮演的角色,这难道不是一种很有效的疗法吗? 我愿意这么想,但是,有效的疗法意味改善病情,甚至康复,而参加派对虽然让艾丽斯觉得很开心,但它毕竟只是一时的逍遣和娱乐,效果不会持久。我盯上那位正在跟艾丽斯攀谈的宾客, 小心翼翼把我的战舰驶过来,挨近他的船尾(对不起,我还在使用海战术语)。这家伙兴致勃勃,跟艾丽斯谈论他的工作,神态显得十分得意。我一边打起精神应付眼前的对手,一边竖起耳朵,倾听艾丽斯跟她的对手之

---

① 纳尔逊(Haratio Nelson, 1758~1805)是英国海军名将。1805年10月, 在特拉法加海战中打败拿破仑率领的法国与西班牙联合舰队。纳尔逊在这场战役中殉职。

间的谈话。我听到他告诉艾丽斯，他在保险公司工作的情况——原来，这家伙的职务是评估理赔金额。他讲得天花乱坠，活龙活现，艾丽斯只管竖起耳朵，笑眯眯聆听——她的专注肯定会让对方十分感动。然后，我听见艾丽斯对他说："您是从事哪一行的？"从这位宾客脸上的表情，我看得出来，在短短几分钟里，这个问题艾丽斯已经问了好几次啦。但那位男士可一点都不觉得沮丧，他依旧兴致勃勃，从头到尾把他的工作情况再向艾丽斯讲述一次。

参加派对时，有些宾客宁可跟像艾丽斯那样的阿兹海默氏症病人打交道。我自己也愿意这么做。跟这样的宾客接触、交谈，除了会让你觉得你在从事社区服务外，同时也会让你感到比较轻松、自在，不像跟正常的宾客交谈那么累人。

女主人走到我身旁，告诉我说："艾丽斯表现得很好哦！"她的口气带着惊讶，也许她原本以为艾丽斯会胡言乱语，厉声尖叫，把她的派对给搞砸。听女主人这么一说，我却感到有点不快，甚至恼怒。在这种场合看到艾丽斯的人会觉得她很正常，没啥好担忧的。我真想告诉这位女主人："你应该到我们家来，看看我们家里的情况。"只是，在一场派对上，你怎么可以跟外人谈论家中的隐私呢。

回到家里，我告诉艾丽斯，今天的派对很好玩，每个人看见她都很高兴。回想起来，这场派对的确开得很成功，让我非常怀念。然而，艾丽斯却始终记不起，她刚才曾经参加过这么一场派对。她又开始问我，口气显得十分焦急："我们什么时候走啊？"

我心里想,在刚才那场派对上,跟那位保险公司职员交谈时,艾丽斯到底询问过他几次:"您是从事哪一行的?"

1997 年 6 月 4 日

我忽然想起去年夏天一个酷热的日子里,我们夫妻之间发生的那场激烈的、如今回忆起来宛如梦魇一般的口角。那时,我们刚在泰晤士河里游了泳。(或者是在游泳之前吧,我记不清楚了。)究竟是什么原因引发这场口角呢?那天,天气确实很热,中午吃饭时我又喝了一两杯酒——通常我中午是不喝酒的,而艾丽斯会喝一杯加了几滴白酒的橘子汁。除此之外,还有其他原因吗?那天我的情绪肯定非常低落。夫妻之间的口角就像夏天的一场雷雨,来得快,去得也快。雨过天晴,水面上又平静无波。你甚至会忘掉,这种事情很快就会再发生。

真正的原因到底是什么呢?无风不起浪。这种事情肯定有一个原因。记得,有一次阅读托尔斯泰的小说[①]时,我被他所描述的愤怒与激情震惊。托尔斯泰的叙述,使我想起美国哲学家威廉·詹姆斯的理论。(顺便一提,威廉·詹姆斯是小说家亨利·詹姆斯的哥哥。) 根据詹姆斯的说法——如果我没记错的话——愤怒、恐惧或悲悯,本身就是促使我们心中产生这种情感的原因。这句话说得很玄,让人摸不着头脑,但在托尔斯泰笔

---

① 这里指的是《安娜·卡列尼娜》(Anna Karenina)这部小说。

下,这个观念却被鲜明地、生动地呈现出来:小说中,卡列宁^①面对他的妻子安娜刚生下的婴儿时,身不由己地用他自己的手指模仿婴儿那细小的、皱巴巴的手指头所做的动作。他对这个婴儿——他那红杏出墙的妻子跟她的情夫所生的孩子——所表现的悲悯,甚至关爱,纯粹存在于肢体动作中。

那天促使我情绪失控的原因,是不是心中的某种记忆——我总是忘不了艾丽斯的母亲患老年痴呆症后,身上经常散发出的一股怪味;如今,在潮湿闷热的天气中,这股怪味又从艾丽斯身上散发出来,让我感到嫌恶,使我无法向她表示关爱和悲悯?小说家普鲁斯特认为,气味往往能够跟生活情趣配合在一起,让人感到心旷神怡。但它是不是也能够让人感到厌恶呢?对细微的气味,艾丽斯通常并没什么反应,而我却拥有极端敏锐的嗅觉。也许,这就是我们夫妻天赋不同的地方。只要是我的心灵能够意识到的、不必伸出鼻子刻意吸嗅的任何气味(当然,不是那种令人厌恶的味道),我都非常喜欢。我们住过的那几间房子各有各的气味,无所谓好坏,但非常有特色——说来讽刺,最吸引我、让我终生难忘的竟然是哈特利路的那栋破房子散发出的气味。

对我来说,艾丽斯的母亲居住的那间公寓散发出的气味虽然微弱,但不知怎的,却总是让我觉得难以忍受。每次我都得鼓起勇气才敢走进这间房子,但说也奇怪,一直在照顾这位老太

---

① 卡列宁(Karenin)是安娜·卡列尼娜的丈夫。

太的男仆杰克,却从不曾注意到这股气味,更不用说艾丽斯了。如今,宛如鬼魂一般,这股气味不时从艾丽斯身上散发出来,就像一种家传的气息,让人联想到死亡。但追根究底,这并不是那天促使我大发脾气、跟艾丽斯大吵一架的真正原因,尽管就像威廉·詹姆斯所说的,肉体的原因跟它所造成的情感后果,往往纠缠在一块,难以区分。

真正的原因似乎是,我太爱护我们家的盆栽,不惜为它发一顿脾气。我们家客厅窗台上摆放着好几盆植物:樱草、蜘蛛草和老虎草(这是我们对身上有斑点的盆栽植物的称呼)。我很爱惜它们,简直把它们当作心肝宝贝看待,每天定时浇水,照顾得无微不至。不幸的是,艾丽斯也看上了它们,把它们当作她的收藏品看待——记得吗,艾丽斯总是喜欢从街上捡回一些小东西,带回家里收藏。仿佛着了魔一般,时不时她就给这些盆栽植物浇水。我常看见她手里提着水壶,把窗台和底下的地板弄得湿漉漉的。我一再告诫她,千万莫这样做,否则,那几株植物(尤其是那盆樱草)肯定会被她活活整死。她似乎理解问题的严重性,但过不了多久,我又发现她拿着水壶或玻璃杯,悄悄给盆栽浇水。这使我想起希腊神话中丹尼亚斯的那群女儿。她们在新婚之夜杀死她们的丈夫,结果受天神惩罚,生生世世用筛子汲水。

最初,我并没发脾气,我只是感到迷惑。趁着她浇水时,我常蹑手蹑脚走进客厅吓唬艾丽斯,而每次她都被我吓一大跳。有一回,艾丽斯的好朋友、哲学家菲利帕·傅特来探望她——菲利帕的母亲是美国总统克利夫兰的女儿，在白宫出生。我看见她们两个并肩站在窗台前，若有所思地瞅着那一排盆栽——艾丽斯提着水壶，正在执行她那仪式化的、毁灭性的任务，而菲利帕则站在一旁，好奇地、专注地观察艾丽斯的一举一动，仿佛在评估，这样的行为所呈现出来的，究竟是怎样的一种道德或伦理问题。我忽然想起她们的同事伊莉莎白·安斯肯。她生养一大群儿女，却没有工夫好好管教。有一回，在一场哲学研讨会上，为了阐释一个微妙的语言学问题，她竟然用管教儿女的口气，举出这样的一个例句："你如果打破那个盘子，以后我就让你用铁盘子吃饭。"

不论究竟是为了保护那几株植物，还是因为受不了艾丽斯身上散发出的那一股挥之不去、有如阴魂不散般的怪味，那天我突然抓狂了。盛怒之下，我仿佛变成另一个人。这点，连我自己也感到惊讶、恐惧和嫌恶。我不敢相信自己会变成这种人，用这样的口气跟艾丽斯说话。宛如一场夏季雷雨，它骤然来临。"我告诉过你，不要这样做！我告诉过你，不要这样做！"一时间，我们两人都不知道我究竟在讲什么。但过了一会，说话的这个人——就是我——口齿变得比较清晰，口气却也变得更加冷酷无情。"你的脑筋胡涂了。你得了老年痴呆症。你现在什么都不知道，什么都不记得，什么都不在乎！"我一面扯起嗓门厉声叱责，一面比手划脚指指点点。艾丽斯吓得浑身直打哆嗦。"唔……"她终于开腔了。在英国广播公司讨论会上，来宾发言前，总会先"唔"一声，接着就开始滔滔不绝胡扯一番，根本就没回答主持人提出的问题。艾丽斯"唔"完后就开始瞎掰起来："他来我们家时……现在得让别人来做……丢掉好东西……向他借……"我根本听不懂她到底在胡诌什么。抬头一瞧，我看见镜子里站着一个大发雷霆的男人。他那张脸孔涨得通红，看起来还挺吓人的。

我还不肯罢休，准备好好教训艾丽斯一番（就像训诲一个小孩或责打一只小羊那样），可是，就在这当口，我忽然想起牛津大学圣凯萨琳学院出纳员告诉我的一句话。这位帕西教徒①是个理财高手，但外表看起来却像一位温文儒雅的学者。有一回，他跟我谈起他那个才一两岁大的小儿子敏奴。他告诉我说："他很调皮，常常打破东西，但你实在不忍心向他发脾气。"

说完，他带着惊讶的表情望着我，脸上流露出洋洋得意的神色。我心里想：如果我们有孩子，我能不能像这位帕西教徒那样，不向他发脾气呢？有了孩子，现在我是不是就不会向艾丽斯发脾气？

1997 年 11 月 20 日

如今，发脾气似乎已经变成了一种手段——它能够让我继续拒绝承认事实：我们的婚姻生活出了问题了。我向艾丽斯发

---

① 帕西教徒（Parsee）是一群逃避伊斯兰教徒的迫害、逃到印度的祆教徒（拜火教徒）的后裔。

脾气,就像向她表示真诚的恭维:你还是跟以前一样嘛,一点都没变,祝福你啦(其实我是在诅咒你),而我也永远不会改变。我不会承认你已经变了,以免侮辱你。

我们到加那利群岛度假,跟我们的朋友欧娣在她那栋坐落在兰萨洛特岛中央的小屋里,共度一段美好的时光①。包机挤满度假的游客,好不容易我们才熬到目的地。机舱里的情景,使我联想到法国画家杰利柯的作品《美杜莎之筏》(The Raft of the Medusa)。画中,一群遭遇船难、在大海上漂流的人,满脸惊惶,又饥又渴,以各种角度和姿势争相攀附在一艘小小的救生筏上。令人啼笑皆非的是,这幅画竟然被印在旅游手册上。标题:"好的开始就是成功的一半。"所幸,这回有彼得·康拉德和吉姆·奥尼尔哥俩陪伴我们,一路上并没出现什么差错,平安抵达加那利群岛。

两个星期后我们返回英国。我得了重感冒,浑身疲惫不堪,尽管整个旅程——直到返抵国门那一刻——还算顺利平安。彼得把我们夫妻俩送上开往牛津的巴士。我松了口气,在椅子上一屁股坐下来。快到家啦。暮霭苍茫,巴士穿梭在高峰时段的车阵中,显然十分逍遥自在。车上乘客不多,大伙儿都合上眼睛打盹。不料车子刚开动,艾丽斯就站起身来,蹦蹦跳跳,一副惊慌失措的模样儿。"我们要去哪里呀?巴士载我们去什么地方啊?"她不肯坐下来,只顾跑到驾驶座旁,焦急地向前探望。好不容易

---

① 作者夫妇和欧娣结缘的经过,参见本书第7章。

我才把她安抚住，要她乖乖坐下来。我告诉她："我们现在回牛津去呀！马上就到家啰。"她回答："骗人！回家不是这个方向。司机乱开车。他根本搞不清楚方向。"

我还没来得及阻止，艾丽斯就冲到驾驶座旁，责骂司机乱开车。她伸出手来抓住一个旅行袋，把里头的东西弄翻了，散落在通道上。我赶紧把东西捡起来，然后把艾丽斯推到一个座位上。对面坐着一位妇人。她闭上眼睛，正在打盹，外表看起来还挺和善的。我向司机道歉，但他却只顾绷着脸孔，不吭声。回到艾丽斯身边时，我看见那位女士已经醒了，一脸惊慌，四处寻找原本摆放在座位旁的手提袋和其他物品。我从艾丽斯手里把手提袋抢过来，放回原来的地方，压低嗓门，一个劲儿向那位女士道歉。艾丽斯说："对不起哦！"她脸上绽现出了天真烂漫的笑靥。我握住艾丽斯的胳臂，把她带到另一个座位中，悄悄拧了她一把。

星期五傍晚高峰时段，从葛特维克到牛津，一路塞车；宛如一群慢吞吞爬行的松鼠，车子缓缓向前移动。艾丽斯伸出双手使劲抓住前面的座椅，两只眼睛只管愣愣瞪着前方。一股惶惑不安的气氛，逐渐在阴暗的车厢中扩散开来。昏黄的灯光中，我看得见那一张张阴郁的脸孔，狠狠瞪着眼睛望着我们夫妻俩。好不容易，巴士终于抵达牛津。我伸出手来，指着窗外熟悉的景物叫艾丽斯看，但她的神情却显得更加焦躁不安。

鬼赶似的，我们慌忙下车，逃离那群狠狠瞪着眼睛的乘客。车站外只有一辆破旧的出租车。司机是印度人，满脸横肉，但说起话来还挺文雅的。他载着我们，把车子开上班布里路，走到一半我才发现走错了，赶紧纠正司机。他说："对不起，走错了！我可不是故意的哦。"下车时我掏出一张10英镑钞票，塞进车厢中装设的那一道铁栅栏，递到司机手里。他随便找几个钱递给我，而我实在太疲累了，懒得跟他理论。我把零钱还给他，当作小费。他连一声谢谢也没说。打开大门，走进门口，刹那间只觉得屋里寒气逼人。回头一瞧，我看见艾丽斯睁着眼睛瞅我，神情显得非常开心，就像每次我们结伴出门旅行回来时那样。我别过头去，不理睬她，自顾自跑去打开中央暖气系统的开关。然后我走回到她身旁，板起脸孔，冷冷地对她说："你刚才在巴士上乱来！我为你的行为感到羞愧。"

艾丽斯脸上显露出诧异的神色，但随即就安下心来，仿佛想到了一个对付我的方法。这是她惯常使用的伎俩：不理睬我，任由我大发雷霆，脾气发过后我自然会安静下来。换句话说，只需把我当作一个使性子哭闹的小孩就行啦。"唔……"她开腔了。（以往面对这种局面时，她会安抚我说"对不起啦"，现在她只说一声"唔"，表示相同的意思。）不知怎的，我忽然说不出话来，耳朵里轰隆轰隆响，什么都听不见，感觉上整个人仿佛浸泡在一股比寻常感冒还要冷飕飕的寒气中——就像刚才那位巴士司机，一路上保持沉默，不说话时反而比开口骂人还要让我们感到害怕。每次一咳嗽，我就感到胸口疼痛起来。发完一顿脾气后，我告诉艾丽斯，我可能染上了肺炎。难道她看不出来我生病了吗？听我这么一说，艾丽斯脸上顿时又显露出迷惘的神情。她刚才表现出的那份理智和信心，刹那间消失无踪。我向她诉苦、乞怜,反而让她感到惶恐、迷惑。

万一我死了,她该怎么办呢?如果我真的生病了,被送进医院,成天得躺在床上——那她该怎么办呢?巴士上发生的那件事让我愈想愈寒心。质问艾丽斯时,我的口气也就愈来愈凌厉。让我更生气的是,面对这些问题,艾丽斯竟然无动于衷,一副满不在乎的模样,但说也奇怪,看到她这种反应,我自己反而松了口气,因为这一来,我就可以继续发脾气。她心里晓得,我说的这几种情况都不可能发生。我还在那儿扯起嗓门对她尖叫,她却不慌不忙地说:"走吧,咱们现在上床去吧。"这句话她倒是说得很有条理。于是,我们夫妻俩互相搀扶着走上楼梯,钻进那一床冷飕飕的被窝里,紧紧依偎在一块儿取暖。第二天早晨一觉醒来,我觉得身体好多啦。

根据我的观察,这阵子,艾丽斯从不曾感到身体不舒服。我的感冒无法传染给她——阿兹海默氏症好像是一道护身符,帮助她抗拒一般人都会患的那些小病痛。我们在兰萨洛特岛度假的时候,吉姆曾经帮她清洗和修剪头发,欧娣则陪她冲澡、沐浴。老姐儿俩一块儿站在莲蓬头下冲澡时,艾丽斯对欧娣说:"我看到一位天使!我猜这位天使就是你哦。"可怜我们这位天使!她从我那儿传染到感冒,原有的气喘病趁机发作起来,胸腔遭受严重感染,必须立刻服用"四环素"。幸好,这种药在岛上的药房随时可以买到,不需医师处方。欧娣先后在兰萨洛特岛上居住了很多年,但却从不曾找到一位合格的医生,因此,如果需要处方笺才买得到药品,那可就麻烦了。她的体温蹿升到华氏

103度,但立刻就降了下来,让我们松了一口大气。我想,大伙儿都感到很庆幸,艾丽斯一直不晓得这件事情。她不知人间愁苦,反而让我们安心。

或者,我应该这么说:人间的愁苦以一种隐秘的、神秘的方式打动艾丽斯的心灵。她原本非常喜爱欧娣养的那群猫儿,而今对它们却很冷漠。偶尔,她会心不在焉地拍拍它们。彼得和吉姆的那只牧羊犬"云儿",以前艾丽斯常逗它玩,但现在却跟它保持一定距离,仿佛把它当成一位仰之弥高、可望而不可及的天使似的。每回流眼泪——低声地、悄悄地——被人发现时,她会感到很尴尬;然而,对肉体上的其他层面,她却早已不再有这种感觉了。

以前,她会当着别人的面哭泣,仿佛那是一种温馨的、可以公开展现的行为。而今,她却把它看成可耻的举动;每次一看见我撞进来,她就会立刻停止哭泣。这跟以前完全不同,让我感到有点不安。我觉得,内心深处她知道她到底罹患什么疾病,但她不想让我晓得她知道这点。她的目的是想保护我,不想让我跟她一起难过?记得小时候,每次母亲一发现我看她哭泣,就会立刻擦干泪水,脸上显露出愠怒的神色。在普鲁斯特的小说中①,祖母携带小孙子玛西尔到公园散步时,心脏病突然发作;她立刻把脸转开去,免得让孙儿看见她那张扭曲成一团的脸庞。

任何一种亲密关系,都会隐藏着许多疑团和幻象。即使在

---

① 这里指的是《追忆似水年华》这部小说。

我们目前的这种婚姻生活中，这些秘密一旦显露出来，我都会吓一跳，感到非常震惊。有时，艾丽斯的眼泪似乎显示，她内心里有一个完整的世界，而这个世界她不想让我知道，更不想让我进入。我会安慰自己说，这是绝对不可能的，然后我就会大大松一口气，放下心来，但同时却也感到有点羞愧。尽管如此，这个幻觉（如果它真是幻觉的话）却一直存在，一直困扰着我，使我不得不相信，艾丽斯心灵中确实有这么一个内在世界。有时，我真希望艾丽斯拥有这么一个世界。身为小说家，艾丽斯以前确实拥有一个无比辽阔、丰美、复杂的内心世界，而我对它一无所知，但我非但不感到气恼，反而觉得很开心。那种感觉，就像小时候望着一幅南美洲地图，感到非常好奇：亚马逊河的源头究竟在哪里呀？隐藏在丛林里头的到底是哪些城市啊？这些神秘地域，如今还留存在艾丽斯心灵中的，究竟有多少呢？

有一天，医师拿出艾丽斯一年前做过的脑部断层扫描图片，指着顶端那一片已经萎缩、衰退的地区，让我观看。图片显示得非常清楚；大夫们似乎感到很得意。那时我心里想——这种时候涌现在我心中的，竟然又是小时候我对亚马逊河的浪漫憧憬——艾丽斯脑子里的那个内心世界，早已经丧失了它的所有奥秘，丧失了隐藏在那儿的一切生命。以前，它确实曾经在她的脑中存在过，而今这个脑子却变成了一片空白。现在可以确定的是，支撑这些奥秘的灰色物质已经停止运作，尽管身为医学的门外汉，我始终搞不清楚，这些物质究竟是如何"运作"的。

前后两次，艾丽斯告诉彼得·康拉德，如今她觉得她正在

"航向黑暗"。那时彼得用非常温和的口气，婉转地询问她，最近有没有打算再执笔写作。这样的回答似乎显示，患阿兹海默氏症后，艾丽斯心灵中依旧存在着我刚才所说的那种内在知识。对于她的病情，艾丽斯似乎有一种非常清晰的认知。如果缺乏产生这种词句所必备的意识，艾丽斯会有这么清晰的认知吗？如果艾丽斯的意识现在还能够产生这种词句——"航向黑暗"——它为什么不产生更多的、同样清晰的词句呢？

如果我是一位研究人脑结构和功能的专家，我想，我会很难相信，这样的一种灵光一闪式的清晰认知所显示的，是艾丽斯心灵中确实存在着一个寂静的、具有充分意识的世界。用我那个笨拙的比喻——隐藏在亚马逊河丛林中的城市——来说，这就好像天空骤然出现一道闪电，刹那间，照亮了整个丛林；探险家们赶紧睁开眼睛，仔细一看，却发现丛林中根本就没有这座城市。艾丽斯口中说出的那些非常自然、灵巧的词句，不可能就这么静静堆集在那儿，偶尔发出一个讯息。不过，说不定真有这个可能哦。我发觉，艾丽斯偶尔说出的那些十分巧妙（巧妙到令人毛骨悚然）的语句，诸如"航向黑暗"和"我看见一位天使"，实际上背后都有一个推手——就像小孩子突然说出来的那些充满玄机的话，让父母大吃一惊，却又感到非常欣喜。事实上，无意间给这个小孩子提示、促使他说出这种话的人，是他的父母亲或朋友。否则的话，他哪有能力创造这么巧妙的措辞呢。

最近这阵子，艾丽斯一直没有接到她的一位好朋友的消息。这个人是小说家，跟艾丽斯有过一段深厚的交情；那时艾丽斯常鼓励他，指导他写作，给他加油打气。如今这位小说家已经成名了，不再跟艾丽斯联络了。是不是就在失望和沮丧的心情中，艾丽斯说出了那些话来。独个儿航向黑暗……

至于我自己，平日跟艾丽斯打交道，通常并不需要使用正式的语言。我们夫妻俩平常讲话总是有一搭没一搭的，好像不是在交谈，而且讲的都是一些没什么意义的事情。艾丽斯偶尔说出的那些清晰的、有意义的话，其实是讲给大众听的，可说是一种社会宣言。这些言辞，仿佛是艾丽斯赶在生命中的所有灯光熄灭前，向热爱她的读者们发出的临别赠言。

1997 年 11 月 30 日

我一向喜欢星期天，但对艾丽斯来说，星期天跟其他日子没啥两样。患阿兹海默氏症后，星期天她不再写作了；她看电视。我在房间里打字，不时探出头来，看见她静静坐在电视机前，专注地观看星期天早晨播出的宗教节目，就像一个好孩子。礼拜仪式结束后，她依旧乖乖坐在客厅里，观赏接下来播映的卡通节目。（星期天早晨的卡通，总是以圣经故事为题材，屏幕上出现一群群罗马士兵，让艾丽斯看得津津有味，目不转睛。）谢天谢地！星期天早上有电视可看。

有时，我很想告诉艾丽斯，以前我们俩曾经结伴去过哪些地方、做过哪些事情、看过哪些风景。我会详尽地、兴致勃勃地向她描述一番，但开始的时候我不会这样对她说："你现在也许不记得了,但是……"如今,我会以编造故事的口气告诉她这些事情。隆冬天,讲述发生在春季的事情,会使春天变得更加明媚迷人。所以,今天(11月30日)我就向艾丽斯讲述去年5月底,我们夫妻俩在彼得和吉姆陪同下,到威尔斯卡斯科布村旅行的情形。陡峭狭窄的山谷尽头,有一座拔地而起的小山丘,顶端矗立着一所小学堂(以前曾经有二三十个孩子在这儿上学)。校舍十分老旧,只有一间巨大的、屋顶很高的教室。校舍旁就是女校长的宿舍,楼上楼下各有一个房间。彼得和吉姆把这所荒废的学堂买下后,重新整修一番,将那两栋原本分开的房舍连结在一起,但基本结构维持不变。从坐落在山顶的房子出发,沿着陡峭的山坡,可以一直走到山下的池塘。池塘中央有一座小小的岛屿,长满赤杨和垂柳,夏天野花盛开,景致十分美丽。学校旁矗立着一间十分古老的教堂,如今早已荒废了,几乎被埋藏在荒烟蔓草中——苍翠的野草几乎跟窗口一般高;成群绵羊出没在草丛中,不时探出头来,伸到窗子里窥望。一株高大浓密、比教堂还要古老得多的紫杉,伫立在教堂旁,深红色的叶子亭亭如盖,乍看就像一座小小的丛林。

那回,探访这个神奇的地方,我们有过一桩非常美妙的经验。一双红尾鸲正在后门上方筑巢。一动不动坐在庭院里,或从教室窗口悄悄望出去,我们就可以看见这两只鸟儿飞来飞去,忙得不亦乐乎。这种体型细小、羽毛宛如火焰般赤红的鸟儿,看起来充满异国色彩,平日不常出现在不列颠群岛上。它们的胸部和尾巴——在古英文中,steort 的意思是尾巴——是鲜红色的,看起来就像肉桂,配上漆黑的头颅和脖子上那一圈白纹,模样儿十分好看。这两只红尾鸲总是小心翼翼盘旋在鸟巢附近,就像蜂雀一般惹人怜爱。

观赏完红尾鸲,通常我们就会信步走到教堂旁的墓地,体验完全不同的另一种感受。在墓地旁边的灌木丛中,吉姆把一个人造鸟巢装置在一株白杨树上。他告诉我,现在有两只杂色食虫鸟栖息在那儿。这种鹟科食虫鸟体型细小,比红尾鸲还要罕见,最近这几年,这种候鸟才开始飞回威尔斯中部和南部的边界地带。我们站在墓碑旁观赏。好久好久,整座坟场静悄悄的,什么动静都没有。突然间,宛如幽灵一般无声无息,一只黑白两色的小鸟出现在人造鸟巢的一个坑洞旁。好一会儿,它只管静静地栖停着,一动不动,然后才转身钻进洞里,消失无踪。大伙儿面面相觑,一时间简直不敢相信,我们竟然看到了这种难得露面的鸟儿。乍看之下,它仿佛是一位身穿古代僧袍、从教堂中走出来的幽魂。

之后,我们就一直待在灌木丛边缘的坟堆旁,不愿离开。这是最好的观测站,距离白杨树上的鸟巢仅仅数英尺之遥。巢中的鸟儿显然并没察觉我们躲在一旁偷窥——坟场中如果真有鬼魂,它们肯定也不会发现我们。悄没声息,有如精灵一般,鸟儿们只顾在巢中活动,显得非常忙碌。彼得和吉姆告诉我们,这种食虫鸟会唱小曲,但我们从没听见它们引吭高歌。尽管我们亲眼看到了这两只食虫鸟,而且已经分辨出一雌一雄,但我们还是很难相信它们确实存在。就像莎翁名剧《麦克白》中的鬼魂,它们行踪飘忽不定,就像一团阴影。

隆冬天,待在家里闲着,我就跟艾丽斯谈起这些往事。一脸迷惑,她兴致勃勃地聆听着,仿佛在听我讲述一个纯粹出于虚构的童话故事。她不相信这种事情,但她喜欢听。我自己也发觉,记忆里的这些有关鸟儿和夏日游踪的往事,在讲述的过程中,产生了微妙的变化,跟当初发生的实际情况并不完全相同。说不定,这整个事情都是我一手捏造出来的哦。

维多利亚时代有一位教区牧师基尔沃特,曾经居住在威尔斯这个地区,距离吉姆和彼得的村子不远;他喜欢把每一天的活动(包括散步和执行牧师职务)记载在日记上。他在一则日记中说,他用笔写下来的那些事情,在他心目中,比他那天或前几天亲眼看到的、正在记录的事情还要真实。事实保存在记忆中。至少这是基尔沃特牧师的经验,也是很多作家的共同经验。浪漫主义诗人,诸如华兹华斯——他是基尔沃特牧师崇拜的偶像——都有这么一种看法:只有透过回忆和写作,他们才能创造他们的生命,表现他们的生命意识。跟这种经验相比,实际的经验显得微不足道;它只是一团迷雾,飘忽不定,随时都会消失无踪。小说家普鲁斯特和劳伦斯,肯定会赞同这种看法,尽管劳伦斯对浪漫主义诗人太过强调"生命——生命",觉得很不以为然。只有躺在长椅上,透过内在的眼光,华兹华斯才真正看到了他在诗中歌颂的黄水仙花。

作为小说家,艾丽斯的才华跟浪漫主义诗人显然不同;在我看来,她的视野更加辽阔、深邃。我们也不会觉得,莎士比亚是在事件发生后，才透过记忆创造他那神奇美妙的戏剧世界。一切都得依赖记忆——这似乎是浪漫文学的特征。但就像所有概括性的论述，这种看法未必全然正确。有些作家和艺术家——诸如荷兰画家维米尔——在作品中创造和保存已经消失的时光，但他们并不会刻意歌颂它。

在为艾丽斯创造——或"再创造"——威尔斯村庄的那些鸟儿时，我心中想的是：这会儿艾丽斯脑子里正在想什么。在她的认知中，她是不是把我讲述的往事看成一个虚构的童话故事，而不是一段回忆？对于像她这种视野非常辽阔、深邃的作家来说，创造力显然比记忆力重要得多——重要到即使丧失记忆，它似乎也能单独发挥效能。然而，事实上两者是互相依存的。因此，当我们编造一个故事时，我们究竟在回忆什么呢？

重要的是，艾丽斯喜欢听我谈起那些鸟儿。在她心目中，它们只是"我"（她那个长相厮守的丈夫）的一部分——来来去去的一部分。以前，我活在她的心灵之外，就像一个独立的个体，不受她的生命和创造力影响。现在情况不同了。

如今，我觉得我们夫妻俩已经融合成一体。有时这会让我感到害怕，但同时却也觉得心安、踏实、正常。

这使我想起当年在荷兰海牙游历时，我们看到的那幅题为《戴红帽的女孩》的画像①。面对维米尔的这幅作品，我开始构思

---

① 当时，《戴红帽的女孩》这幅画激发了作者的灵感，促使他写出一部长篇小说，名为《红帽》。详见本书第 7 章。

一部小说的情节，然后分别告诉欧娣和艾丽斯。跟欧娣讲这个故事时，我把它描述成一则荒诞的、充满喜剧意味的、能够博得读者一笑的冒险传奇。然而，跟艾丽斯讲同样的故事，本能地，我却试图让它听起来像是艾丽斯自己的作品。难道说我在刻意模仿她，以便继承她的衣钵？不管怎样，后来我写出的那部小说，风格跟艾丽斯的作品截然不同（也许除了我本人外，读者都会这么想）。它反倒比较像我告诉欧娣的那出狂想式冒险喜剧。一年后，这部小说出版了。欧娣很够意思，她告诉我，她很喜欢这本书。

最近这些年来，婚姻生活不再让我们这对夫妻变得——借用诗人那种温柔的、暧昧的辞语——"愈来愈接近，却也愈来愈疏远"。相反的，我们的心灵确实愈来愈贴近了。我们没有选择的余地。说起来也蛮有趣的，甚至带着某种喜剧式的反讽意味（幸好不是黑色幽默）：40多年来，我们把婚姻生活视为当然，并不需要特别关注，而今婚姻终于展开反击；它决定以积极、主动的态度介入这场游戏。于是，我们的婚姻现在开始以坚定、稳健的步伐朝向一个共同的目标迈进。我和艾丽斯没有选择的余地，但我为此感到非常欣慰。

在肉体上，我们夫妻俩也愈来愈贴近了。以往，艾丽斯常在她的房间里发出细微的、老鼠般的叫声，显得非常凄凉、孤独；如今她依旧会发出这种叫声，要求回到我身边，但听起来自然多了，单纯多了。她不再孤零零航向黑暗。航程已经结束了。在阿兹海默氏症的护送下，我们夫妻俩已经抵达一个港口。

1997 年 12 月 14 日

我坐在厨房里看书。艾丽斯站在厨房门口,发出她那老鼠般的哀叫声。她手里拿着从街上捡起的一个可口可乐罐子、一把已经生锈的螺丝起子(天啊,那是从哪里捡起来的呢?)和一只鞋子。

好几只鞋子散落在屋子四处,仿佛被暴涨的洪水从河里冲刷上来,暂时寄存在我们家里。这些鞋子孤单单的,配不成对儿。我们这栋房子,角落里总是藏放着各种各样的物品——旧报纸、沾满灰尘的瓶瓶罐罐。楼上那个以前被艾丽斯当作书房的房间,如今地板上摆放着一堆衣服。好几枝已经干枯的塑料签字笔,被丢弃在地上,盖子早已不翼而飞;一不小心,我就踩到它们,鞋底下发出嘎吱嘎吱的声音。有一回,我从地板上捡起一张纸,发现那是好几年前艾丽斯写的一封信函,开头是:"亲爱的潘妮。"

只要你不搅乱它们,垃圾并不会妨碍你的生活。它们会耐心地等候你搬走。我想起济慈在《亥伯龙》(Hyperion)这首诗中歌颂的秋天:"落叶飞降到哪里,它就在那里安息。"

地板上的垃圾和我们夫妻俩的日常用辞,中间似乎存在着一种奇妙的模拟关系。从我们口中说出的语句,不知怎的,总是让我联想到地板上那一只只落单的鞋子。

对我们来说,最要紧的是讲话的声调。艾丽斯喜欢模仿小孩子的口气或猫咪的叫声跟我说话,让我听了感到很温馨。"坏猫咪！我们该拿她怎么办啊？"我拍拍艾丽斯的背梁,摇摇她的身子,把她逗得咯咯直笑。有时我会模仿她父亲的北爱尔兰口音(那是多年前艾丽斯告诉我的),假装气恼地对她说:"你怎么会那样胡涂啊？"每次我用这种方式谈到她父亲,艾丽斯的脸色就会变得柔和起来。如今想起父亲,她不再哭泣了,反而会绽露出笑容来。

我喜欢使用"坏孩子"策略对付艾丽斯。我假装气冲冲对她说:"你这个坏女孩！让我安静一分钟好不好啊？"有时我会仿效海达·加伯尔[①]挑逗情人的方式,逗弄艾丽斯,但我使用的是小孩子的口气,往往把艾丽斯逗得眉开眼笑,乐不可支。

以前,艾丽斯对小孩子很冷漠。而今,她却很疼爱他们,不管是在电视上还是在现实生活中。这很正常、很恰当嘛——只是不知怎的我却感到有点心酸。我告诉艾丽斯,她现在快满4岁啰！很奇妙,对不对？

圣诞节又要来临了。艾丽斯一向喜欢过圣诞节,每年她总是兴致勃勃地参加圣诞庆祝活动。这个普天同庆的大日子,却总是让我感到闷闷不乐,尽管每年我都打起精神来,陪艾丽斯过节。我们为什么不甩开这一切,出外走走呢？以前,艾丽斯肯定不会让我这么做,但现在我却不敢那样断定了。自从患阿

---

① 海达·加伯尔(Hedda Gabler)是挪威剧作家易卜生(Henrik Ibsen)所作《海达·加伯尔》一剧的女主角。

兹海默氏症以来,对艾丽斯来说,任何改变都已经不具意义,但每次置身在陌生的环境中,她总会睁大眼睛,惊惶地望着周遭的景物——就像躺在蜘蛛网密布的房间中乍然醒来,看到满屋子蜘蛛和老鼠四处乱窜的睡美人。(我猜,把她叫醒的那位王子一看到蜘蛛和老鼠,肯定会机警地往后一退,躲藏在角落里。)

又是好奇又是害怕——每次我带艾丽斯去一个陌生的地方,她脸上都会显露出这样的神色。环境的变换,往往只能暂时缓解(长则数分钟,短则几秒钟)艾丽斯日常的焦虑。接着,她那刚舒展的眉心立刻又会紧锁起来。这时她又会渴望回到平静、单调的日常生活中。严格说,我们并没有选择的余地——我们有的只是"霍布森的选择"①。日常生活需要改变,而改变需要日常生活调节,就像陷身在但丁的地狱中、不断地在火坑和冰窟之间来回移动的那群罪人。

我们的情况并没那么糟。值得一提的是,圣诞节是结合改变和日常生活的一个日子——作为一年一度的节庆,它既是寻常的习俗也是特殊的庆典。多年前,我们的朋友布丽姬·布洛菲和她丈夫决定到土耳其伊斯坦布尔度圣诞节。"我们在土耳其吃

----

① 霍布森的选择(Hobson's choice),即没有选择——仅能接受或拒绝对方所提供的东西,不得挑选。这是一种无选择余地的选择。据说,以前英国剑桥有一个出租马匹的人托马斯·霍布森(Thomas Hobson,1544~1631),要求顾客按照先来后到的顺序租用马匹,不得挑选,故有此语。

火鸡!"①布丽姬告诉我们。艾丽斯听了哈哈一笑,但我知道她心里感到很不痛快。对她来说,圣诞节虽然算不上什么神圣日子,但也不能随意拿它开玩笑啊。在这个节日里,布丽姬怎么可以说出"在土耳其吃火鸡"这种自以为俏皮的话呢。

我猜,那个时候她相信某种命定论——该发生的事总会发生。面对该发生的事情,马厩里的约瑟和玛利亚这对夫妻只有默默接受。我们为什么要试图改变它呢?

圣诞节眼看着就要来临了,我们还是敞开心怀迎接它吧!也许,我们可以在这个神圣的(至少古老的)传统节日里找到些许慰藉。甩开这一切,我们又能逃到哪里去呢?不管逃到哪儿,阿兹海默氏症总会抢先一步守在那里,等待你的来临,就像萨马拉城的死神②。

于是我们决定,一如往年,前往伦敦探望我的兄弟麦克,跟他共进圣诞节晚餐。一切都没改变。

1997 年 12 月 25 日

圣诞节早晨。一如往年,我们参加应该参加的活动。例行活

---

① 在英文中,"土耳其"和"火鸡"都是 Turkey。它原指产自土耳其的珠鸡(guinea fowl)。据说,最初火鸡是从墨西哥输出到欧洲的,途中必须经由土耳其转运,因此跟土耳其的珠鸡混淆而被称为 turkey。

② 毛姆写过一篇小说,题为《萨马拉的约会》(*The Appointment in Samarra*),讲一个人如何面对死神。萨马拉是伊拉克中部一座城镇。

动有时可以代替回忆。今天艾丽斯不再喋喋不休,焦急地询问我现在我们到底在哪里呀,待会儿我们要去哪里啊,今天谁会来我们家呢?

某个人——或某种东西——今天肯定会来临。它所带来的寂静让人觉得心安。圣诞节早晨的伦敦,安静得令人毛骨悚然。街上空荡荡、冷清清,四下看不见一个人影。我们没看到上教堂做礼拜的信徒,也没听见教堂传出的钟声。这份冷清和空虚反而让我们觉得海阔天空,神清气爽。

我们沿着荒凉的大街,一路走到肯辛顿花园。街道两旁矗立着一栋栋爱德华时代①的建筑物,如今虽然已经衰颓了,但它们那高耸的、涂着灰泥的正面看起来还是挺漂亮的。小说家亨利·詹姆斯曾经住在左边那一栋房子;诗人白朗宁在右边那间住过。经过这两栋房子时,我们看见白墙上嵌着一块蓝色的牌子。回头一望,只见数码外伫立着一幢巨大、阴暗的红砖楼房——诗人艾略特(T. S. Eliot)在里头的一间公寓住过很多年。他那位寡居的夫人,这会儿肯定在教堂做礼拜。

每年圣诞节早晨,我们总会沿着相同的路线漫步一番。这样做已经好几年啦。经过那一幢幢鬼气森森的宅第时,我开始喋喋不休,扮演起向导的角色来。亨利·詹姆斯。罗伯特·白朗宁。T.S.艾略特。前几年的圣诞节早晨,走过这条街时,我们总会停下脚步抬起头来,一面眺望他们的窗子,一面谈论他们

---

① 参见本书第 3 章译注。

的作品和生平。现在我只提起他们的名字。如今,艾丽斯还记得这些名字吗?她笑了笑。对她来说,这些响当当的名字依旧十分熟悉——熟悉得就像这个寂静的、不寻常的早晨。每一年这个早晨,这几位大作家都会放下笔来(就像艾丽斯那样),好好休息一番,准备大吃一顿。讲究饮食、以老饕自居的小说家萨克雷,当年就住在街角。这顿圣诞大餐,他当然不会错过啦。

一路散步到这儿,我们终于可以看到公园和另一端的肯辛顿宫(Kensington Palace)那典雅美观的、属于威廉时代①建筑风格的立面。戴安娜王妃逝世时,王宫前的草坪挤满了捧着鲜花前来哀悼的民众。花儿包扎在玻璃纸里,早就枯萎了。大伙儿默默伫立着,安静得——根据媒体的报导——就像圣诞节早晨的伦敦。这些民众就像一群乖孩子,临睡前合起双手祈祷。那是一场安详宁静的仪式,一如我们的圣诞节。这会儿,我们悠闲地穿越过平日车潮汹涌、如今空荡冷清的马路,走上那条宽广的人行道。

几只狗儿在街上游荡。它们根本不管今天是什么日子,玩得比平常还要开心,跟周遭的宁谧形成尖锐的对比。我们终于听到教堂的钟声——柔和、嘹亮,不知从哪里传出来。抬头一望,只见一架喷气式客机凌空而过,拖着长长的尾巴,显得比平日安静得多。伦敦的圣诞节早晨总是那么的宁静、和煦的阳光普照。记忆中,只有一年圣诞节下过雨,甚至还飘落一些雪花

---

① 指英王威廉四世(William IV)在位期间:1830~1837。

呢。我问艾丽斯，她还记不记得那年的圣诞节。她只微微一笑，没回答。这个时候没有必要回想任何往事，因为这场正在进行中的仪式已经取代了记忆。

我们走到了圆池旁。那群平日喜欢聒噪的加拿大雁鹅，如今静静伫立池塘中，若有所思。一如往年，我们沿着小径往下走，来到园中那条大弯道。小飞侠彼得·潘的铜像依旧矗立着，但周遭却不见一个游人，连平日经常可以看到的那一对对手持照相机、四处摄影留念的日本夫妇，如今全都不见了踪影。有一年圣诞节，我们遇到两位来自纽西兰的中年女士。她们告诉我和艾丽斯，彼得·潘铜像是她们在伦敦唯一想看的东西。

永远长不大的彼得·潘，优雅地弯曲着他那铜制的手指，把他那支烟斗伸到嘴巴上，摆出一副带着三分邪气、却又显得十分高贵的天真烂漫的模样儿。每次，一看到他摆出这个姿势，彼得·潘的仇敌虎克船长就会感到浑身不自在。在他心目中，彼得·潘是个虚有其表的小家伙，可他心中对这个男孩却是又妒又恨。多年前，驻足在这儿，我把这个故事告诉艾丽斯。她听了哈哈大笑。那时我们俩还没结为夫妻呢。记得，当时我拿出一本彼得·潘故事书，念一段给艾丽斯听（在我看来，同样讲述彼得·潘的事迹，故事书比默剧有趣多了）。艾丽斯听得很开心，觉得这个故事非常有趣；后来，她还把虎克船长批评彼得·潘"虚有其表"那段，写进她的一部小说中呢。

制作彼得·潘铜像的雕刻师，肯定也觉得彼得·潘的故事很有趣。他依据维多利亚时代的童话传统，在铜像底部布置一系列的小雕像,诸如小精灵、兔子和蜗牛。但在上头,他却摆放一个年轻世俗的女郎,让她挣扎着从底座奋力伸出手来,挑逗彼得·潘。这一来,游客抬头一望,就可以清清楚楚看到她那光溜溜的、铜制的屁股啰。她身上穿着一件时髦的、紧身的爱德华时代裙子,外表看起来太老气,跟彼得·潘并不相配。看来,我们这位杰出的雕刻家——乔治·法兰普顿爵士颇能够以幽默的态度看待男女之间的情爱。在这个宁静祥和、阳光普照的圣诞节早晨,一群松鼠活蹦乱跳,绕着铜像追逐。这些胖嘟嘟的小动物想必是饿坏了。平日,公园里游客熙来攘往,它们只要伸出爪子,就会有人把坚果递给它们,让它们大嚼一顿。

绕着彼得·潘铜像漫步的当儿,我告诉艾丽斯,我母亲当年曾经向我保证,只要我睁大眼睛,专注地望着栏杆外幽谷中那一簇簇含苞待放、期盼春天来临的蓝铃花和黄水仙,我肯定会看到一群小仙子,说不定还会看见彼得·潘本人呢。那时,我相信母亲的话。而今,徜徉在阳光和煦、宛如小阳春一般的公园中,望着那满园似幻似真、四处出没的花仙子,聆听树梢鸟儿的啁啾,我依旧相信她老人家的话。

艾丽斯竖起耳朵,倾听我的诉说——她好久没这么做了——脸庞上竟然绽现出了笑容来。今天早晨,她显得很安详,没再向我提出一连串焦躁的询问和哀求,也没再结结巴巴,试图透过她那支离破碎的辞句,向我表达她心中的恐惧,希望我能安慰她。今天早晨,有一股力量守护着艾丽斯,让她感到安心。它赐与艾丽斯"世人所不能提供的平安"(这是祈祷书上说的），让她享受一两个钟头的宁静。

也许，这股力量就是圣诞节本身。它是例行节庆，可也是一个特殊的、神圣的日子。圣诞节是两者的结合，而此刻它正在进行中。现在我们该回到我哥哥麦克那儿了。今天早晨，他到切尔西老教堂参加晨祷——据说，当年托马斯·摩尔爵士①曾经在这座教堂做礼拜。我们三个人聚集在麦克的公寓里，一起吃沙丁鱼、香肠和炒蛋，配上一两瓶香醇可口的保加利亚红酒，共度圣诞节。这样的圣诞晚餐，我们三人都吃得很开心。每年只有这一天，麦克准许我们在他那间消过毒、杀过菌、打扫得纤尘不染的小厨房煮东西吃。他平常只吃罐头沙丁鱼。今天，他答应陪我们吃炒蛋和香肠，算是给我们天大的面子。我负责烧菜，艾丽斯站在一旁帮忙。红酒是我们带来的。

吃过圣诞晚餐，大伙儿打个盹儿。艾丽斯睡得很甜。然后我们一齐聆听圣诞颂歌。我觉得，我们的生活还是跟以往一样，并没有任何改变（在这个节日里，阿兹海默氏症患者的伴侣都应该会有这样的幻觉）。我实在无法想象，艾丽斯已经变了。就某种意义来说，艾丽斯丧失记忆等于是我自己丧失记忆。醺醺然——我们喝了两瓶保加利亚红酒哦——我想起耶稣基督的诞生，想起奥地利哲学家维特根斯坦的名言：死亡不是人类经验。我们活着就得一天一天过日子。"别想太多——不要去想吃

---

① 托马斯·摩尔爵士(Sir Thomas More,1478～1535)，英国政治家及作家，以身殉教，1935年被追封为圣人。

过晚餐或喝过下午茶以后会发生什么事情。"在这个普天同庆的日子里，西德尼·史密斯牧师①的这句谚言，显得格外有意义，也特别容易让人听得进耳朵。今天，这个古老的、例行的节日让我们获得双倍的祝福。

———————

① 参见本书第2章及第8章。